EUGÈNE MANUEL

LETTRES DE JEUNESSI

PUBLIÉES PAR

FERNAND LÉVY-WOGUE ET PAUL CARCASSONNE

AVEC UNE PRÉFACE

DE

M. ALFRED CROISET

Membre de l'Institut
Doyen de la Faculté des Lettres de Paris.

PARIS

LIBRAIRIE HACHETTE ET Cie

79, BOULEVARD SAINT-GERMAIN, 79

1909

3 fr. 50

LETTRES DE JEUNESSE

A LA MÊME LIBRAIRIE

Manuel (Eugène). *Mélanges en prose,* avec une introduction par
M. A. Cahen. Un vol. in-16, broché. . . . . 3 fr. 50

— *Poésies du Foyer et de l'École.* Un vol. gr. in-8 illustré,
broché. . . . . 7 fr.

Cart. percaline, tr. dorées. . . . . . 10 fr.

882-09. — Coulommiers. Imp. PAUL BRODARD. — 10-09.

EUGÈNE MANUEL

LETTRES DE JEUNESSE

PUBLIÉES PAR

FERNAND LÉVY-WOGUE et PAUL CARCASSONNE

AVEC UNE PRÉFACE

PAR

ALFRED CROISET

Membre de l'Institut
Doyen de la Faculté des Lettres de Paris.

PARIS

LIBRAIRIE HACHETTE ET Cie

79, BOULEVARD SAINT-GERMAIN, 79

1909

PRÉFACE.

Ces *Lettres de jeunesse* plairont aux lecteurs délicats qui aiment à retrouver, dans des confidences simples, véridiques et spirituelles, l'image d'un temps disparu. L'existence qui s'y déroule au jour le jour n'a rien d'exceptionnel : point d'aventures romanesques ni de grands événements personnels; elle n'est remarquable que par la distinction parfaite de l'auteur. C'est un jeune professeur qui passe par l'École Normale et parcourt la province. Il raconte à sa famille et à ses amis ce qu'il fait et ce qu'il voit, et aussi ce qu'il sent. Mais il a des impressions vives, des sentiments nobles, et il ouvre sur tout ce qui l'entoure, hommes et choses, un regard pénétrant. La nature l'émeut; la société dans laquelle il vit l'intéresse; les événements politiques trouvent en lui un observateur attentif et un juge. Or ces événements sont graves : c'est la fin du règne de Louis-Philippe, la révo-

lution de février, les journées de juin et la trans-
formation de l'esprit public, la présidence de
Louis-Napoléon et le coup d'État. L'auteur de la
correspondance n'y est pas mêlé directement, mais
il s'y intéresse avec passion et note en spectateur
très intelligent le contre-coup des événements sur
la société provinciale qu'il voit de près. Tout ce
passé, à ne regarder que les dates, ne semble pas
très loin de nous : la correspondance s'ouvre en
1842, elle se termine en 1851. Les hommes qui
ont aujourd'hui passé la soixantaine ont vécu dans
leur enfance et leur jeunesse au milieu des témoins
ou des acteurs de ces événements. Et cependant,
à lire ces lettres, qu'on sent toutes pénétrées de
vérité, on s'aperçoit combien de choses ont changé.
Les générations nouvelles vivent dans une atmosphère toute différente. Par les idées, par la manière
de vivre, par les préoccupations habituelles, cette
société, qu'un peu plus d'un demi-siècle sépare
de nous, semble déjà reculer dans le passé en
s'effaçant de plus en plus. Elle est juste assez
récente pour que nous puissions encore contrôler
l'image qu'on nous en donne, et elle est assez
lointaine pour que les détails mêmes, insignifiants
aux yeux des contemporains, nous en deviennent
précieux et attachants. Elle revit dans ces lettres
avec ses traits propres, ses qualités et ses défauts,
en partie surannés, en partie aussi révélateurs des

tendances permanentes de la race. Et c'est un
charme de voir les uns et les autres si finement
notés au passage par une plume précise et délicate.
On revit pendant quelques heures dans ce « petit
monde d'autrefois », *piccolo mondo antico*, qui
n'est plus tout à fait le nôtre, mais auquel nous
tenons de si près, qui a préparé celui où nous
vivons nous-mêmes, et que nous avons tant de
raisons de désirer connaître. Je crois qu'on goûtera
vivement, dans cette aimable correspondance, la
saveur d'une résurrection que le caractère et le
talent de l'auteur nous rendent si persuasive et si
agréable.

Eugène Manuel était né à Paris, dans le vieux
quartier du Marais, d'une famille de bonne et
sérieuse bourgeoisie, où des habitudes sévères de
travail s'alliaient au goût des arts, et où la gra-
vité de l'éducation se réchauffait de toute la tendresse des affections domestiques. Son père était
médecin. On voit autour de lui une mère excellente,
qui l'accompagne dans son premier voyage en
province ; un frère plus jeune, une sœur très
aimée, une tante qui était presque une seconde
mère, d'autres parents encore, puis des amis
d'enfance et de collège qui devaient rester les amis
de l'âge mûr. Dans ce milieu, sa nature tendre,
un peu timide, volontiers rêveuse et concentrée en
elle-même, trouve toutes les affections dont elle a

besoin pour se développer. Eugène Manuel, plus
tard, paraissait souvent froid à ceux que le hasard
mettait en relation avec lui. Cette froideur n'était
qu'apparente : c'était la réserve d'une âme qui
avait besoin de sympathie pour s'épanouir, mais
qui renfermait en elle-même des trésors de sensibilité. Aussitôt que la glace était rompue, on le
voyait tel qu'il était et on l'aimait; mais il fallait
pour cela que l'âme à laquelle il avait affaire fût
de la même qualité morale que la sienne; sinon
le malentendu persistait. De nombreux passages de
ses lettres nous le font voir sous ce double aspect.
En voici un, tiré d'une lettre à Laurent-Pichat, où
le fond vrai de sa nature se montre à l'improviste.
d'une manière charmante. Il s'agissait pour lui
d'une place à l'École d'Athènes, qui, à certains
égards, le tentait fort. Il la refuse pourtant. D'abord
il n'a pas le courage d'aller si loin des siens. Mais,
en outre, les jouissances qu'il goûterait là-bas lui
semblent avoir un caractère trop personnel, presque égoïste; et il s'écrie ; « Moi! j'irais donner
deux ans de ma vie à des jouissances que je ne
partagerais avec personne! » Il a besoin de partager ses joies : voilà le mot décisif qui lui échappe
presque malgré lui.

On comprend qu'avec cette sensibilité vive et
facilement effarouchée, chaque changement de rési-
dence fût pour lui, plus que pour d'autres, une

sorte d'épreuve. On le voit d'abord sur la défensive, attentif à juger les figures inconnues, prudent à juger et à s'engager. Peu à peu sa nature affectueuse s'apprivoise et s'attache; quand un nouvel arrêté ministériel lui impose un autre déplacement, il sent qu'il laisse derrière lui un peu de lui-même. Les choses, comme les hommes, le prennent doucement. Quand il arrive à Tours, son regard cherche d'instinct les belles montagnes du Dauphiné, et il est d'abord assez injuste pour la Touraine. Au bout d'un an, quand il doit revenir à Paris, qui est pourtant le centre de ses affections et l'objet de tous ses désirs, il sent malgré lui une mélancolie qu'il ne veut pas dissimuler, et il écrit une jolie page sur cette double et contradictoire tendance de son âme : « Voilà donc la disposition où je suis : heureux, jusqu'à ne pas croire à mon bonheur; triste, jusqu'à ne pouvoir m'expliquer ma tristesse ».

Une autre raison qu'il avait eue de ne pas aller à Athènes mérite aussi d'être notée : c'est qu'il ne voudrait pas se trouver éloigné de la France, au moment où il s'y passe ou s'y prépare tant d'événements intéressants (lettre du 10 août 1849). Nous avons là encore un aveu significatif. Eugène Manuel est, sans doute, à bien des égards, un classique et un artiste; mais il n'est pas un dilettante, ni un homme indifférent à la vie contempo-

raine; il y a toujours en lui un moraliste et un
politique, dans le sens élevé du mot. Il serait
heureux, certes, de voir la belle lumière de la Grèce
et de contempler le Parthénon. Mais « n'est-ce rien
que de voir marcher les événements de ce temps,
d'assister aux luttes de la liberté, aux efforts intéressés des factions, à l'enfantement de l'avenir? »
Bref, il n'a pas le courage de quitter, comme il le
dit énergiquement, « la Chambre des représentants
pour le Parthénon ». Ce même goût de l'action se
montre, avec quelque ingénuité juvénile, dans une
lettre écrite à l'École Normale, en 1844. Cousin
venait de publier les Œuvres de Jacqueline Pascal.
Eugène Manuel, dans sa ferveur de jeune philosophe, ne le lui pardonne pas. Il le voit avec
indignation abandonner la philosophie pour l'érudition, et cela au moment où la pensée a tant
besoin d'une direction qui lui vienne de ses chefs
reconnus. Que faire si Cousin se dérobe? A ses
yeux, c'est une véritable désertion, et il n'est pas
tendre pour le chef de l'éclectisme. Non qu'il
méconnaisse l'utilité des recherches érudites : il a
trop de pondération pour aller jusque-là; mais à
chacun son rôle : celui de Cousin, à cette date et
dans sa situation, était de combattre le bon combat, et non de se réfugier dans les *templa serena*
du passé.

On voit quelle ardeur latente couvait au fond

de cette âme réservée. Cette ardeur venait des convictions généreuses qui formaient comme la substance de sa pensée Il était spiritualiste, foncièrement religieux sans attache confessionnelle étroite, résolument libéral ou politique, patriote avec passion, et convaincu que le libéralisme était inséparable d'un patriotisme éclairé. Tel il se montre d'un bout à l'autre de sa correspondance ; tel il resta toute sa vie. Dans ces lettres de jeunesse, les professions de foi abondent, et quelques-unes sont intéressantes ou piquantes. Dès 1844, il s'inquiète des progrès de la réaction, et c'est le motif de sa colère contre Cousin. Mais il n'aime pas les purs voltairiens, qu'il soupçonne d'être injustes à l'égard du spiritualisme : Dieu, l'âme, l'immortalité, sont à ses yeux des vérités essentielles. Même attitude en 1849, au moment où la droite prend le dessus. Il est avec Cavaignac contre Napoléon. Il trouve qu'on est injuste envers Lamartine, malgré ses fautes. La même année, ayant à faire le discours d'usage à la distribution des prix du collège de Tours, il se sent embarrassé. Son père l'avait, semble-t-il, engagé à une prudence excessive. Il répond joliment : « Les conseils du cher père sont un peu trop commodes, et je ne les admets pas, ni lui non plus, j'en suis sûr ». Suit une énergique déclaration de principes, qui aboutit cependant à

cette sage formule : « Je ne tiens pas qu'on me
prenne pour ce que je suis, pour un partisan de
toutes les réformes; mais je ne veux pas non plus
qu'on me prenne pour ce que je ne suis pas, pour
un réactionnaire, pour un blanc ». Il réussit,
paraît-il, à éviter les deux excès. Après le coup
d'État, c'est une véritable indignation qu'il exhale
dans deux lettres à Laurent-Pichat.

Malgré ce goût passionné pour les choses con-
temporaines, Eugène Manuel ne se mêla pas
directement à la vie publique : il se contenta d'en
être le spectateur toujours attentif et intéressé.
Les circonstances y furent sans doute pour quelque
chose, mais il n'est pas difficile d'en voir des raisons plus profondes. Il aimait assez l'action pour
vouloir l'observer de près; sa nature était trop
réservée, trop circonspecte, trop idéaliste, pour
qu'il fût tenté de se jeter dans la mêlée. Il était
essentiellement un moraliste, et il avait exacte-
ment le genre de talent qui devait lui permettre,
en prose ou en vers, dans ses lettres comme dans
ses autres œuvres, d'exceller en ce genre, et d'y
joindre beaucoup d'agrément à beaucoup de sens
et de solidité.

Ce talent, qui éclate déjà tout entier dans la correspondance de jeunesse, est avant tout précis, fin,
équilibré, avec un don charmant de rêverie douce
et parfois de vivacité dramatique. Eugène Manuel,

je l'ai déjà dit, est au fond un lettré de tradition classique. Mais il l'est, comme pour tout le reste, sans étroitesse, à la façon de Sainte-Beuve plutôt que de Nisard. Une très jolie lettre est précisément consacrée à un parallèle entre Nisard et Sainte-Beuve. Il n'aime pas Nisard, ou plutôt, comme il dit, « les Nisard », car il ne sépare pas les deux frères, Désiré et Auguste, qui lui paraissent, avec des talents inégaux, les représentants d'une même école d'intolérance littéraire et de dogmatisme farouche. Sainte-Beuve, avec son ouverture d'esprit, son admirable don de sympathie, est tout à fait son héros. Le parallèle se poursuit pendant trois ou quatre pages qui sont un chef-d'œuvre de finesse, et qui, à cette date (1844), font particulièrement honneur à la perspicacité du jeune critique.

Eugène Manuel chercha sa voie dans plusieurs directions. Je ne parle même pas des velléités artistiques et surtout musicales qui avaient traversé son esprit dans sa première jeunesse. Mais plus tard encore, lorsqu'il se fut aperçu qu'il avait la vocation de l'enseignement et lorsqu'il fut entré à l'École Normale, il hésita entre diverses routes. Ce fut d'abord l'histoire qui l'attira, puis la philosophie. Cette seconde vocation paraît avoir été la plus sérieuse : s'il y renonça, ce fut surtout pour des raisons extérieures et à cause des conseils de

prudence que lui donnèrent alors ses maîtres. Il se
décida enfin pour la littérature, qui lui offrait un
terrain moins semé d'embûches, et qui d'ailleurs
lui permettrait de toucher à tous les sujets : il
suffisait de l'entendre en un sens un peu large et
de ne pas s'enfermer dans des cadres à la Nisard.
Il fut donc professeur de lettres, et il aima ses
fonctions de toute son âme. Il en avait vraiment
la vocation. Deux curieuses lettres à son jeune
frère, écrites de l'Ecole Normale, sont d'excellentes
et charmantes leçons, l'une de morale, l'autre de
littérature. Dans la première, il essaie de lui faire
comprendre ce que c'est qu'une vocation véritable,
pour le détourner de toute résolution hâtive; dans
la seconde, il lui explique ce que c'est que la
poésie, et il ne craint pas, pour se faire mieux
comprendre, de copier de longs morceaux de
Molière, de Chateaubriand, de Boileau, de Bossuet,
de Chénier, de Voltaire, de Descartes, de Lamartine, d'autres encore, qu'il commente avec un goût
très sûr et une patience inlassable. Il a vraiment
déjà la première vertu et le premier talent du professeur, qui est de vouloir à tout prix donner un
aliment sain à la pensée de son auditoire, et de ne
reculer devant aucun effort pour lui présenter les
idées les plus justes et les plus élevées sous la
forme la plus simple et la plus saisissable. Et notez
que ce professeur a vingt ans ! — Trois ans plus

tard, à Dijon, il se trouve en face d'un de ces problèmes délicats qui tourmentent parfois la conscience d'un professeur soucieux de son devoir. De
braves gens s'imposent de grands sacrifices pour
assurer à leur fils le bénéfice de l'enseignement
secondaire. L'enfant est médiocre et réussit mal.
La mère, désolée, humiliée dans sa vanité maternelle (car elle compare l'insuccès de son fils au
succès d'un camarade dont les parents sont à peu
près dans la même situation), vient trouver le jeune
professeur et lui conte tout au long son chagrin. Le
récit, par parenthèse, est délicieux. Le professeur
ne veut ni rebuter la pauvre femme ni lui laisser
trop d'illusions. Avec une exquise finesse, où la
bonté a autant de part que l'esprit, il la ramène
doucement à la réalité, lui montre ce qui est possible, le but que son fils peut atteindre, et la renvoie à peu près consolée. Ajoutons qu'il donnera
gratuitement, à ce pauvre garçon, quelques leçons
supplémentaires. Voilà certainement un charmant
exemple de ce que j'appelais la première vertu du
professeur, un dévouement sans étalage, accompagné d'un bon sens judicieux. Un professeur qui
comprend ainsi son rôle tient du médecin et du
confesseur : il dirige, il encourage et il console.

Eugène Manuel, fin psychologue, se connaissait
lui-même à merveille, et il est revenu à plusieurs
reprises sur la nature exacte du talent qu'il sentait

b

en lui et sur ses limites. Il aimait déjà à faire des vers, et l'on sait assez quel devait être plus tard son succès de poète délicat et familier. Il avait un jour envoyé quelques essais poétiques à Laurent-Pichat, poète lui-même, mais d'une inspiration plus romantique. Laurent-Pichat avait loué comme il convenait le bon sens gracieux de son ami, et réclamé, semble-t-il, un peu plus d'essor vers l'idéal. Eugène Manuel lui répond gaiement par une longue lettre où il se décrit et se définit avec une modestie narquoise et clairvoyante qui est d'un fin critique. Il s'amuse à parler de lui-même à la troisième personne, comme s'il s'agissait d'un autre. « Notre ami Eugène, assez délicat observateur des petites choses,... les isole et les dessine au trait; — son imagination a la qualité des lunettes achromatiques. — L'habitude d'enseigner y est pour beaucoup, mon cher Laurent : les beautés qu'on enseigne, il faut qu'on les prêche. Ce pédantisme de l'expérience, dont vous parlez, est une des nécessités du métier qu'il fait. » — Il est probable, en effet, que l'habitude d'analyser, indispensable au professeur comme au critique, peut faire quelque tort à la faculté d'imaginer. Mais nous avons vu que, chez Manuel, le don préexistait à l'habitude, ce qui est sans doute la règle chez tous les vrais critiques, sans excepter un Sainte-Beuve. — Et plus loin : « C'est à la prose

que doivent s'en tenir, je crois, toutes les intelligences de cette famille-là (*il vient de citer Topfer, à
qui Laurent-Pichat l'avait comparé, non sans raison*),
tous ces puritains du style, tous ces sobres et scrupuleux artistes, sans élasticité, et qui ne savent
pas rebondir ; — la prose, et surtout le roman ou
la nouvelle, se prêtent plus volontiers à une certaine
médiocrité délicate, et rare encore, de l'esprit, et
qui peut produire, avec du travail et une observation patiente, des œuvres assez estimables, dont la
correction, le naturel, et une certaine sensibilité un
peu railleuse font le mérite et le charme principal.
— Nous n'aurons pas de peine à décider notre ami
à s'en tenir à la prose, qui est son lot. » — Promesse de poète, qui heureusement ne fut pas
tenue. Il ajoute encore : « Avant de se mettre à
observer les autres, soyez assuré qu'il a commencé
par s'étudier lui-même, et qu'il se connaît assez
pour avoir réduit sa vanité poétique aux dernières
proportions. Il sait qu'il n'a point d'ailes, et il ne
songe pas à se frotter le dos pour qu'il lui en
pousse. Il ne peut accepter l'échange que vous lui
proposez ; il n'a que faire de votre cheval ; et
quant à vous envoyer le sien, qu'en feriez-vous ?
Ce n'est qu'une modeste bourrique, qu'il monte à
poil, qu'il excite du talon ; innocente et lourde monture qu'il enfourche sans trop de crainte, pour courir
de village en village et de colline en colline! »

Ce sont précisément toutes ces qualités qui font
le charme de ses lettres : sensibilité discrète et
vraie, observation des autres et de soi-même, trait
sûr et fin, imagination qui colore les choses sans
les déformer, gaîté d'un esprit facilement amusé
du spectacle du monde, qu'il note en moraliste et en
artiste, dans le plus menu et le plus précis détail.
A quoi il faut ajouter une tenue littéraire et morale
constante, et qui est presque d'un autre temps.
Nous imaginons volontiers aujourd'hui, dans une
correspondance familière, plus d'abandon, plus
d'inégalités, plus de négligé. Je ne sais si le professeur, surtout celui de la génération qui nous a
précédés, ne se marque pas dans cette surveillance
incessante de soi-même, et aussi dans cette innocente coquetterie du style qui fait du moindre
billet à sa famille un morceau achevé. Il est évident
que l'artiste scrupuleux qu'il était (il vient de
nous le dire lui-même) prenait conscience de son
rôle dès qu'il se mettait à sa table. Il se plaît à
raconter et à discuter, parce qu'il se rend compte
qu'il le fait en perfection. En ces temps reculés,
avant l'invention des cartes postales et du style
télégraphique, tout homme qui savait tenir une
plume savourait la joie de bien écrire, même pour
un ou deux lecteurs, et il n'ignorait pas que les
correspondants auxquels il s'adressait auraient
toujours le temps de le lire, comme il avait le

temps de leur écrire. Eugène Manuel, écrivant à ses
parents, ne craint pas de se raconter à loisir et
copieusement. Il sait que pas un mot ne sera perdu,
et que ses lecteurs, outre le plaisir de revivre sa
vie, auront celui de goûter sa grâce et son esprit.
Cela est un peu suranné et très touchant.

Je n'ai pas à déflorer ces lettres en les analysant :
on les lira; et nul doute qu'on n'en goûte le charme.
On l'y trouvera d'abord lui-même, avec ses rares
qualités intellectuelles et morales, et l'on aura
plaisir à lier connaissance avec cette âme si atta-
chante. On y trouvera aussi, à chaque instant, la
nature, cette nature française qu'il aimait tant,
dans la variété de ses aspects, et qu'il se complai-
sait à décrire; puis les hommes et les choses, et
les événements d'une période fertile en péripéties.
A Dijon, après un amusant récit de voyage qui
nous reporte à l'âge lointain des diligences, c'est
surtout la société qui attire ses regards : il y a là
l'histoire d'un bal de bienfaisance qui est bien
joliment contée. A Grenoble, nous sommes en pleine
révolution de Février : l'histoire des émotions,
des incertitudes, des agitations qui se succèdent
dans une ville de province, loin du théâtre des événements, est retracée d'une plume aussi habile que
minutieusement exacte; de même la silhouette de
quelques-uns des acteurs. A Tours, c'est encore la
société surtout qui est mise sous nos yeux, puis

la visite du Président et l'énigmatique figure de
Louis-Napoléon, que le jeune professeur voit de
fort près et qu'il dessine avec son impeccable sincérité. Tout cela vif, précis, mis en scène avec
verve et gaîté.

J'ai lu, pour ma part, cette correspondance avec
un intérêt qui n'a cessé de grandir à mesure que
j'entrais plus avant dans la connaissance de l'auteur et dans la familiarité de sa vie. Il me semble
que je ne puis en faire un plus bel éloge, ni jus-
tifier mieux les remerciements que j'adresse ici à
la famille et aux amis à qui nous en devons la
publication.

ALFRED CROISET.

INTRODUCTION

———

Les parents d'Eugène Manuel, quelques-uns de ses amis avaient précieusement conservé les lettres qu'il leur avait adressées, soit pendant ses années de Rhétorique et d'École Normale, soit pendant son séjour en province, et les lui avaient rendues. Lui-même, il avait classé tous ces feuillets par ordre de date, ajoutant les indications chronologiques qu'il avait pu négliger au temps où chaque lettre avait été écrite. Sans doute, si le temps ne lui avait manqué, aurait-il composé un livre de *Souvenirs*, et c'est peut-être dans la lecture de ces documents qu'il aurait retrouvé la fraîcheur de ses premières impressions.

A partir de 1850, revenu à Paris, il voit le nombre de ses relations s'accroître et sa correspondance s'étend. Mais, d'autre part, vivant avec ses parents, et, après son mariage, leur rendant de fréquentes visites, il a moins d'occasions, sauf pendant la période des vacances, de leur adresser ses impressions par écrit. Lorsqu'il est nommé inspecteur général de l'Instruction publique, il reprend ses habitudes épistolaires. Il ne laisse point passer de jour sans écrire à quelqu'un des siens, à sa mère en particulier,

et surtout, lorsqu'il est seul en tournée, à celle qui
a si noblement partagé son existence, à la femme
aimante et dévouée qu'est Madame Eugène Manuel.

Les lettres appartenant à cette période ont été
également conservées. Nous en avons opéré le clas-
sement qu'Eugène Manuel n'avait pas eu le loisir
de faire. Elles sont plus courtes, d'un caractère plus
libre, plus abandonné ; l'auteur s'y manifeste moins,
l'homme y apparaît davantage. Poète très goûté,
écrivain apprécié, universitaire de premier ordre,
Eugène Manuel avait alors à sa disposition d'autres
moyens pour exprimer ses opinions et ses sentiments,
et ce n'est pas seulement à ses correspondants,
malgré le charme et le pittoresque de certaines de
ces lettres, qu'il confiait le meilleur de ses pensées.

Et puis, tout avait changé autour de lui avec une
rapidité prodigieuse. Les chemins de fer, dont il
n'avait pas encore pu profiter lors de son premier
départ de Paris pour la province, avaient rendu moins
pénibles les séparations ; les communications postales
étaient devenues plus promptes et moins coûteuses.
Au lieu d'une longue lettre écrite en caractères minus-
cules sur papier pelure, et que l'on confiait parfois,
pour des raisons d'économie, à des amis de passage,
ce sont en général des billets de quatre petites pages
au plus qui sortent de la plume d'Eugène Manuel ; la
dépêche pneumatique, la conversation téléphonique
contribuent à diminuer le nombre des lettres et à les
écourter. La mode n'est plus aux longues épîtres.

. Du reste, la situation de ses principaux correspondants s'est modifiée. Très jeune, Eugène

Manuel s'était, pour ainsi dire, institué le guide et l'éducateur de son frère et de sa sœur, le conseiller de son ami Laurent-Pichat. Il leur propose des sujets de lettres, à titre d'exercice littéraire et intellectuel; il s'en impose à lui-même d'autres, pour s'obliger à réfléchir et pour fixer ses propres idées. De Dijon, de Grenoble, de Tours, il dirige encore sa famille, et l'on verra, en parcourant ce volume, qu'au point de vue politique en particulier, il cherche en vain, en termes respectueux et atténués, à faire partager à son père l'ardeur de ses convictions républicaines. Le temps de la maturité, de la vieillesse même, est venu pour les siens; il ne songe plus à morigéner; ce sont des impressions sentimentales, des réflexions sur les hommes et sur les choses qu'il communique à ceux qu'il aime.

Eugène Manuel avait désigné pour la publication éventuelle de ses manuscrits MM. Albert Cahen et Lévy-Wogue. On sait avec quel talent M. Albert Cahen s'est acquitté de sa tâche, en présentant au public un volume de *Mélanges en prose*, choix, ingénieusement fait, des discours, des articles, des rapports les plus remarquables du regretté inspecteur général. M. Paul Carcassonne, lettré délicat, s'est chargé d'écarter, comme représentant de la famille de l'auteur, tout ce qui, dans cette correspondance, offrait un caractère de trop grande intimité. Ces éliminations faites, nous nous trouvions en présence de liasses de lettres assez nombreuses pour fournir la matière de plusieurs volumes.

Pour le moment, nous avons cru devoir nous

borner à la période de jeunesse. Toutes les aspirations, toutes les tendances d'Eugène Manuel se trouvent représentées dans les lettres de cette époque.
Ce sont les mêmes sentiments auxquels il reviendra
dans la suite, mais avec plus de légèreté, se conten-
tant d'indications, au lieu de se laisser aller, comme il
le fait à ses débuts, à développer amplement ses
idées. Ce qui constitue l'admirable unité de cette vie
d'honnête homme, c'est que, dans les lettres qu'il écrit
de 1842 à 1852, il est déjà tout entier, tel que la suite
de sa carrière le fera connaître. Il ne se démentira
pas, il ne se contredira pas, il ne donnera pas le spectacle de fâcheuses palinodies.

Même pour ce groupe de lettres auquel nous avons
momentanément limité notre choix, nous avons dû,
pour ne pas surcharger ce livre, faire d'importantes
éliminations. Par des réductions successives, nous
avons été entraîné à supprimer *plus de la moitié* des
lettres que nous pensions livrer au public. Nous
avons gardé surtout ce qui paraissait avoir une
valeur documentaire. Tout ce qui pouvait renseigner
le lecteur sur l'École Normale et les partis littéraires
de 1842 à 1847, sur la vie d'un jeune universitaire en
province, sur l'état d'esprit des populations dans ces
années troublées nous a semblé digne d'être conservé. Nous avons dû renoncer à des pages exquises
où se révèle toute la tendresse du futur poète des
Pages Intimes; nous avons écarté des passages d'un
sentiment très fin où se manifeste la sollicitude
presque féminine, disons même maternelle, d'Eugène
Manuel à l'égard de tous ceux qui lui sont chers. Des

confidences, des songes d'avenir, modestes et doux, des enfantillages charmants, des plaisanteries ingénieuses, des esquisses comiques où règne une gaieté innocente et sans venin ont été laissés de côté, non sans regret, pour faire place à ce qui nous semblait devoir intéresser le plus le public.

La suite de ses lettres, dont on appréciera la valeur d'après certaines citations que contient le présent volume, est destinée à un recueil qui paraîtra ultérieurement. Elle fera connaître un écrivain plus sobre, plus réservé, d'une fougue plus contenue, à qui la vie a beaucoup appris, d'ailleurs toujours fidèle aux mêmes idées, mais ayant trouvé dans une union qui, jusqu'au dernier moment, a été d'une tendresse touchante, la réalisation des rêves de bonheur qu'il formait dans sa jeunesse.

FERNAND LÉVY-WOGUE.

1ᵉʳ septembre 1909.

LETTRES DE JEUNESSE

PARIS

(1842-1846)

A Laurent-Pichat.

11 février 1842.

Dormez, veillez, fumez, sautez, gambadez; faites la roue, la culbute, au clair de la lune; maniez le gobelet, escamoteurs de bon sens, prenez vos couvertures et vos oreillers pour tapis; faites dessus des poses, des danses, bateleurs romantiques, Shakespeares pour rire! Allez! je ne vous regarde pas, je ne vous écoute pas; je suis loin de toute cette folie, de tout ce burlesque. Riez! riez! je suis plein d'impressions graves! je déborde de souvenirs nobles; j'exhale des vers majestueux; je pleure des accents pathétiques; je me berce dans une harmonie relevée; je suis parcouru de divins frissons; je suis tout dans un spectacle, tout dans une méditation, tout dans une extase; j'ai vu hier soir *Phèdre*, j'ai vu

1

Rachel; et, je vous le dis, c'est beau! c'est beau!
c'est beau! — Et voyez : Guyon est mauvais, parce
qu'il hurle et remue les bras; c'est un boucher toujours prêt à assommer son bœuf, ou le contraire.
Rey est mauvais, parce qu'il chante d'une voix grêle
et enrouée. Mlle Garrique est mauvaise, parce qu'elle
est inintelligente, gênée, disgracieuse, laide; les
autres sont mauvais, parce qu'ils sont à peu près
nuls.

Et cependant, je vous le dis encore, c'est beau!
c'est beau! c'est beau! Rachel illumine tout cela;
c'est la vraie prêtresse entourée d'enfants de chœur,
et la prêtresse suffit au temple. La scène, fût-elle
pleine, paraît vide quand elle sort; la scène, fût-
elle vide, paraît pleine quand elle entre. Racine et
Rachel s'aident mutuellement; ils rayonnent l'un de
l'autre; à tous les deux donc, nos bravos! Songez que,
pour lui, c'était le sujet le plus difficile à traiter; pour
elle, le rôle le plus terrible à aborder. Tous deux sont
parfaits, autant qu'ils pouvaient l'être; lui pour son
époque, elle pour son âge.

Quel grand reproche lui fait-on à lui? l'amour
d'Hippolyte pour Aricie? — Mais sans cet amour, où
serait la jalousie de Phèdre? La jalousie dans l'adul-
tère : cherchez donc quelque chose d'aussi hardi
dans l'antiquité. — Et d'ailleurs le fils de Thésée est
un homme, il faut un côté humain à ce farouche
chasseur. Si son amour nous paraît ridicule, comme
celui d'Aricie, c'est qu'il est joué ridiculement. J'ai
relu la pièce, seul, la tête reposée, et j'ai trouvé en
déclamant qu'il n'y avait pas un vers de ces dialogues d'amour qui ne pût être rendu avec un sentiment de l'amour antique, de l'amour mythologique
et sauvage. Mais ces imbéciles, ils vous ont un air

langoureux, la main sur le cœur, les yeux en cou-
lisse, la tête amoureusement penchée; le maintien
chaste, les yeux baissés; n'osant s'approcher, se
toucher; que sais-je? c'est à vous indigner. Pro-
noncez les mêmes vers franchement, la tête haute,
le front mâle, un peu cavalièrement, à la manière
des héros de Virgile et d'Homère; jouez Racine,
comme vous jouez Corneille; faites d'Aricie une
vraie fille des anciens rois, une esclave qui hait son
esclavage, une vaincue qui aime son vainqueur, qui
se plaint, qui appréhende, qui aime en Grecque, et
non en petite bourgeoise; et vous verrez alors!

Quant à Rachel, que lui reproche-t-on? de n'avoir
pas assez de feu? mais Phèdre est mourante. Voyez-
la : pâle, faible, se soutenant à peine; c'est en dedans
qu'est le feu; et ce feu ne doit pas paraître; une
seule fois, elle le montre; c'est quand elle s'ouvre à
Hippolyte; et alors est-elle froide, dites? — Elle imite
ses devancières? — lesquelles? Mme Dorval? elle est
bien mauvaise; c'est au point que je ne me souviens
plus de ce qu'elle a fait saillir dans son rôle.
Mlle Maxime? mais elle est sans noblesse; elle se
traîne. Phèdre doit être vaincue par Vénus, et non
pas accablée. Reste Mlle Duchesnois; mais, alors,
on chantait encore un peu la tragédie; et puis,
Mlle Duchesnois, vous savez? ce gros nez, ces grosses
lèvres, une Phèdre hottentote; il fallait bien de l'illusion pour la croire belle. Reste Mlle Contat, reste la
Champmélé; c'étaient là de grandes tragédiennes,
comme Mlle Duchesnois, du reste; pourquoi veut-on
que Rachel interprète d'une manière nouvelle les
parties du rôle qu'elles ont bien comprises? Le talent
consiste-t-il dans l'innovation? Mlle Rachel, qui n'a vu
aucune de ces trois reines, sent comme elles, pleure

comme elles, meu.. comme elles; est-ce une preuve
de médiocrité? N'est-il pas naturel qu'elle se soit
rencontrée avec elles, étant de la même famille poétique, et née sous la même étoile?

Ne dirait-on pas que je plaide?—c'est assez. Je vous
dis que c'est beau. Qu'on me croie! Phèdre c'est tout
aussi audacieux qu'Antony : que dites-vous de
l'idée? C'est plus audacieux même, si vous transportez
cette histoire au xix° siècle; si Thésée est un général
de l'Empire, et Phèdre une dame du faubourg
St-Germain, et Hippolyte un élève de Jean-Jacques.
Pour la fatalité, il n'y a pas à l'ôter, elle est dans
Antony comme dans Phèdre. — J'ai fini. Si mon admiration vous semble outrée, voici qui l'expliquera et
peut-être l'excusera : mon père avait rendu des services à la famille des Félix au temps de leur misère;
ils s'en étaient montrés assez peu reconnaissants; un
reproche indirect est parvenu à Rachel; elle s'en est
vengée en nous envoyant un mot de sa main, et sa
loge. Jugez maintenant.

A Laurent-Pichat.

Ce 10 avril 1843.

La fortune est bien injuste, avouez-le. — Elle ne
l'est cependant pas toujours; et voilà ma transition
pour arriver à M. Régnier[1]. Précepteur du comte de
Paris! c'est un homme digne d'une si haute place;
c'est une place digne d'un tel homme; M. Villemain,
qui a proposé M. Régnier au roi, est un homme de

---

1. Régnier était professeur de rhétorique au collège Charlemagne; Eugène Manuel était son élève.

tact. Si vous voyiez M. Régnier! il est tout feu! non
de joie, non d'orgueil, non d'ambition; mais de confiance. Il veut mettre au service du marmot royal
tout ce qu'il a de droiture, de justesse d'esprit, de
science, de bonhomie; c'est par devoir qu'il a
accepté la fonction; c'est aussi pour l'avenir de ses
enfants; ils seront élevés avec le petit prince; il va
loger avec eux et sa femme aux Tuileries. — Avouez
que c'est très beau! — Mais quelle perte pour la rhétorique! Notre année ira tout de travers. Nous
aurons, dit-on, M. Caboche, professeur de seconde
à Henri IV. Que sera-ce? je ne sais. — Pour nous,
nous sommes contents, et désolés; on n'apprécie
que ceux qu'on perd! la remarque est vieille.
— Du reste, les journaux ont dû vous dire déjà
tout cela; mais encore une fois, le choix est beau
et bon; ce n'est pas un homme à idées fausses,
que M. Régnier; il est l'ennemi de tout ce qui n'est
pas logique; l'ami de tout ce qui est noble;
M. Régnier, né sur le Rhin, à Mayence, a quelque
chose de ces chevaliers allemands (non pas les
Burgraves!!!), sérieux, froids, généreux; ni lourds,
ni légers; modestes, mais assez sûrs d'eux-mêmes.

. . . .

A *Laurent-Pichat.*

Mercredi, 26 avril 1843.

. . . .

Voyez-vous il faut produire; il faut se dépêcher;
révélez-vous, si vous avez l'intention de vous révéler;
d'autres vous devancent; on commence à ne plus se

contenter des *tirades-Hugo*, des *vaudevilles-Dumas*, et des *opéras-Delavigne*. M. Ponsard a su prendre le bon moment; faites comme lui; sa pièce[1] est belle, d'après ce que j'en ai lu. Le jour de la première représentation je n'ai pu entrer, n'ayant pas pris la précaution d'avoir une place retenue; je vais ce soir à l'Odéon; je vous écrirai mes impressions. — Quant à *Judith*[2], on dit que c'est une pièce à la *Duché*; faut-il le croire? — les *Burgraves*, que j'ai enfin vus, ne m'ont pas suffisamment satisfait; quelques entrées grandement et magnifiquement calculées, de beaux vers; mais des longueurs, peu d'intérêt, un plâtrage d'érudition; en somme, comme je connaissais la pièce, j'ai un peu dormi.

. . . .

Jeudi 27.

J'ai vu *Lucrèce*; et je dis, comme disent tous les autres, comme vous direz sans doute, que c'est une admirable étude. Si vous avez du goût, si vous aimez les beaux vers simples, l'étude historique saisissante, les sentiments nobles, noblement exprimés, surtout si vous aimez un plan régulier, un sujet attachant, des caractères selon la nature, une poésie naïve et patriarcale, je vous défie de ne pas placer *Lucrèce* beaucoup au-dessus des *Burgraves*. Mais ce n'est pas assez bien joué. Bocage, excellent lorsqu'il peut parler bas, est faible lorsqu'il doit exciter la foule; Mme Dorval n'a pas assez de noblesse, et dit mal le rêve; Bou-

1. La tragédie de *Lucrèce*, représentée le 22 avril 1843.
2. Tragédie en 3 actes de Mme de Girardin, jouée le 24 avril 1843. Rachel y tenait le rôle principal.

chet est d'une lourdeur bête; Mme Halley a de très bons moments; elle écoute bien; le reste est à l'avenant. — Savez-vous que l'on ne peut pas donner à cette pièce l'insignifiante dénomination de *classique*; ce n'est pas non plus cette autre espèce insignifiante qui a nom *romantique*. Classique! Romantique! à bas ces mots-là! mots vides, à moins que *classique* ne signifie pureté de la forme et pureté du fond, et *romantique*, dévergondage de la forme et du fond. Mais non! il y a du beau dans les deux genres, seulement ils se croyaient exclusifs; ils ont reçu un gros démenti. — Qu'en dites-vous? — Il y a longtemps que l'on attendait cela; car Delavigne n'avait pas assez de grandeur et de génie, pour opérer la fusion. — Quelles jalousies dans nos grands hommes! ils se mordent les pouces. — Les journaux disent de M. Ponsard que c'est Corneille, plus Chénier; soit! seulement j'ajouterai, pour me mettre au niveau de leur éloge un peu outré : Corneille, plus Chénier, plus Al. Dumas. — *Caligula* était un essai de ce genre; mais bien inférieur. — Voyez la pièce, et puis répondez.

A Laurent-Pichat.

Samedi 30 octobre 1843.

Je suis à l'École Normale[1], qui est désormais mon domicile respectif. Je respire l'air antique du quartier latin[2]; j'admire, du haut de mon troisième étage, tout Paris et toute la banlieue du nord; notre horizon

---

1. Eugène Manuel avait été reçu à l'École Normale au mois d'août 1843.
2. L'École Normale était alors rue St-Jacques, dans les dépendances du collège Louis-le-Grand.

est vaste; mais c'est un redoublement de cruauté
quand on est en cage. Je vous avoue que je m'habi-
tuerai difficilement à ma nouvelle position. Moi qui
n'ai jamais quitté le coin du feu, le poêle paternel,
moi qui me plaisais dans un modeste *confortable*,
moi qui avais quelquefois de la pudeur comme une
femme coquette, me voici condamné à cette vie en
commun, où l'on sacrifie à la discipline mille petites
délicatesses, depuis la toilette du lever jusqu'à celle
du coucher; mon lit me semble étroit comme un sac,
et court comme le lit de Procuste; la nourriture est
problématique, ou du moins, bien qu'abondante, et
même appétissante, elle ne parle pas franchement à
l'estomac comme la simple nourriture de famille.

Quant à la liberté dans l'intérieur de l'École, nous
n'avons pas à nous plaindre; nul ne nous surveille;
c'est un vrai phalanstère d'étudiants, que cette École
Normale; à peine voit-on de temps en temps l'ombre
vaporeuse d'un directeur, ou d'un inspecteur. On
peut travailler, si l'on veut; ne pas travailler, si l'on
ne veut pas; mais vous comprenez que, sans travail,
on mourrait d'ennui; le travail n'est donc pas une
nécessité, comme dans les pensions ou les collèges,
mais un besoin, un besoin inséparable du séjour
à l'École. — Nous avons quatre bibliothèques fort
bien fournies : l'une de sciences; elle a été léguée à
l'École par Cuvier mourant; une deuxième, de lettres;
une troisième, d'histoire; une quatrième, de philosophie; on y va lire deux heures tous les jours et
l'on peut y emprunter des livres.

La littérature française est un peu négligée à
l'École, pendant la première année : car la grande
occupation, *c'est la licence*, ce *sine qua non* du pro-
fessorat; donc nous allons pâlir sur la rhétorique

d'Aristote, sur les chœurs d'Eschyle, sur l'*Orateur*
de Cicéron ; sur tout ce qui est vieux !

Adieu donc pour une année, et jusqu'aux vacances
prochaines, adieu le théâtre, adieu la poésie, adieu
les journaux, adieu tout ce bagage quotidien de nouvelles qui sont vieilles, de vérités qui sont fausses !

. . . .

Parlez-moi de tout ce dont je ne pourrai pas vous
parler ; je vous parlerai, en revanche, de tout ce dont
vous ne me parlerez probablement pas. En un mot,
ne m'oubliez pas, ne me regardez pas comme mort,
ou parti, parce que je loge en haut de la montagne
Sainte-Geneviève, et que je suis cloîtré là, à la façon
des bénédictins, moins la piété.

A son frère Arthur.

Mars 1844.

Il y aurait bien des choses à dire sur cette question
de vocation, surtout si je voulais la traiter en partant
d'un principe philosophique, en faisant l'analyse
psychologique des tendances innées de l'homme ;
puis, en examinant toutes les professions particulières et en montrant les liens qui les attachent aux
diverses tendances de l'homme. Je devrais aussi te
faire voir que tout individu a dans la vie un devoir à
remplir, devoir pour lequel Dieu l'a fait naître, car il
n'y aurait pas de raison pour que l'homme naquît
sans cela. Ce devoir de tout homme, c'est de pour-
suivre le bien, la vertu, d'arriver à être le plus honnête homme possible, le mieux élevé, le plus poli, le
plus bienveillant, le plus généreux, le plus résigné, etc.

La vertu, c'est là la première vocation de l'homme; et c'est cependant celle qu'il néglige le plus souvent. Or, tout en s'occupant de la vocation particulière, il faut toujours avoir celle-là devant les yeux; car elle peut s'exercer en même temps que toute autre vocation. On peut être à la fois tailleur et vertueux, charbonnier et vertueux; mais quant à ceux qui ont la vocation du vol ou du crime, c'est différent; on ne peut pas être à la fois voleur et vertueux ni meurtrier et vertueux. Toute espèce de vice depuis le meurtre jusqu'à la paresse, jusqu'à la grossièreté, jusqu'à l'obstination est contraire à la vocation innée, qui est celle du bien. Pour les vocations particulières, je ne crois pas qu'elles naissent toutes faites avec l'homme; un homme ne naît pas plus poète qu'il ne naît pâtissier; seulement, cet homme naît plus intelligent que tel autre; de plus les premières impressions diffèrent; l'éducation est autre; les exemples qu'on a sous les yeux influent, ainsi que les lectures que l'on fait, sur le tempérament que l'on a, ou les premiers succès qu'on obtient dans ses classes, ou dans le monde. Puis, au bout de quinze ou vingt ans, toutes ces causes réunies, toutes ces circonstances diverses forment le fond du caractère de chaque jeune homme et donnent naissance à ce qu'on appelle la vocation.

Veux-tu que je me prenne pour exemple? Comme j'ai pu m'observer moi-même, je sais ce qui en est, mieux que tout autre : je suis né de gens spirituels et bons; j'ai eu une enfance calme, heureuse, gâtée; j'ai demeuré à la campagne et je l'ai aimée, j'ai eu une éducation assez *instruite*; je dois à grand'maman un fonds de caractère religieux; à ma tante Pauline, un fonds de caractère philosophique; à mon oncle

Jules, une tournure d'esprit littéraire et artistique ; je dois à papa et à maman tous les bons exemples, tous les bons conseils, tout le cœur aimant que j'ai en moi. C'est en les voyant que j'ai aimé le foyer domestique. De tout temps dans la famille on a aimé les arts, quels qu'ils soient : tire de tout cela les conclusions, et tu connaîtras mon caractère.

Jusqu'à quinze ans, je me crus une vocation pour les arts ; j'appris le dessin, l'architecture, puis j'eus une vocation pour la littérature. On me mit au collège, et ce n'est pas dès le commencement, comme tu le crois, mais seulement en Seconde que je me suis senti une vocation pour l'enseignement, c'est-à-dire à dix-sept ans, à dix-huit ans ; et encore ma vocation n'était-elle pas bien fixée, mais elle l'est devenue, parce qu'elle était née du fonds de mes tendances. Ma vocation ainsi fixée se tourna alors vers l'histoire ; c'est que l'histoire donne un libre cours à l'imagination, et qu'elle tient aux arts, que j'aimais.

Aujourd'hui je dis que ma vocation est pour la philosophie, parce que toutes mes tendances, toutes les circonstances de ma jeunesse se sont réunies pour me donner cette vocation. Dans la profession d'historien, je n'aurais pu développer qu'une des faces de ma nature, tandis que dans la philosophie je me développerai tout entier ; je pourrai être champêtre, puisque la philosophie étudie les tableaux de la nature ; je pourrai être pieux, puisque la philosophie c'est la religion ; je pourrai être artiste, puisque la philosophie traite de tous les arts et recherche les principes du beau, dans la musique, dans la peinture, dans la poésie, dans les formes, etc. ; je pourrai être littérateur, puisque la philosophie a besoin d'être écrite dans un beau langage, pour plaire et convaincre; je pourrai satisfaire mes goûts paisibles, puisque ma vie se passera en méditation. En un mot, quand je réfléchis, il me semble que chacune des plus petites circonstances de ma vie passée, depuis ma naissance jusqu'à mon entrée à l'École, n'aient été qu'une préparation à la philosophie sans que je m'en doutasse, car on ne s'en doute jamais qu'au moment même.

Sans doute, les vocations n'attendent pas toujours si longtemps pour naître; mais quand on s'y attache trop vite, on court risque de se tromper. Toi, donc, qui ne te sens pas encore de vocation, ne t'en étonne pas, ne t'en plains pas, continue à faire ce que tu fais; suis la vocation innée dont je te parlais au commencement, c'est-à-dire suis la sagesse en attendant que ta vocation particulière te vienne. Il y a des vocations qui se décident très tard; en attendant, on remplit ses devoirs et cela est aussi beau qu'une vocation. Il y a des gens qui n'ont jamais eu de vocation réelle, de toute leur vie; ils n'ont eu que des caprices auxquels ils obéissaient et ils s'en repentaient ensuite. Pour toi, apprends à devenir un bon et habile commerçant; c'est une vocation aussi belle qu'une autre, de faire fortune; si tu n'en as pas d'autre dans deux ou trois ans, tiens t'en à celle-là, et mets-y tout ton zèle et tout ton esprit. Il ne s'agit pas de prendre pour vocation la capacité qu'on a de faire telle ou telle autre chose; par exemple moi, parce que j'aime la musique, dois-je dire : ma vocation serait d'être musicien? ou bien, parce que j'aime la poésie, dois-je dire : ma vocation serait d'être poète? Non, ce sont là des goûts; et je puis les suivre, je puis faire de la poésie et de la musique tout en étant philosophe. De même tu peux, toi, chanter et apprendre la musique, tout en étant commerçant; si plus tard ta voix se forme en même temps que ta vocation, alors on verra; mais il ne faut jamais abandonner le plus sûr pour le moins sûr, ni l'utile pour l'agréable, ni le travail pour la paresse.

Le mot vocation a égaré bien des jeunes gens et fait le malheur de bien des parents; il ne faut pas jouer avec ce mot, mais le prendre au sérieux. Étudie ton caractère, tes impressions, tes goûts, ton tempérament; cela te mettra un peu sur la voie de ta vocation, Ni toi, ni moi, ni personne nous ne pouvons rien décider, car bien des choses, bien des idées, peuvent changer en toi, d'ici à deux ou trois ans. Attends donc, ne t'impatiente pas, et si tu ne te sens pas encore de vocation, c'est que tu n'en as pas encore; tu connaîtras que tu en as une le jour ou tu sentiras qu'une grande ardeur t'emporte vers telle carrière et qu'ailleurs tout serait en opposition avec tes goûts, tes idées, tes sentiments. — Ces vocations sont très rares, encore une fois. Sur mille personnes qui se croient des vocations, 990 se trompent et seraient prêtes à faire autre chose, sans trop de désespoir. Réfléchis à cela et écris-moi autre chose.

A Laurent-Pichat.

7 avril 1844.

L'amitié de Boileau pour Racine l'a fort aveuglé sur Pradon, mais j'en veux surtout à la postérité, qui s'en remet à deux ou trois vers de Boileau pour juger

un homme. C'est une triste chose! Non pas que
Pradon soit un bon poète; il a beaucoup de plati-
tudes; mais généralement il écrit bien; la pureté de
Racine a passé jusqu'à lui; faites-le naître dans un
autre temps, dans un temps où il n'y aurait pas eu
de poètes aussi admirables que Racine et Corneille,
qui l'ont totalement éclipsé, et Pradon eût été connu,
loué; mais il est né dans un temps où les servantes et
les charretiers parlaient mieux le français que ne le
parlent aujourd'hui les académiciens; de là l'injustice
et l'oubli. On plaçait alors au-dessous du médiocre
tout ce qui n'était pas parfait; aujourd'hui, on place
au-dessus du parfait tout ce qui est même au-dessous du médiocre; la postérité jugera-t-elle bien ou
mal? je ne sais; elle est si bizarre!

Je ne veux pas me faire le champion, le chevalier
errant des vieux poètes méconnus; je laisse cette
tâche à Sainte-Beuve; c'est son métier. Je crois d'ailleurs qu'il y a toujours quelque chose de vrai dans
cet oubli où on les laisse; les vaincus ont tort; mais
cela n'empêche pas qu'on ne doive les plaindre.

Je ne veux pas qu'on aille déterrer tous ces auteurs-
là, depuis Chapelain jusqu'à Pradon, depuis Robert
Garnier jusqu'à Lagrange-Chancel, et qu'on en fasse
de grands hommes, comme on a fait pour Ronsard.
Non! ce qui est mort est mort; ce qui est vieux est
vieux; ce qui est jugé est jugé. Je voulais vous montrer seulement, qu'il n'y a que les œuvres tout à fait
belles qui survivent; et que pour faire des choses
assez bonnes, on court risque d'être inconnu au bout
de cinquante ans. Vous imaginez-vous que Lamartine
et Hugo [1] iront à la postérité avec un gros bagage?

1. Victor Hugo n'a pas encore publié ni les *Châtiments* (1853),
ni les *Contemplations* (1856), ni la *Légende des siècles* (1859, 1877,

certainement non. Comme il faut espérer que d'ici à cent ans nous aurons de plus grands poètes qu'eux, sinon pour le talent, du moins pour la perfection, ils seront éclipsés par ces successeurs; et on réunira en un tout petit volume leurs plus beaux vers, comme on fait aujourd'hui des choix des poésies de Ronsard et de du Bellay; leur nom restera connu, car ils ont commencé une réaction importante; mais on lira peu leurs œuvres. Les amateurs de bibliographie seront à peu près seuls à connaître la *Chute d'un Ange*, ou les *Burgraves*, ou les petites *Ballades* extravagantes; on ne lira, on ne connaîtra, on n'admirera que les *Médi- tations*, quelques parties de *Jocelyn*; quelques *odes* et autres poésies de Hugo; et quelques passages de ses pièces. Voilà tout. Mais qui parlera d'Émile Des- champs, de Théophile Gautier, d'Arsène Houssaye, etc., dans cent ans, à moins qu'ils ne fassent quelque chose de remarquable d'ici-là?

Laurent, je vais vous parler un peu du sujet que M. Bétolaud a touché avec vous, le jour qu'il vous a rencontré, et qu'il a traité avec moi il y a quelques jours. Je l'ai vu. C'est une affaire fort grave, puisque c'est tout mon avenir. — Quand je suis entré à l'École, c'était avec l'idée de travailler spécialement l'histoire; et d'être professeur d'histoire; j'avais un goût très vif pour ces choses-là; je souriais aux vieilles chro- niques, et j'adorais le passé; nul homme, plus que M. Toussenel [1], ne pouvait me donner ce goût de l'histoire. M. Toussenel, avec son esprit français, son

1883), ni *les Chansons des Rues et des Bois* (1865), ni *l'Année Ter- rible* (1872), ni *l'Art d'être grand-père* (1877), ni les *Quatre Vents de l'Esprit* (1881).

1. Son professeur d'histoire au collège Charlemagne.

humour, sa science qui n'a rien d'aride, son enseignement plein d'originalité, ses boutades si plaisantes
et si philosophiques, M. Toussenel m'avait séduit, et
entraîné vers les études historiques; il les fait aimer à
tous ceux qui passent par ses mains. — On ne peut
pas aimer ce que l'on ne connaît pas : je ne connaissais pas la philosophie, je ne pouvais donc l'aimer;
aujourd'hui, j'avoue encore que l'histoire est la plus
belle des sciences, la plus belle, en en exceptant une,
qui est la philosophie, et qui est plus belle que l'histoire. Mon goût a donc changé : l'histoire, c'est le
passé; la philosophie, c'est l'avenir. J'aime mieux travailler sur l'avenir que sur le passé; je suis persuadé
que j'y réussirai mieux.

Mais voici que le catholicisme, que l'on croyait
mort, revient sur l'eau; les jésuites se démènent;
les bigots remportent de petites victoires; et la vie
des philosophes s'en trouve un peu agitée. Certes,
aurait-on cru pareille chose au XIX° siècle? Il y a
une lutte assez sérieuse qui s'engage entre la liberté
d'examen et le catholicisme; il faut que l'un des
deux succombe. Cela peut être long.

Il est donc à craindre, pour moi qui ne suis pas
de la communion catholique, que je n'aie à prendre
ma part dans cette lutte, et à combattre pour le bon
droit, la raison, le progrès, l'avenir, contre la superstition, l'hypocrisie, le passé; il est à craindre que je
ne sois passagèrement tracassé par les évêques et les
prêtres; or, M. Bétolaud qui sait que j'aime la tranquillité, l'égalité de bonheur, la vie du foyer, s'effraie
pour moi et ma famille. Il semble, à l'en croire, que
l'on doive bientôt brûler les philosophes. Pour moi
qui ai foi en l'avenir; pour moi qui ne crois pas que
le régime des jésuites puisse revenir; pour moi qui

trouve de l'honneur dans cette lutte des fausses croyances, et de la vraie philosophie; pour moi, qui espère d'ailleurs trouver dans l'Université des appuis, si je suis attaqué, et une protection, si je suis en danger, je ne vois pas qu'il faille reculer devant la tâche.

Je sais tout le gré possible à M. Bétolaud de ses conseils; c'est un excellent homme, plein de zèle pour moi, plein d'amitié; mais je le crois un peu voltairien, du côté de la philosophie; c'est de plus un bourgeois modèle; cela signifie qu'il ne se soucie ni de la philosophie ni des luttes qu'elle peut engager. Moi, je crois au contraire à la grandeur de la philosophie et à la dignité d'une lutte engagée pour la défendre. Pourquoi irai-je me condamner à l'obscurité, quand la persécution peut me fournir des occasions de me faire connaître? M. Bétolaud, pour ne pas contrarier mon goût, me conseille d'être professeur d'histoire, et de travailler la philosophie en particulier. Ces deux choses sont difficilement conciliables; je m'occuperai certainement assez souvent d'histoire, car je n'oublie pas mes premières amours; mais pour enseigner l'histoire, il faut des études toutes différentes; et ce n'est pas dans la chronique que j'apprendrai le secret de la destinée humaine, et la cause de toutes choses; la philosophie ne veut pas de rivales. — D'ailleurs, comme professeur d'histoire, je puis être attaqué aussi; ajoutez qu'ici, à l'École, on m'encourage à la philosophie, que M. Dubois et M. Jules Simon sont mes maîtres. — Où prendrait-on en main la cause de la philosophie, c'est-à-dire de l'humanité, si cette cause est dédaignée à l'École Normale; si l'on a peur? — Il y a d'autres raisons encore pour et contre; il serait trop long de vous en parler; mais M. Bétolaud ne voit, dans la philosophie, pour

2

moi, que des petites tracasseries d'évêques, et des attaques; je vois là, moi, des chances de succès, des attaques honorables, et une route plus courte, dans le cas où il me prendrait quelque velléité d'ambition et d'amour de la renommée.

———

A son frère Arthur.

Juin 1844.

Ta lettre est bonne, elle est claire, elle est juste, en général, mais crains l'affectation, ne cherche pas les mots rares, bizarres, peu agréables; ne dis pas qu'*il faut frayer une route épineuse aux plus gan-grenés*; crains aussi les jeux de mots, à moins qu'ils ne soient excellents, et qu'ils ne viennent très natu-rellement. J'ai un assez grand nombre de remarques de détails à te faire; car, si presque tout ce que tu dis est clair et juste, il s'en faut que ce soit complet. Voici l'ordre de ta lettre : 1° la manière dont tu sens la poésie; 2° les poètes que tu aimes; 3° ce qu'est la poésie en général; 4° la définition de chaque genre particulier de poésie. Aucun de ces quatre points n'est complet et tu en as oublié d'autres, de très importants, et cependant, ta lettre est bonne.

. . . .

Qu'est-ce que la poésie [1]? c'est le développement des facultés sensibles et imaginatives, c'est la musique de la pensée, c'est l'expression la plus vive, la plus colorée, la plus animée, la plus harmonieuse des

1. Eugène Manuel a repris cette question dans un article du *Dictionnaire de Pédagogie* de M. Ferdinand Buisson (1880). L'article a été recueilli dans les *Mélanges en prose* (Paris, Hachette, 1905) à la page 3.

sentiments et des idées qu'il y a en nous. Et sache bien une chose, c'est que la plus ancienne poésie a pu être en prose, et aujourd'hui encore, il peut y avoir de la poésie en prose. C'est là que tu t'es trompé; la poésie n'est pas le contraire de la prose. Le contraire de la prose, ce sont les vers; or, Chateaubriand, Fénelon, George Sand, etc., n'ont pas écrit en vers, mais ils sont autant poètes que les poètes, puisque, dans leurs ouvrages, ce qui domine, c'est l'imagination et la sensibilité, l'animation, la coloration, l'harmonie, etc. Boileau, au contraire, qui n'a fait presque que des vers, est peu poète, il l'est beaucoup moins que ceux que je viens de te nommer. Le vers n'est pas la poésie; c'est une certaine forme savante, une certaine méthode de la poésie, c'est un cadre où l'on fait entrer l'idée poétique; or, si tu vois un tableau avec un cadre autour, diras-tu que c'est le cadre qui fait le tableau? et le tableau sans le cadre, n'est-il plus un tableau? de même, l'idée poétique, sans la forme du vers, n'est-elle plus poétique? Je vais te fournir un exemple frappant de vers qui sont de la prose, et de prose qui est de la poésie. Je cite des vers d'*Amphitryon* [1] :

> Raconte-moi, Sosie, un tel événement.
> Je le veux bien, Madame, et sans m'enfler de gloire
>   Du détail de cette victoire,
>   Je puis parler très savamment.
>   Figurez-vous donc que Télèbe,
>   Madame, est de ce côté;
>   C'est une ville, en vérité
>   Aussi grande, quasi, que Thèbe.
>   La rivière est comme là.
>   Ici nos gens se campèrent,
>   Et l'espace que voilà,
>   Nos ennemis l'occupèrent.

1. Molière, *Amphitryon*, acte I, sc. I.

Sur un haut, vers cet endroit,
Était leur infanterie,
Et plus bas, du côté droit,
Était la cavalerie,
Etc., etc.

Compare à ce morceau de Molière, le morceau suivant, de Chateaubriand, sur les fleurs; c'est dans le *Génie du Christianisme* [1].

« La fleur donne le miel! Elle est la fille du matin, le charme du printemps, la source des parfums, la grâce des vierges, l'amour des poètes! elle passe vite, comme l'homme; mais elle rend doucement ses feuilles à la terre! Chez les anciens, elle couronnait la coupe du banquet et les cheveux blancs du sage; les premiers chrétiens en couvraient les martyrs et l'autel des Catacombes; aujourd'hui, et en mémoire de ces antiques jours, nous les mettons dans nos temples; dans le monde, nous attribuons nos affections à ses couleurs; l'espérance, à sa verdure; l'innocence, à sa blancheur; la pudeur, à ses teintes de rose! il y a des nations entières où elle est l'interprète des sentiments : livre charmant! qui ne renferme aucune erreur dangereuse, et ne garde que l'histoire fugitive des révolutions du cœur! »

Où est la poésie? Est-elle dans les vers de Molière, ou dans la prose de Chateaubriand? que d'exemples je pourrais te donner! il y a mille fois plus de sentiment poétique dans Bossuet et Fénelon que dans Boileau. Ainsi, pour te donner encore un exemple que je choisis au hasard, écoute Boileau; je choisis exprès un endroit où il parle religion pour le rapprocher de Bossuet :

Du funeste esclavage où le démon nous traîne,
C'est le sacrement seul qui peut rompre la chaîne;

1. Chateaubriand, *Génie du Christianisme*, 1re partie, ch. XI.

Aussi l'homme d'abord y court avidement;
Mais lui-même il en est l'âme et le fondement.
Lorsqu'un pécheur, ému d'une humble repentance,
Par les degrés prescrits court à la pénitence,
S'il n'y peut parvenir, Dieu sait les supposer.
Le seul amour manquant ne peut pas s'excuser.
C'est par lui que dans nous la grâce fructifie.
                    Etc., etc.

Cela continue ainsi, aussi froidement, aussi prosaï-
quement, pendant plusieurs pages.

Voici un passage d'un sermon de Bossuet[1] :

« Ouvrez les yeux, ô Mortels! Contemplez le ciel et
la terre! et la sage économie de cet univers! Est-il
rien de mieux entendu que cet édifice? Est-il rien de
mieux pourvu que cette famille? Est-il rien de mieux
gouverné que cet empire? Ce grand Dieu qui a cons-
truit le monde, et qui n'a rien fait qui ne soit très
bon, a fait néanmoins des créatures meilleures les
unes que les autres! Il a fait les corps célestes qui
sont immortels! il a fait les terrestres qui sont péris-
sables! Il a fait des animaux qui sont admirables par
leur grandeur! Il a fait les insectes et les oiseaux qui
paraissent méprisables par leur petitesse! Il a fait ces
grands arbres des forêts qui subsistent des siècles
entiers. Il a fait les fleurs des champs qui passent du
matin au soir! Depuis les plus grandes choses, jusqu'aux plus petites, sa providence se répand partout!
Il nourrit les petits oiseaux qui l'invoquent dès le
matin par la mélodie de leur chant. Et ces fleurs dont
la beauté est sitôt flétrie, il les pare si superbement,
durant ce petit moment de leur vie, que Salomon,
dans toute sa gloire, n'a parmi ses trésors rien de
comparable à cet ornement! »

1. Épître XII sur l'*Amour de Dieu*, v. 128.
2. Sermon *Sur la Providence*, 1er point.

Encore une fois, où est la poésie, où est la vivacité? l'harmonie, la richesse des images, l'élégance,
le sentiment? — dans Bossuet! Boileau a fait seulement *des vers*, c'est-à-dire qu'il s'y trouve les syllabes
voulues et la rime; pas autre chose. Mais Bossuet
offrait une suite de phrases harmonieuses; pleines
de mots choisis, où l'imagination a réuni les idées
les plus gracieuses et la religion ce qu'elle a de plus
poétique.

Tu as donc vu qu'il peut y avoir de la prose poé-.
tique et des vers (je ne dis pas de la poésie) pro-
saïques; il me reste à te bien montrer ce que c'est que
la vraie prose prosaïque, et la vraie poésie poétique,
Des exemples valent mieux que ce qu'on peut dire.
Voici de l'André Chénier; c'est de la vraie poésie, de
la poésie douce.

> Le voyageur, passant en ces fraîches campagnes,
> Dit : Oh! les beaux oiseaux! Oh! Les belles compagnes!
> Il s'arrêta longtemps à contempler leurs jeux,
> Puis, reprenant sa route et les suivant des yeux,
> Dit : Baisez, baisez-vous, colombes innocentes!
> Vos cœurs sont doux et purs! et vos voix caressantes!
> Sous votre aimable tête, un cou blanc, délicat
> Se plie, et de la neige effacerait l'éclat[1]!

Voici maintenant de la poésie forte, c'est encore du
Chénier :

> Quand, au mouton bêlant la sombre boucherie
>   Ouvre ses cavernes de mort,
> Pâtres, chiens et moutons, toute la bergerie
>   Ne s'informe plus de son sort!
> Les enfants qui suivaient ses ébats dans la plaine,
>   Les vierges aux belles couleurs,
> Qui le baisaient en foule, et sur sa blanche laine,
>   Entrelaçaient rubans et fleurs,

---

1. *Bucoliques*, XL (*Les Colombes*), éd. Moland, p. 102.

Sans plus penser à lui, le mangent s'il est tendre.
Dans cet abîme enseveli
J'ai le même destin. Je m'y devais attendre.
Accoutumons-nous à l'oubli!
Oubliés comme moi, dans cet affreux repaire,
Mille autres moutons comme moi
Pendus aux crocs sanglants du charnier populaire
Seront servis au peuple-roi [1]!

Remarque bien quels sont les caractères de la poésie : une grande sensibilité, la beauté des images, une imagination vive qui saisit les petits et les grands rapports, et qui voit les choses, non pas sous le côté vulgaire, mais sous le côté original, ou sublime, ou touchant; ajoute à tout cela une musique, un sentiment parfait de la mesure et de l'harmonie; voilà la poésie, voilà le poète. La poésie est à la prose, ce que les sons de la musique sont à ceux de la parole. Le caractère de la prose proprement dite est tout autre; il faut surtout de la précision, de la sagesse, de la raison, une construction régulière, le moins de mots possible, pas de figures, pas trop de brillant. Voltaire a le génie de la prose. En revanche, même quand il fait des vers, il est rare qu'il soit un vrai poète; il n'est alors qu'un éclatant versificateur. Écoute un peu sa prose; je prends, au hasard, dans un volume de ses *Mélanges* :

« J'aurai sans doute bien des querelles à soutenir sur cet ouvrage; je puis m'être trompé sur beaucoup de choses que le temps seul peut éclaircir; il ne s'agit pas ici de moi, mais du public; il n'est pas question de me défendre mais de l'éclairer; et il faut, sans difficulté, que je corrige toutes les erreurs où je serai tombé, et que je remercie ceux qui m'en avertissent, quelque aigreur qu'ils puissent mettre dans

1. *Iambes*, VII, éd. Moland, p. 297.

leur zèle. Cette vérité, à laquelle j'ai sacrifié toute
ma vie, je l'aime dans les autres, autant que dans
moi. »

Cela ne ressemble en rien à de la poésie, aucun mot
brillant, pas de construction rare et frappante, pas
de sentiment touchant au sublime, pas de mélodie ;
c'est de l'excellente prose. — Voici encore de l'excellente prose du brave et lourd Descartes, le moins
poète des hommes, bien qu'il dise quelque part qu'il
était amoureux de la poésie.

« .... Ma seconde maxime était d'être le plus ferme et
le plus résolu en mes actions que je pourrais et de ne
suivre pas moins constamment les opinions les plus
douteuses, lorsque je m'y serais une fois déterminé,
que si elles eussent été très assurées : imitant en ceci
les voyageurs, qui, se trouvant égarés en quelque
forêt, ne doivent pas errer en tournoyant, tantôt d'un
côté, tantôt d'un autre, ni encore moins s'arrêter en
une place, mais marcher toujours le plus droit qu'ils
peuvent vers un même côté et ne le changer point
pour de faibles raisons, encore que ce n'ait été peut-
être au commencement que le hasard seul qui les ait
déterminés à le choisir. Car, par ce moyen, s'ils ne
vont justement où ils désirent, ils arriveront au
moins, à la fin, quelque part où vraisemblablement
ils seront mieux que dans le milieu d'une forêt [1]. »

C'est de la prose un peu lourde, mais excellente et
pleine de bons sens. Elle n'est pas dure, mais elle
n'est pas harmonieuse. C'est précisément pour
augmenter cette harmonie qu'on a inventé les vers,
qui sont une forme, un moule de la poésie. — Chez les
anciens, le vers était composé de certaines syllabes,

---

1. *Discours de la Méthode*, troisième partie.

longues ou brèves, arrangées d'une certaine manière ; chez les modernes, c'est la rime et la coupe régulière du vers au milieu, ainsi que le nombre des syllabes, qui fait l'harmonie.

Voici un vers latin :

Qŭadrŭpĕ|dantĕ pŭ|trēm sŏnĭ|tū quătĭt|ŭngŭlă|cam̆pūm [1].

Voici un vers français.

Avant donc | que d'écrire|, apprenez | à penser [2].

En outre, comme on peut varier le nombre et l'arrangement des syllabes, il y a en latin, comme en français, comme dans toutes les langues, différentes espèces de vers. Voici des mesures de vers latin :

, etc.

Quant aux vers français, voici du Lamartine :

De quels sons belliqueux mon oreille est frappée !
C'est le cri du clairon, c'est la voix du coursier !
    La corde de sang trempée
    Retentit comme l'épée
    Sur l'orbe du bouclier [3] !

En voici encore d'un autre rythme :

    Souvent la beauté fugitive
    Ressemble à la fleur du matin
    Qui du front glacé du convive
    Tombe avant l'heure du festin [4].

Les vers de différentes mesures, ou de même

1. Virgile, *Énéide*, VIII, 596.
2. Boileau, *Art Poétique*, I, v. 150.
3. *Secondes Méditations Poétiques*, XV, *les Préludes*.
4. *Secondes Méditations*, XVI, *la Branche d'Amandier*.

mesure peuvent s'entremêler, et c'est ce qu'on appelle une strophe. Écoute deux strophes de Lamartine.

Insensé le mortel qui pense!
Toute pensée est une erreur.
Vivez et mourez en silence,
Car la parole est au Seigneur.
Il sait pourquoi flottent les mondes;
Il sait pourquoi coulent les ondes,
Pourquoi les Cieux pendent sur nous;
Pourquoi le jour brille et s'efface,
Pourquoi l'homme soupire et passe:
Et vous, mortels, que savez-vous?

Ainsi qu'on choisit une rose
Dans les guirlandes de Sarons,
Choisissez une vierge éclose
Parmi les lis de vos vallons;
Enivrez-vous de son haleine,
Écartez ses tresses d'ébène,
Goûtez les fruits de sa beauté;
Vivez, aimez, c'est la sagesse!
Hors le plaisir et la tendresse,
Tout est mensonge et vanité [1].

Entends-tu l'harmonie, née du retour des rimes, de l'égalité des syllabes, du nombre symétrique des vers? Et dans la strophe suivante, dans la pièce de vers sur Napoléon, comme l'harmonie est admirable!

Il est là!.. Sous trois pas un enfant le mesure!
Son ombre ne rend pas même un léger murmure:
Le pied d'un ennemi foule en paix son cercueil.
Sur ce front foudroyant le moucheron bourdonne,
Et son ombre n'entend que le bruit monotone
D'une vague contre un écueil [2]!

Note cette strophe en prose:
« Il est là! un enfant le mesure sous trois pas! son

1. *Secondes Méditations*, IV, *la Sagesse*.
2. *Secondes Méditations*, VII, *Bonaparte*.

ombre ne rend même pas un murmure léger ! le pied d'un ennemi foule son cercueil, en paix ; le moucheron bourdonne sur ce front foudroyant, et son ombre entend seulement le bruit monotone d'une vague poussée contre un écueil. »

Elle est encore assez belle, mais quelle différence ! la poésie y est encore, mais combien c'est plus beau, avec la mesure et la rime, et toute la mélodie de la strophe. Ainsi, il peut y avoir de la mélodie en prose, mais la forme du vers donnera toujours plus de charme à la poésie ; c'est une meilleure musique. Écoute encore un exemple : voici un petit tableau très poétique, en prose.

« Elle était grande et belle que j'étais encore un faible enfant ; elle m'appelait près d'elle et me souriait ; j'étais debout sur ses genoux, et ma main innocente parcourait son visage, ses cheveux, son sein ; quelquefois sa main caressante, aimable, feignait de châtier mon imprudence ; c'est en présence de ses amants, confus auprès d'elle, que cette beauté si fière me caressait le plus ; hélas ! que sent-on à cet âge ! Que de fois sa bouche a pressé mon visage, de ses baisers ; et les bergers, me voyant triomphant, disaient : O le trop heureux enfant ! oh ! que de biens perdus !... »

Voici maintenant les vers de Chénier que je viens de mettre en prose.

J'étais un faible enfant qu'elle était grande et belle !
Elle me souriait et m'appelait près d'elle.
Debout sur ses genoux, mon innocente main
Parcourait ses cheveux, son visage, son sein
Et sa main quelquefois, aimable et caressante,
Feignait de châtier mon enfance imprudente.
C'est devant ses amants, auprès d'elle confus,
Que la fière beauté me caressait le plus.

Que de fois (mais, hélas! que sent-on à cet âge?)
Les baisers de sa bouche ont pressé mon visage!
Et les bergers disaient, me voyant triomphant :
« Oh! que de biens perdus! O trop heureux enfant[1]! »

Il me semble que je t'ai donné assez d'exemples
pour que tu puisses comprendre la différence de la
prose, de la poésie et des vers! La prose c'est le langage ordinaire; il peut être familier ou élevé, mais il
a peu d'images et peu d'harmonie.

La prose poétique, c'est la prose harmonieuse et
ornée d'images, mais sans mesure et sans régularité
d'harmonie. La poésie en vers, c'est un langage
choisi, imagé, harmonieux, astreint à une mesure et
à un rythme. Voilà qui est compris?

La poésie n'est pas seulement dans le mot, elle est
aussi dans la pensée; ainsi ce vers est poétique par
la pensée, par la mesure, et non par le mot :

La valeur n'attend pas le nombre des années.

Les mots en eux-mêmes n'ont rien de poétique;
réunis ainsi, ils sont poétiques. En général, Corneille est poète par la pensée, plus que par les mots.
De notre temps on est souvent poète par les mots
plus que par la pensée.....

A Laurent-Pichat.

20 août 1844.

Vous étiez en fête à Saint-Mandé, ces jours derniers,
nous étions en fête aussi, à l'École; nous avions des
examens! Ils ne sont pas terminés; mais, par com-

1. André Chénier, *Bucoliques*, XXIII, p. 88, éd. Moland.

pensation, nous sommes sortis chaque soir. Quand on a passé une journée entière, à expliquer du grec ou à répéter de l'histoire, devant MM. Letrone et Alexandre, on a besoin d'air et de repos. M. Letrone nous a tenus très longtemps sur le sol de l'Égypte; vous savez que c'est son fort; et qu'il partage avec feu Champollion l'honneur de certaines découvertes hiéroglyphiques, que j'ambitionnerais peu d'avoir faites. Salut aux inscriptions déchiffrées! Voilà de ces choses qui sont utiles à l'humanité! qui accé-lèrent la marche des civilisations! Pauvre chose que l'histoire, tant qu'elle reste dans les pierres et dans les dates! Mais, sous d'autres rapports, quelle science! qu'elle est admirable!

Je veux qu'on me peigne les époques et les hommes; les progrès et les luttes des diverses classes; la liberté, acquise; la superstition, étouffée; et les grands hommes, vengés du siècle qui les a méconnus. — Quant à parler des meubles, des cos-tumes, de l'architecture, etc., cela ne vient qu'en second lieu, c'est la couleur locale; mais la couleur locale n'est pas plus l'histoire qu'elle n'est le drame ou la tragédie. — C'est une des erreurs de notre époque, d'avoir voulu faire de l'histoire ou du drame seulement avec de la couleur locale. — La couleur locale est du domaine de l'archéologie, et non du domaine de l'histoire proprement dite. Je ne méprise pas l'archéologie. Moi-même, il y a quel-ques années, j'ai eu la manie des vieilles médailles, des vieilles pierres; que sais-je? il me reste même encore une collection de ces choses-là; — mais ce sont là des *mémentos* des temps anciens; et c'est tout.

L'archéologie s'occupe des choses; l'histoire, des

hommes; il y a entre elles toute la différence qu'il y a entre la physiologie et la psychologie : j'aime mieux connaître le caractère et la conduite d'un homme que son costume. Car son caractère, c'est lui; il n'en aurait pas changé; il ne le pouvait pas dépouiller; quant au costume, c'est une affaire de mode, toute passagère; en un autre temps, il eût porté un autre costume. Il me semble que cela est d'une logique assez solide et assez carrée; les bons raisonnements doivent avoir des pattes d'éléphants; les mauvais n'ont que des pattes de girafe!

Une preuve que je suis bien loin de dédaigner, ce que l'on appelle en Italie le costume de l'histoire, *il costume*, c'est que je suis allé il y a deux jours, c'est-à-dire dimanche, au musée de Cluny. et des Thermes, et que je me suis extasié devant ces bahuts, ces crédences, ces meubles à vantaux, ces solives armoriées, ces bancs à stalles, ces coffrets incrustés, ces dressoirs, ces ferrures, ces vitraux, ces médaillons, ces faïences, ces poteries, ces moulages, ces estampages, ces voussures, ces tapisseries, ces baldaquins, ces trophées d'armes, ces dagues, ces masses, ces boucliers, ces fléaux, ces cottes, ces fusils à rouets, ces arbalètes, ces étriers, — je n'en finirais pas!

Se pourrait-il que vous n'eussiez pas encore été là? si vous aimez la couleur locale, en voilà, poûr le coup! mais elle y est trop entassée; — c'est comme dans nos drames modernes. — M. du Sommerard a mis un siècle entier dans chaque chambre; Victor Hugo veut peindre un siècle et un pays entier dans chaque pièce. Il y a dans le musée de Cluny des chevaliers armés de pied en cap; rien ne leur manque, dans l'armement, depuis le gantelet jusqu'à l'éperon;

mais tout cela est creux; le chevalier, l'homme n'est
pas là dedans! il n'y a que l'écaille de fer; il n'y a que
la boîte; il n'y a que le costume! — Ces chevaliers
ne sont-ils pas tout à fait le symbole et l'image
de certains chevaliers de l'Ambigu ou de la Porte
St-Martin, représentés par Mélingue ou un autre; et
qui n'ont, eux aussi, que le costume? Hugo, Dumas
Soulié n'ont fait quelquefois que de l'équipement;
et leurs héros sont des poupées creuses!

Sacrifier à la couleur locale plus qu'il n'est nécessaire, c'est sacrifier à des minuties; c'est traiter
puérilement, non seulement le drame, mais l'histoire; et, sous ce point de vue, je place sur la même
ligne Hugo, qui insiste avec complaisance sur la
description de je ne sais quel blason, dans *Ruy
Blas*; et M. Letrone, qui regarde la découverte de
l'inscription de Rosette comme un très grand évé-
nement historique! — Dans l'histoire, comme dans
le drame, ce que je cherche surtout, c'est la peinture
des caractères, c'est l'analyse de l'âme, c'est la
marche de l'humanité dans le domaine de la pensée,
et non ses errements dans le domaine de la mode, du
caprice et des transformations matérielles.

A Laurent-Pichat.

9 décembre 1844.

Je viens de lire les œuvres de Jacqueline Pascal,
publiées tout récemment par M. Cousin, avec une
introduction de sa façon, sur le caractère des femmes
auteurs. Quelque chose en avait, je crois, déjà paru
dans la *Revue des Deux Mondes*; peut-être avez-vous

lu tout cela, peut-être non. — En tout cas, je veux
vous donner mon avis sur cette publication; vous
pouvez, sans connaître l'ouvrage, approuver ou désap-
prouver mes idées. L'introduction de M. Cousin vaut
probablement mieux que tout ce qu'on écrit tous les
jours dans tous les journaux possibles; et pourtant
j'ai souffert en la lisant; car je n'ai plus reconnu
ce même homme avec qui je parlais l'année dernière,
et qui jouait avec moi l'inspiré sur les choses méta-
physiques!

N'est-il pas triste, je vous le demande, de voir
un homme qui se pose comme le premier philosophe
de notre temps, et qui l'est en effet, un homme qui
est l'unique soutien de la philosophie en France, qui
même a fait, à la Chambre des Pairs, de la défense
de la philosophie une affaire toute personnelle, un
homme qui se prétend le fondateur d'une école, le
successeur direct de Descartes, écrire — quoi? des
notices sur les femmes célèbres du XVIIe siècle! Ces ·
vacances dernières, M. Cousin, qui n'avait pas de
secrétaire, vint en chercher un provisoire parmi les
élèves de l'École. Si je n'avais pas tenu à prendre
l'air des champs, peut-être aurais-je accepté cette
occupation, pour le mois de septembre; il suffisait
que je me proposasse, mais voyez un peu quelle
eût été ma désillusion! J'aurais approché M. Cousin,
dans l'espoir d'entamer avec lui quelques-unes de
ces recherches ténébreuses, où nous nous serions
peut-être perdus ensemble; et lui, m'aurait dicté
quelque biographie de femme auteur, m'aurait fait
rédiger quelque note sur des gens qui n'intéressent
en rien la philosophie! Au lieu de grande philosophie,
j'aurais eu de la petite littérature! C'est ainsi que
M. Cousin prépare en ce moment une brochure où il

démontre que Pascal a eu la première idée des *omnibus* ou voitures à cinq sous, etc. !

Où est le temps des belles leçons à la Sorbonne, sur le XVIII° siècle ! Où est le temps des magnifiques arguments sur les dialogues de Platon ! Quelles espérances cet homme-là donnait, à vingt-cinq ans, quand il enseignait à l'École normale, avec Villemain, Royer-Collard et Daunou ; quand il avait pour élèves Sainte-Beuve, Michelet, Rémusat, Jouffroy, et ce malheureux Farcy, qui est mort dans les journées de juillet ! Quel temps, pour les maîtres, et pour les élèves !

On espérait un philosophe, un homme à grandes théories, un de ces penseurs sublimes, qui répandent dans le monde des flots d'idées, qui enfantent ou des utopies poétiques, ou des vérités universelles ! — Ce large front, ces cheveux flottants, ce regard tout de feu, cette taille élevée, ces gestes étranges et impérieux, cette voix sonore et pénétrante, c'était là l'extérieur d'un homme de génie, s'il en fut jamais ! — Et cet homme de génie, aujourd'hui bibliographe et bouquiniste, court de bibliothèque en bibliothèque, pour déterrer quelque vieux manuscrit poudreux ; il collationne des textes, il rétablit des mots et des phrases ; il ne rêve qu'interpolations, restitutions, éditions ! il écrit uniquement des rapports, des préfaces, des avertissements ; il propose d'adjoindre à chaque ouvrage du XVII° siècle un index des expressions qui s'y trouvent ; sa plus grande ambition serait de refaire le dictionnaire de l'Académie ; une ligne retrouvée de Descartes ou de Nicole le met en extase ! une tournure nouvelle de Pascal ou d'Arnauld le transporte ! — Il vit dans Port-Royal, et dans l'hôtel de Rambouillet ! Il oublie

Platon, Aristote, Cicéron, Leibnitz, nourriture solide et profitante, pour Mmes de Longueville, de Scudéry, de Sévigné, de Lafayette, aliment de petit oiseau, ou de jeune homme efféminé!

Voilà de quoi s'occupe le chef de la philosophie française! — Ce qu'il y a de plus singulier, c'est l'orgueil, l'emphase, le sang-froid avec lesquels M. Cousin s'avance dans ces terres molles et marécageuses de la petite littérature! Il traite cavalièrement et à grands coups de plume des sujets qui demanderaient toute la fine délicatesse de Sainte-Beuve! M. Cousin ne sait pas parler des femmes; et il s'obstine à en vouloir parler! — Il apprécie, sans grâce, ce qui est la grâce même; et quand il parle de femmes poètes, c'est au risque de rappeler les scandales de sa vie privée, tant il le fait gauchement!

Ce n'est pas tout; il se plaint de n'avoir pas assez de loisir à consacrer à ces futiles recherches; il voudrait publier toute une galerie des femmes illustres du XVIIᵉ siècle, qui serait le pendant de la galerie de Perrault sur les hommes célèbres du même siècle. Il ajouterait, à sa galerie biographique, des portraits, des autographes! lui-même (il le dit) surveillerait le tirage des gravures, la reproduction du fac-similé, il mettrait toute sa vie, toute son âme, tout son talent, dans ces notices sur des femmes dont on lit à peine les ouvrages! — Qu'en dites-vous? ne serait-ce pas une belle chose de voir les œuvres illustrées de M. Cousin! M. Cousin orné d'images! Notre philosophe, devenu le Plutarque des femmes! — Ah! madame Collet! comme vous me gâtez cet homme! Que de sottises vous lui inspirez!

Nous autres, âmes inquiètes, attentives, chercheuses, consciencieuses surtout, nous nous deman-

dons quelle est cette route où nous sommes engagés ;
ce que deviendra la société, au milieu de cette religion qui s'en va, source d'espérances qui est tarie ;
au milieu de cette vertu qui se relâche, de cet égoïsme
qui grandit, de cette indifférence, plus terrible encore
que tout le reste ! Nous nous demandons, les yeux
levés au ciel, quelle est la destinée de l'homme ; si
l'âme est immortelle, et immortellement intelligente ;
si quelque être infini veille à cette grande machine
de toutes choses, et si cet être est le monde même,
ou s'il en est distinct ! Nous nous demandons surtout
ce qui est bien et ce qui est mal, ce qui est vrai et
ce qui est faux, dans les circonstances ordinaires de
la vie ; car c'est là ce qui importe !

Et pendant ce temps, ceux qui devraient nous
encourager, nous montrer la voie, nous guider dans
l'étonnant labyrinthe de ces problèmes ; ceux qui
devraient s'enfermer au fond de leur conscience pour
l'interroger sans cesse, et lui arracher enfin un de
ces secrets qu'elle sait si bien garder ; ceux qui
devraient vivre dans une muette et solitaire contemplation, s'attachant, comme Platon, à la poursuite
du bien suprême ; comme Descartes, à la poursuite
de l'infini ; comme Leibnitz, à la poursuite de l'unité
absolue et de l'essence des êtres, ceux-là nous trahis-
sent, nous abandonnent ! ils descendent, des hau-
teurs de la spéculation pure, aux frivolités de la
petite érudition, aux misères de la petite critique !
Ce n'est plus le destin de notre âme, de notre vie,
de notre avenir, de notre tout, qui les occupe ! C'est
le destin de tel manuscrit, de telle lettre insignifiante d'un homme ou d'une femme, de Blaise ou
de Jacqueline ! — Qu'importe la morale ? il s'agit
d'une faute d'impression dans tel auteur ! — Qu'im-

porte Dieu? il s'agit de l'*Astrée*, ou de la Carte du Tendre! — Voilà où nous en sommes venus, mon cher Laurent; les grands hommes s'abaissent aux petites choses!

. . . .

On ramasse toutes les miettes littéraires des trois derniers siècles, mais on n'ose plus toucher aux grandes tables couvertes de mets exquis! — peuple de souris et de rats, nos littérateurs grignotent! Peu de chose suffit pour les nourrir, un sonnet, un madrigal, une vieille ballade, un petit bout de lettre, c'est assez!

N'allez pas au moins, mon cher Laurent, m'accuser de contradiction, parce que je vous louais dernièrement les épopées du moyen âge et la naïveté de nos vieux poètes; autre chose est de connaître ces choses-là, de les lire une fois, de s'en faire une juste idée; autre chose est de s'y enterrer, d'y·végéter, de n'en point sortir, et de grandir outre mesure ces écrivains à peine formés, qui écrivent dans une langue à peine faite; Henri[1] dira que je les ai lus plus d'une fois, pour manier, comme je l'ai fait, le style antique[2]; il se trompe, la langue que j'ai parlée n'est pas celle de ces vieux petits poètes; mais bien une imitation imparfaite de la langue de Comines et de Montaigne, grands écrivains d'un style remarquable! il suffit de les lire un peu, pour s'imprégner de leurs naïves expressions, et retenir leurs vives tournures. Mais ceux-là, leur renommée est faite; aussi n'en parle-t-on pas! — ce que l'on veut, ce sont des réhabilitations; chacun tente la sienne;

1. Il s'agit d'Henri Chevreau, leur ami commun.
2. Eugène Manuel a écrit à ce moment-là plusieurs lettres en style pastiché du XVIᵉ siècle.

chacun apporte son petit grand homme, qu'il a découvert dans un coin de manuscrit, ou dans la poussière d'un vieux livre !

. . . .

La publication d'éditions correctes et complètes est une œuvre très louable en elle-même, ainsi que la recherche des meilleurs manuscrits et ce respect de la vieille langue, jusqu'en ses moindres vestiges. Je conçois même que l'on imprime les lettres, jusqu'à-lors inconnues, de Jacqueline Pascal; il y en a de fort belles; et Jacqueline est un beau caractère de femme; — mais ce sont là des occupations qui conviennent aux érudits de métier, aux paléographes, aux archéologues, aux employés de la bibliothèque royale.

Je ne m'irrite pas tant contre ces travaux, que contre l'importance qu'on leur donne; ce qui me passe, c'est que des hommes comme M. Cousin se perdent dans de pareilles études, au lieu de tirer quelque chose de leur propre fonds! Ce qui m'indigne, c'est qu'un philosophe oublie son rôle, sa mission, des recherches d'une importance capitale, pour des travaux qui n'intéressent en rien le développement de la morale, les progrès de la vérité, la guérison des choses mauvaises!

Nous faisons rougir les Allemands, qui se demandent, en souriant, ce que devient la philosophie en France, et si nous avons tellement désespéré de trouver le vrai en quelque chose, que notre chef même, l'ancien apôtre de la liberté d'examen, le Titan escaladeur du ciel, le Prométhée ravisseur de l'étincelle divine, le fils inspiré de Platon et de Descartes, ait jugé à propos de se faire un journaliste vulgaire, sans grandeur et sans dignité.

Étonnez-vous donc ensuite que les jésuites soient si remuants, la religion si exigeante, Ravignan si fougueux, Lacordaire si emphatique, Combalot si impertinent, Bautain si extravagant! On leur laisse le champ libre; ils ont beau jeu à crier contre l'impuissance de la philosophie, quand les philosophes font de la littérature! quand le nom de M. Cousin traîne dans les revues!

Si lui ou ses disciples daignent encore, par instant, songer à la philosophie, c'est uniquement pour écrire l'histoire des systèmes. Ils font des commentaires, des traductions, des préfaces surtout! Quant au dogme, quant aux principes, ils n'y touchent pas! Ce n'est pas la vérité qu'ils étudient, mais les erreurs; l'éclectisme se propose de chercher la vérité dans tous les systèmes, comme si, pour discerner la vérité de l'erreur, dans quelque système que ce soit, il ne fallait pas déjà posséder la vérité!

. . . .

Avouez que le mouvement littéraire était autrement fort et puissant, sous la Restauration, de 1820 à 1830! Triste époque, en politique; époque mémorable, en littérature et dans les sciences! Après le sommeil littéraire de l'Empire, tout se réveillait à la fois; une génération ardente, avide d'innovation et de liberté en toutes choses, régnait au théâtre, à la Sorbonne, à l'Académie, et dans les cercles de l'opposition ou de la légitimité. Guizot, Thierry, Barante régénéraient l'histoire et la lançaient dans un monde nouveau! Cousin, Villemain, Royer-Collard attiraient à la Sorbonne une foule immense par la grandeur et la hardiesse de leurs opinions philosophiques et littéraires! — Le parti catholique avait d'admirables représentants : Bonald, de Maistre, Lamennais!

M. Jouffroy écrivait dans *le Globe* son magnifique article : *Comment les dogmes finissent!* et *le Globe* était un ouvrage, et non un journal, l'oracle du bon sens libéral, non le défenseur d'un parti! Dans le même temps, Lamartine écrivait ses *Méditations*, Hugo ses *Odes et Ballades*, Béranger ses *Chansons*, Nodier ses *Contes!* quel printemps! et comme il promettait un bel été! Hélas! plusieurs de ces gens-là ont avorté; la plupart on vieilli vite! Guizot, Villemain ont moins écrit, à mesure qu'ils agissaient plus; Jouffroy est mort; Thierry est aveugle, Béranger s'est tu, Lamartine c'est la *Chute d'un ange!* Hugo, des *Odes et Ballades*, est tombé aux *Burgraves!* — Entre les hommes qui ont maintenant cinquante ans, ou à peu près, et ceux qui n'en ont que vingt, il y un espace vide, un intervalle mal rempli! Quand Guizot, Cousin, Lamartine, Lamennais et les autres qui ont quelque chose de grand en eux seront morts, qui aurons-nous pour représenter notre littérature, pour occuper notre Académie?

. . . .

Je ne lis presque plus ni journaux, ni brochures, ni romans, ni drames! j'attends un réveil; j'attends un grand homme, et une grande chose! — j'ai déjà trop souffert à lire les incohérences de M. de Chateaubriand, dans *Rancé*, et les ambitieuses frivolités de M. Cousin, sur les femmes auteurs! je ne me soucie pas d'assister à toutes ces éclipses; je n'aime pas voir la décrépitude, l'agonie et la mort de ces belles intelligences qui avaient nom; Chateaubriand, Cousin, Lamennais, Villemain! cela fait peine.

. . . .

A Laurent-Pichat.

17 décembre 1844.

Voilà des sentiments excellents, et je souhaite que vous y persistiez; il est permis d'être sévère pour des gens qui sont si indulgents envers eux-mêmes; blâmons-les quand ils se pardonnent tant; puisqu'ils s'élèvent, rabaissons-les; puisqu'ils s'enorgueillissent, humilions-les; je ne relève que ceux qui s'abaissent; je ne rends l'orgueil qu'à ceux qui s'humilient! S'ils se méprisaient plus, je les mépriserais moins; mais comme ils ont des façons de grands hommes, une prodigieuse outrecuidance, une fatuité qui n'a pas d'égale; comme ils se prélassent aux loges des théâtres, dans les bals, dans les salons, et dans les colonnes des journaux; comme ils dédaignent le passé qui vaut mieux qu'eux, je les traite sans pitié! Faites de même, car c'est justice! Notre littérature actuelle, presque tout entière, est condamnée, dès sa naissance, à un éternel oubli; elle travaille pour le néant, pour la tombe; ce qu'on lit aujourd'hui ne se lira plus demain! Le temps de tourner la page d'un journal ou d'un roman, et déjà la page précédente est morte à jamais!.... Heureusement que ces choses-là n'ont qu'un temps; je ne suis pas de ces esprits chagrins et désespérés, qui n'attendent plus rien de l'avenir, ni grands hommes, ni grandes choses, ni grandes œuvres! — Ma sévérité n'est pas un système que j'applique de prime abord à tous nos ouvrages contemporains; ma critique n'est pas exclusive, comme celle des frères Nisard. Je vais vous dire comment ils jugent; car ils représentent aujourd'hui, presque uniquement, une certaine espèce de critique, comme Sainte-Beuve représente l'espèce contraire.

Il y a deux Nisard, le grand Nisard, le Nisard par excellence, Désiré Nisard; — et le petit Nisard, Auguste Nisard. Le premier est député, maître des requêtes, chef de division au ministère de l'Instruction publique, et il était encore, l'an passé, maître de conférences à l'École, où il a professé plus de six ans. Il a été nommé, cette année, professeur d'éloquence latine au collège de France, en remplacement de M. Burnouf; de sorte qu'il nous a quittés. Un assez pauvre homme, M. Gérusez, le remplace ici. Auguste Nisard est tout simplement professeur de Rhétorique au collège Louis-le-Grand; l'an passé, il était au collège Bourbon. Ces deux frères ont les mêmes idées, le même système, le même esprit, la même finesse, le même entêtement, le même fanatisme, les mêmes railleries, le même dédain, le même enthousiasme; vrais frères siamois, ils ont tout en commun, excepté leurs places.

Voici leur système : ils se sont fait une certaine esthétique, absolue, universelle; ils ont cherché les règles éternelles du beau; ils les ont rédigées dans leurs cerveau. Ainsi le beau, pour eux, est un certain accord de l'imagination et de la raison, dans telles et telles conditions; il doit y entrer tant d'imagination, tant de raison; pas plus, pas moins; de sorte qu'ils jugent tous les ouvrages avec une prévention rigoureuse. Leur critique est un cadre où les ouvrages doivent parfaitement s'adapter; sinon, ils les rejettent; c'est un lit de Procuste; il faut que les ouvrages le remplissent tout entier, et ne le dépassent pas. Ils n'ont qu'un point de vue pour juger, celui de l'absolu, de l'idéal; ils ne feraient point un seul pas au-devant d'un ouvrage, pour lui abréger le chemin ; c'est par l'absolu qu'ils apprécient le relatif.

Ils se sont fait un type de chaque genre d'écrire ; dans un ouvrage littéraire, un drame, une tragédie, un roman, il faut qu'ils trouvent ceci et cela, telle chose et telle autre, ou l'ouvrage ne vaut rien. Ainsi, pour les ouvrages de philosophie ou d'histoire, ils n'admettent pas le système des compensations ; pour eux, l'imagination ne rachète pas le bon sens ; ni le bon sens, l'imagination ; la force de l'idée ne compense pas la faiblesse de l'expression ; ni la force de l'expression, la faiblesse de l'idée. Ils ne se demanderont pas si l'auteur a écrit dans tel temps, dans telles circonstances, dans tel but, avec telle intention. Non, ils prennent l'ouvrage, le jugent d'une manière intrinsèque ; qu'il ait été composé en une heure, ou en une année ; en une année, ou en vingt ans. Encore une fois, ils ne cherchent pas le beau comparativement, mais absolument ; ils veulent l'absolu, non le relatif. C'est à la perfection idéale, qu'ils comparent tout ouvrage ; celui qui s'en approche le plus est le meilleur.

Dans l'histoire de la littérature, ils ont un système correspondant ; ils disent que chaque peuple n'a qu'une belle époque littéraire ; que cette époque une fois passée, il n'y a plus rien de parfaitement beau à espérer ; qu'une belle littérature ne peut se produire qu'à certaines conditions ; par exemple, l'influence d'un souverain puissant et ami des lettres ; les idées religieuses ; le dédain des choses industrielles et commerciales ; un certain décorum dans les mœurs, une certaine dignité dans un peuple ; en outre, une certaine jeunesse dans les impressions et dans les pensées. Toutes ces conditions, et d'autres encore, ne se trouvent, disent-ils, qu'une fois dans l'histoire de chaque peuple : en Grèce, au temps de Périclès; à Rome, au temps d'Auguste; en Italie, au temps de Léon X; en France au temps de Louis XIV.

Les frères Nisard disent qu'aujourd'hui en France nous vieillissons, nous doutons, nous faisons de l'industrie, etc.; or la vieillesse, le doute, l'industrie, l'indifférence, cela tue la poésie et les lettres. Sous Louis XIV, au contraire, il y avait une foi puissante, une centralisation puissante, une dignité parfaite, une cour nombreuse, qui protégeait les arts, et dédaignait les choses populaires, le commerce, l'industrie, etc.; — de là une littérature à la fois sérieuse, jeune, fraîche, toute riche et tout éloquente, qui a produit Descartes, Pascal, Bossuet, Corneille, La Fontaine, Racine, Molière, Massillon, Boileau, Quinauld, Bourdaloue, Fléchier, La Bruyère, La Rochefoucauld, Mme de Sévigné, Rotrou, Racan, et bien d'autres; qui tous réunissent, à dose égale, la raison et l'imagination, dans un accord parfait, et ont créé une langue, la plus riche, la plus sage, la plus sonore, la plus fine, la plus forte, la plus philosophique des temps modernes.

Voilà ce que pensent le grand Nisard et le petit Nisard; et il y a là beaucoup de vrai; aussi, se retranchent-ils dans le XVIIᵉ siècle. Pour eux, la littérature française commence à Malherbe et finit à Voltaire. Bossuet en est le représentant véritable; ils y trouvent tous les genres de perfection; ils n'en sortent presque pas; ils y découvrent sans cesse de nouvelles beautés; ils trouvent réunis en lui Homère, la Bible et Démosthène. — Ils ne conçoivent pas que des gens qui n'ont pas lu Bossuet tout entier puissent s'amuser aux petits écrivains qui l'ont précédé ou suivi. — Enfin,

ils ne voient, en littérature, que les grandes sommités;
ils font bon marché du reste. — Ils sont ennemis
acharnés de l'érudition. Pourvu qu'on sache lire et
apprécier les grands auteurs, c'est tout ce qu'ils
demandent.

C'est dans cet esprit que sont écrits tous les
livres du grand Nisard. L'histoire des poètes de la
décadence Romaine, qui est un ouvrage de sa toute
jeunesse, est une sortie contre les *poetæ minores*; il
veut y comparer l'époque de la décadence Romaine
à notre époque actuelle, etc. — Vous lisez, je crois, ce
livre, il vous en apprendra sur le grand Nisard plus
que je n'en dirais. — Le petit Nisard n'écrit pas; il se
contente de lire et d'admirer; on dit cependant que
s'il écrivait, ce serait fort bien. — Le grand Nisard
vient de faire paraître un cours de littérature française, dédié aux élèves de l'École, et que je n'ai pas
encore lu. On en dit du bien; c'est exclusif et sévère
comme tout le reste. — Le grand Nisard a fait aussi
des *Mélanges*, des *Impressions de voyage*; il s'y
trouve des choses fort intéressantes, mais péniblement
écrites, — ce n'est pas la facilité lâche de Dumas.

En face des frères Nisard s'élève une faction toute
différente; un parti tout opposé, avec un système
tout autre; c'est le parti et le système de Sainte-Beuve.
Sainte-Beuve n'a aucune idée fixe sur rien; sa pensée,
sa conviction flotte dans un vague inexprimable; son
système consiste à n'en avoir point; quand il juge, il
se place à mille points de vue différents; il tient compte
du temps, de l'auteur, de sa vie, du but, des circonstances, du genre de composition; pour lui, l'histoire
de la littérature française commence dans les ténèbres
du moyen âge; il mettra autant d'ardeur à travailler
sur Charles d'Orléans que sur Racine; sur Villon que

sur Molière; sa curiosité est érudite; il est de ces gens
dont je vous parlais, qui admirent un sonnet et
oublient les grandes œuvres; il est la providence des
inconnus; il trouve du beau et du bon partout; il
s'abandonne au moindre auteur, et se laisse conduire
par lui; il a une sympathie extravagante pour tout
ce qui est petit, caché, ignoré; il se charge de tirer le
bon du mauvais; il cherche la perle dans le fumier,
au lieu d'aller droit à ce trésor toujours ouvert, qu'on
appelle le xviie siècle, et d'y prendre des monceaux
de perles enchâssées, des diadèmes, des parures!

Sainte-Beuve, au lieu de juger un ouvrage d'après
des règles absolues, universelles, les mêmes pour
tous les hommes et pour tous les siècles, ne juge que
d'après son impression particulière; Sainte-Beuve,
pour mieux dire, n'a jamais jugé; il s'est contenté
de sentir. Quelquefois cette méthode lui a réussi, et
l'esprit s'est trouvé d'accord avec le cœur; mais bien
souvent le sentiment l'a trompé! — Sainte-Beuve procède toujours par comparaison; s'il trouve, dans une
époque, quelque poète un peu supérieur à ceux de son
temps, voilà un grand poète! — bien que ce ne soit
peut-être qu'un pygmée, qu'un atome auprès de Corneille ou de Bossuet. — Sainte-Beuve est décidé à
trouver du bien partout! — C'est un parti pris; il se
laisse toujours aller à l'impression du moment; il ne
conserve jamais son libre arbitre; il y a quelque chose
de nerveux dans ses appréciations. Sa critique est fine,
spirituelle, pleine de charmantes délicatesses; elle
n'est pas élevée, large; il comprendra parfaitement un
homme; il ne comprendra jamais une époque.

Il lui manque le coup d'œil qui embrasse beaucoup,
qui compare les grandes choses, qui reconnaît tous
les plans et toutes les perspectives d'une époque;

Sainte-Beuve n'entend rien à la perspective littéraire.
Comme les vieux peintres du moyen âge, il mettra
Saint-Gelais sur le même plan que Corneille, il fera
les figures de la même grandeur; nulle proportion!
— Aussi réussit-il dans les biographies; car il n'y a là
qu'un personnage; la perspective est inutile.

Quant aux idées générales, je vous ai dit qu'elles
lui manquent totalement; il ne sait pas ce que c'est
que l'universel; il s'est donc contredit bien des fois;
les mêmes choses lui ont paru bonnes ou mauvaises,
selon l'impression du moment; il a chanté bien des
palinodies, comme font tous ceux qui n'ont pas de
principes arrêtés, en politique, et dans tout le reste.
— Bien plus, il ne veut pas avoir de principes; le
sentiment, voilà pour lui la pierre de touche de tout
ouvrage!

Aussi y a-t-il eu toujours entre lui et les Nisard une
guerre acharnée; la guerre du relatif et de l'absolu;
du contingent et du nécessaire! — les Nisard n'ayant
qu'une mesure pour tous les auteurs; Sainte-Beuve
changeant de mesure à chaque auteur différent. —
Son lit de Procuste est comme une table de rallonge;
il le tire ou le pousse selon son caprice; de sorte que
tout le monde peut s'y placer sans danger; il s'adapte
à toutes les tailles! — La littérature est comme un
cercle magique, un cercle d'attraction; les Nisard
restent en dehors; Sainte-Beuve se place au centre.

J'interromps la comparaison; elle n'en finirait pas.
—Maintenant, vous allez probablement me demander
mon avis? Suis-je du parti de Nisard, que nous
avions l'an passé; ou du parti de Sainte-Beuve, que
nous devions avoir cette année? — Je ne suis ni de
l'un ni de l'autre; je suis de tous les deux; je tâche à
me faire des idées générales en littérature; j'étudie

les grands modèles; mais j'aime aussi à m'abandonner à un auteur, pour me laisser conduire où il
voudra; quitte à revenir ensuite sur mes pas, et à
juger, après avoir senti. — Je ne suis guère éclectique
en philosophie; mais je le suis en littérature; et je
puis l'être sans contradiction; je voudrais être à la
fois indépendant comme Nisard, et sympathique
comme Sainte-Beuve; je ne veux pas plus m'enfermer
dans le moyen âge, que dans le xviie siècle; mais je
veux me promener également dans toutes les
chambres de mon appartement, depuis le moyen âge
qui est mon antichambre, jusqu'au xviie siècle, qui
est mon boudoir. — Je ne dirai pas, avec Sainte-Beuve,
que nous sommes en bonne santé; avec Nisard, que
nous sommes morts! — je dirai que nous sommes
malades; mais le temps est un bon médecin; — nous
vivons au milieu de l'extravagance et de la négligence
de la forme; j'espère que l'on en reviendra aux idées
fortes et sages; la vraie force est toujours sage; la
vraie sagesse est toujours forte. Comme je m'aperçois
que j'extravague un peu, je m'arrête; il est dix heures.
Ce soir, je m'endors; je ne sais ce que je dis; je me
perds, ce me semble, dans les abstractions formulées,
dans les nuages de la métaphysique littéraire! —
Venez me voir. — De quoi vous ai-je parlé?

Adieu, tout à vous toujours.

A Laurent-Pichat.

Ce mardi soir 19 août 1845.

. . . .

Connaissez-vous, au bout de la Varenne-St-Maur,
de l'autre côté de la Marne, au sud-est de Champigny,

un petit village nommé Chennevières, un vrai village
où l'on ne trouve ni bourgeois, ni canotiers, ni débi-
tants de cigarettes Raspail? Le connaissez-vous? Il est
situé sur une chaîne de collines, qui longent la Marne;
on y monte, des bords de la rivière, à travers des
vignes et des champs de trèfle, d'où la vue est très
belle. — D'Holbach et sa femme, Diderot et Grimm,
Mme d'Épinay et Mme d'Aîne, ont souvent descendu
ce même sentier, pour se promener, comme nous, en
bateau, tout autour des îles, ou se coucher au pied
des peupliers. Je crois même que Rousseau, du
temps qu'il allait encore au château de la Chevrette,
s'est égaré plus d'une fois, le long de ces saules, et
parmi ces sureaux odorants. Je suis sûr que rien n'a
changé là depuis quatre-vingts ans, que c'est toujours
le même sentier au milieu des mêmes vignes, et semé
des mêmes cailloux. Personne n'y passe, si ce n'est
quelque paysanne avec son âne ou quelque pêcheur
qui s'en va jeter ses filets dans la Marne. On se
trouve là, seul, éloigné de tout grand chemin; on
peut méditer à l'aise, et ressusciter, sans effort,
Rousseau le sombre, Diderot l'enthousiaste, Grimm
le persifleur, D'Holbach, l'honnête athée; et la rieuse
Mme d'Aîne, sa mère, la grande effrontée; et
Mme d'Épinay, la raisonneuse sentimentale; et Da-
milaville, et Saint-Lambert, et tout ce monde du
XVIIIᵉ siècle, ami des champs, tout corrompu qu'il
est; rêveur, tout sensuel qu'il est. — Terminez la ti-
rade, elle m'ennuie! — Je suis monté au village,
pour demander l'heure; toutes les cabanes étaient
vides, toutes les portes ouvertes; j'ai parcouru ainsi
de fond en comble plusieurs maisons, appelant, cherchant, sans trouver personne! Les habitants étaient
aux champs, laissant le seuil ouvert, avec une sécu-

rité digne de l'âge d'or. J'ai parcouru la grande rue
du village, je n'y ai rencontré que quelques poules
et quelques enfants de trois ou quatre ans, étendus
au soleil? — N'est-ce pas touchant? N'êtes-vous pas
ému? je n'aurais jamais cru rencontrer quelque
chose d'aussi champêtre, d'aussi antique, d'aussi
patriarcal, à quatre lieues de Paris; — à trois lieues
de Saint-Mandé.

. . . .

Adieu Laurent, tout à vous bien cordialement.

A Laurent-Pichat.

Novembre 1845.

. . . .

Je vous ai dit, il y a quelques mois, que j'hésitais
beaucoup à me vouer tout entier à l'enseignement
de la philosophie; j'ai pris, en vacances, une résolution définitive, en dépit de M. Cousin et des philosophes ses disciples, et mes maîtres : — je serai
professeur de littérature. Les motifs de ma détermi-
nation sont nombreux, et, qui plus est, je les crois
bons.

Notre siècle, cinquante ans après la Révolution,
quatre-vingts ans après Voltaire et Rousseau, est
plein encore de préjugés ridicules, de croyances
superstitieuses; on est revenu à la foi, lentement,
insensiblement, à force d'indifférence; les pères de
famille, jadis voltairiens, sont dévots aujourd'hui,
surtout dans les provinces; ils craignent pour leurs
enfants la contagion des principes qu'ils ont pro-
fessés eux-mêmes; ils craignent les idées nouvelles
et la propagande philosophique; de sorte que le

4

séminaire l'emporte souvent sur le collège, au mépris
du bons sens, des fortes études, et de la liberté de
pensée. Le collège se met alors à faire concurrence
au séminaire; les soins religieux y deviennent moins
rares; l'aumônier se pose d'une façon plus imposante
en face des maîtres et des élèves; il établit, sur des
sujets pieux, de sottes conférences, qui troublent la
raison mal affermie des jeunes enfants; il les met en
défiance sur leur professeur de philosophie, et détruit
ainsi par avance tout l'effet que produiraient les
leçons du maître officiel.

D'autres fois, il se procure les leçons du philosophe, en réunissant les notes des élèves; il s'en
va chez l'évêque, dénoncer les moindres hardiesses,
accuser les réticences, et se plaindre que le nom de
Jésus-Christ ou celui des Saints ne soit pas une
seule fois prononcé dans le cours de philosophie;
l'évêque se plaint au ministre; on fait des répri-
mandes au professeur. Dans quelques villes, on
exige de lui qu'il fasse part de ses leçons à l'évêque
ou à l'aumônier, avant même qu'elles soient pro-
noncées; et il s'est trouvé d'infâmes professeurs qui
se sont soumis, par crainte de l'autorité supérieure,
à cette indigne servitude; *philosophia, theologiæ
ancilla!*

Vous ne savez pas, vous, vivant de la vie du monde,
et indifférent comme tant d'autres, aux choses de
la religion, comme à celle de la philosophie peut-
être, — vous ne savez pas combien l'Université se
trouve aujourd'hui abaissée, avilie, par suite des
concessions infinies que le gouvernement fait aux
prêtres, par suite de l'autorité que les prêtres s'arro-
gent sur les familles, par la première communion,
par le mariage, par la direction, par la confession!

— Vous ne vous doutez peut-être pas que nous retombons dans le moyen âge.

Depuis deux ans, quatre ou cinq professeurs de philosophie ont été destitués, non pas seulement pour avoir, dans leur classe, attaqué les idées religieuses, mais pour avoir, dans des cercles, dans des salons, dans des causeries intimes, réclamé un peu hautement l'indépendance absolue de la philosophie.

N'est-il pas odieux que M. Franck, parce qu'il est israélite, ne puisse pas reprendre son cours à Charlemagne? N'est-il pas odieux que M. Poirson s'y oppose de toute son énergie, sous prétexte qu'il ne veut pas scandaliser les familles? — N'est-il pas bien extraordinaire qu'un ministre de l'Instruction publique, ce qui, dans d'autres temps, devrait signifier l'homme le plus éclairé de France, se fasse conduire le dimanche matin, furtivement, aux messes basses de Saint-Sulpice; ce que j'ai vu, dis-je, vu, de mes propres yeux vu !

Oui, mon ami, la religion reprend son empire sur bien des âmes, soit conviction, soit comédie, — et l'État ne s'en plaint pas; bien au contraire. — L'ignorance est grande en France, même dans un centre tel que Paris; l'industrie et le commerce portent aux études sérieuses un coup de mort; on travaille et l'on s'enrichit; mais on ne réfléchit plus.

Et, comme il faut à toute force que l'homme croie à quelque chose, fût-ce à une chimère, tous ceux qui n'ont pas le temps de penser laissent à d'autres le soin de leur donner quelque croyance. Le prêtre se trouve alors à point pour les emmailloter tout doucement, d'abord l'enfant, puis la mère, puis le père; tout y passe; et voilà une famille redevenue catholique, à la grande joie du clergé, et à la grande

édification des fidèles! — Cinquante ans après le
culte de la Raison, et les fêtes de l'Être suprême! —
C'est à faire haïr pour jamais l'impuissance et la
folie de l'esprit humain! — Voilà donc ce qu'on
appelle le bon sens public! Un tas d'erreurs enra-
cinées depuis dix-huit siècles, dans la cervelle des
sots et des ignorants, et contre lesquelles tous les
esprits éminents se sont emportés tour à tour, mais
sans fruit, et sans succès!

Ce qui est le pis, c'est qu'aujourd'hui les philosophes mêmes en prennent leur parti. M. Cousin, cet
homme sans conscience et sans dignité, se prête aux
exigences du clergé, malgré ses belles phrases de la
tribune; ses disciples vont jusqu'à tenter un compromis entre la philosophie et le christianisme; ils
attaquent Michelet et Quinet, les seuls hommes
vraiment hardis et sincères de notre temps; ils pré-
tendent que la philosophie doit être encore très heureuse que la religion la laisse vivre; ils en passent
par tout ce qu'on exige d'eux; car le mot de destitution leur fait grand'peur! — M. Dubois disait dernièrement : « Les mauvais jours de l'Université ont
commencé; la lutte n'est encore que faible et timide;
elle va grandir, elle va s'étendre [1]! »

1. Voici ce qu'Eugène Manuel écrit au sujet de M. Dubois, le
28 décembre 1893, dans une lettre adressée à son ami Octave
Gréard :

Passy, 28 décembre 1893.

　　· « Mon cher ami,
　« Vous désirez savoir quels souvenirs m'a laissés M. Dubois,
qui fut mon directeur à l'École Normale, de 1843 à 1846. Évidem-
ment, vous n'entendez m'interroger ni sur sa vie publique, qui
est mêlée à l'histoire de la Restauration et du règne de Louis-
Philippe, et que je ne connais que par les livres ou les récits
d'autrui; ni sur son rôle à la Chambre des députés, où je n'allais
point; ni même sur ses discours et ses actes au Conseil royal de

Il a raison; les choses ne peuvent durer ainsi; on
veut éteindre les lumières, et rallumer le feu; il faut
qu'un combat terrible s'engage, le dernier peut-être,
entre l'erreur et la vérité, entre la servitude religieuse et la liberté philosophique, entre la science
qui veut conquérir le monde, qui veut l'éclairer, et
l'ignorance qui veut morceler le monde, et l'abrutir
en détail! — La Révolution française n'a pas tout
fait, elle a détruit l'esclavage des corps, mais non
celui des âmes, parce que son principe philosophique
était surtout l'athéisme et que l'athéisme ne donnera
jamais à la pensée la liberté véritable. — Aussi

l'Instruction publique, où il formait, avec MM. Cousin et Saint-
Marc Girardin, une sorte de triumvirat qui exerçait, à cette
époque, un pouvoir presque absolu sur le personnel enseignant;
ni enfin sur sa longue retraite, de 1852 à 1874, durant laquelle je
ne l'ai revu que rarement, toujours malade, presque aveugle,
ayant gardé la flamme intérieure, mais triste, farouche et à peine
résigné. — Ce que je puis vous dire est donc restreint, limité,
et se borne, pour une époque déterminée, à quelques impressions
personnelles, qui sont celles d'un jeune homme, et se seraient
peut-être atténuées et fondues, si j'avais eu avec M. Dubois des
relations plus suivies et plus intimes. Voici donc quels traits je
retrouve, fidèlement imprimés, dans ma mémoire :
« M. Dubois avait cinquante-trois ans quand j'entrai à l'École.
Nous savions qu'il avait succédé, en 1840, à M. Cousin, comme
directeur; qu'il était conseiller de l'Université, président du jury
d'agrégation pour les lettres, tout puissant pour le placement des
maîtres. Nous savions encore que, sous la Restauration, il avait
été frappé, destitué comme professeur, pour son opposition au
régime établi, qu'il avait été alors l'un des fondateurs et le plus
actif collaborateur du *Globe*, avec les esprits les plus libéraux de
ce temps; qu'il avait été poursuivi et condamné pour un virulent
article sur *la France et les Bourbons*, et qu'il purgeait sa peine
dans une maison de santé, quand la révolution de 1830 vint le
délivrer et le porter aux grands postes de l'Université; nous
savions enfin qu'il était député, homme de gouvernement, mais
centre-gauche, toujours libéral, et que la petite presse d'alors, ridi-
culisant le surnom qui le distinguait de ses homonymes des
autres départements, l'appelait Dubois de la Gloire-Inférieure,
plaisanterie à laquelle il passait pour être très sensible, mais qui

l'Empereur a t-il cru qu'il valait mieux, pour maintenir l'ordre et l'obéissance, que le catholicisme fût rétabli en France; sa gloire pourra s'en repentir un jour.

L'ignorance! l'ignorance! c'est la grande source de toute superstition, comme aussi de toute indifférence; le monde rit des philosophes et les dédaigne; mais sait-on ce qu'est la philosophie? le monde ménage la religion; mais sait-on ce qu'est la religion? On cause beaucoup politique et littérature; mais philosophie, mais religion? quelle sottise! — Parler de la destinée humaine? étudier les erreurs et

n'ôtait rien au respect que nous avions pour lui. Journaliste, orateur, homme d'opposition, c'était plus qu'il n'en fallait pour nous rendre sympathique notre chef et notre juge. On répétait, en outre, à mi-voix, qu'il travaillait à un grand ouvrage sur les religions, et particulièrement sur les origines du christianisme, et nous lui prêtions, de confiance, toutes les hardiesses, bien avant Renan et Havet. Bref, nous étions très fiers d'avoir à la tête de l'École un esprit libre, un homme de combat, emprisonné sous la Restauration, et faisant encore de l'opposition au ministère. Toute sa personne, physionomie, attitude, langage, répondait à cette idée.

« Il était de petite taille, trapu, ramassé, comme armé pour la lutte. Ses cheveux gris, qui avaient dû être roux, retombaient en désordre de son front, formant crinière sur sa nuque et ses oreilles; il avait un collier de barbe rare et inculte, un nez court, une bouche mince, un menton fortement dessiné, des yeux petits, clignotants, étincelants, la face large et léonine. Il était difficile, à sa vue, de n'être pas intimidé et troublé; mais on était toujours curieux de l'entendre. Il aimait à parler, à improviser. Rien ne ressemblait moins aux professeurs très calmes que j'avais eus au lycée. Avant même de commencer, il remuait les lèvres, s'agitait, frémissait. Sa voix avait un accent, un timbre particulier, que je crois entendre encore. C'était une sorte de bégaiement, d'abord, âpre et tumultueux; c'était, sans colère, le ton de l'irritation, et, sans obstacle à vaincre, les préparatifs de l'attaque. La lutte était dans l'organe même, dans sa rébellion, dans la difficulté de trouver, du premier coup, les mots pour les idées, ou de choisir les meilleurs, au milieu de l'abondance qui les faisait affluer jusqu'à l'encombrement. Tandis que nous nous tenions

les vérités? se débarrasser des premières, et rechercher les secondes? quel pédantisme! — On ne veut
pas être ridicule à ce point; on aime mieux se con-
fesser, et s'en rapporter au catéchisme!

Voyez donc ces beaux flâneurs du boulevard des
Italiens, ces élégants qui s'étendent dans leur loge,
au théâtre? — à quoi pensent-ils! je ne vous le dirai
pas; vous le savez; — ce n'est pas aux progrès de la
civilisation, je vous le jure! — Améliorer les chevaux,
à la bonne heure! — Mais les hommes? — C'est
inutile! — Voyez ces commerçants, ces poètes, ces
auteurs, ces agioteurs! — Parlez-leur de l'Université,

devant lui, silencieux, respectueux, sans ombre d'indocilité, il
s'excitait, comme s'il eût été à la Chambre, éprouvant un besoin
de répondre à des adversaires qui n'existaient que dans sa pensée;
nous prêtant un état d'esprit qui n'était pas le nôtre, mais qui
aurait pu l'être, car nous représentions pour lui la jeunesse avec
tous ses entraînements, toute son inexpérience et toute la somme
des torts possibles. Il se plaisait aux généralités philosophiques,
morales, politiques; c'était des appels à la volonté, au travail, à
la libre recherche, à l'honneur professionnel; point de pédagogie
proprement dite (ce n'était pas encore le courant, ni la mode),
rien de bien précis sur nos études et nos travaux; mais des vues
théoriques, des considérations d'ensemble, très variées, très
fécondes, une prédication généreuse et hardie, parfois violente;
toujours convaincue; le débit était saccadé, les phrases, les mots
s'entrechoquaient; il arrivait péniblement, laborieusement, par
des étapes successives et progressives de sa parole, à une force
d'expression extraordinaire et jusqu'à de véritables éclats d'éloquence, — éloquence de tribun, plus encore que de tribune, —
non académique, non universitaire, toujours un peu militante et
agressive, toujours en arrêt ou à l'assaut de quelque chose. Vous
qui avez connu Bersot, si fin, si ingénieux, d'une sagesse à la
fois si pénétrante et si discrète, d'un tour d'esprit si délicat, dans
sa familiarité même, vous n'avez qu'à prendre le contrepied de
cette nature, fonds et forme, et à tâcher cependant de vous persuader que l'action morale était incontestable, et l'effet final le
même! Nous ne sortions jamais de ces entretiens sans y avoir
puisé de fortes et viriles résolutions.

« M. Dubois, — il importe de le dire pour expliquer bien des
choses, — ne demeurait pas à l'École, faute de place. Il ne se

des professeurs de collège; ils vous tourneront le dos. L'université? quelle taupinière! les professeurs? quels cuistres! les questions de dogmes? c'est bon pour les gens de la Sorbonne, tout au plus; encore vaudrait-il mieux qu'ils fissent un cours sur les chemins de fer, et sur le système atmosphérique!

Voilà, mon cher ami, un beau temps pour enseigner la philosophie; il faut l'avouer! — Surtout quand on est israëlite, comme je le suis; — ce n'est pas impunément que le sang d'Abraham coule dans mes veines! — Croyez-vous, après cela, que je me soucie beaucoup de prêcher dans le désert, de

---

prodiguait pas, ne venait parmi nous qu'à certains jours, pour apprendre ce qui se passait, conférer avec le directeur des Études, M. Vacherot, et les deux surveillants généraux, MM. Cartelier et Hébert, recevoir les chefs de section, ou tous les élèves d'une promotion, lire et commenter les notes, ou nous haranguer exceptionnellement, dans quelque circonstance importante. On y mettait toujours une certaine solennité. Nous savions qu'il serait éloquent; il l'était même dans le tête à tête, quand il nous recevait en particulier. Je me rappelle deux ou trois de ces circonstances où l'autorité de sa parole fut bien frappante. C'était le temps de la grande popularité de Michelet et de Quinet au Collège de France. Nous étions attirés à leurs cours, au détriment de ceux de la Sorbonne que nous devions suivre. Nous échappions parfois à nos surveillants pour courir au fruit défendu. M. Dubois le sut et vint nous gourmander. Il s'agissait de nous faire comprendre notre devoir, sans condamner de façon trop absolue cette effervescence de la jeunesse, qu'il ne lui était guère permis d'incriminer sans quelque indulgence.

« Le vieux libéral, l'insoumis d'autrefois et l'administrateur sévère d'aujourd'hui se montrèrent tour à tour dans le plus émouvant des réquisitoires. Un autre jour, il s'agissait de la succession au cours de littérature française, abandonné par M. Nisard, convoité par Sainte-Beuve. Nous avions appris qu'il était sur les rangs, mais que le ministre, M. Villemain, avait fait choix de M. Géruzez, son suppléant à la Sorbonne, excellent homme, auquel nous finîmes par nous attacher, mais que nous jugions, à tort ou à raison, au-dessous de cette tâche. On signa une réclamation au ministre pour demander Sainte-Beuve. L'incorrection

m'attirer sur les bras les évêques avec leurs mande-
ments, de parler à des sourds, et d'être, en fin de
compte, destitué sans gloire?

Ce qui me séduisait dans l'enseignement de la philosophie, c'était la liberté de la parole, les joies de
l'audace, la volupté du prosélytisme; — j'aurais
aimé ce hardi sacerdoce, fort parce qu'il détruit, fort
parce qu'il édifie, et qui pourrait, dans des temps
de liberté, faire tant de bien, et tant de mal. — Un
clergé philosophe, c'est ce que j'ai rêvé toujours; —
philosophe et laïc, s'entend. — Je voulais être philosophe, pour rechercher la vérité, et la proclamer; ou

était manifeste. M. Dubois nous le fit sentir, dans une sortie violente, et la nomination de M. Géruzez suivit de près. Je pourrais
rappeler aussi la force avec laquelle M. Dubois releva, devant
nous tous, certains écarts de conduite chez quelques camarades
dont nous n'étions pas très fiers. En l'écoutant, nous aurions
volontiers dit : « Bien rugi, lion ! »

« Malgré sa rudesse et son âpreté apparentes, M. Dubois était
bon, serviable, affectueux et facilement ému. Il avait quelquefois, dans les conversation particulières (et j'en ai eu plusieurs
avec lui, soit pendant mon séjour à l'École, soit après ma sortie),
des expansions et des confidences qui touchaient le cœur. Il avait
pour l'École une tendresse vraiment paternelle; il s'intéressait
aux tristesses, aux deuils qui nous éprouvaient. Quand il dut me
faire comprendre, pour des motifs administratifs, politiques, religieux, qu'il me fallait quitter la philosophie pour les lettres (la
fin du règne de Louis-Philippe vit ce réveil de l'intolérance),
M. Dubois montra une vraie douleur et une confusion mal dissimulée. Il m'offrit d'être, à ma sortie de l'École, son secrétaire
particulier, ce que je refusai; et, un peu plus tard, il me proposa
pour l'École d'Athènes, dans les termes les plus pressants. Des
raisons de famille m'empêchèrent d'accepter, et Beulé prit ma
place. Dans la suite, je revis M. Dubois, bien vieilli, presque incapable de travailler, tournant contre le régime impérial tout ce
qui restait d'énergie chez l'ancien adversaire de la Restauration,
atteint du mal qui devait l'emporter, — mais ayant conservé sa
chaleur d'âme, son éloquence étrange et d'une âpreté si originale,
— et en même temps sa tendresse mal étouffée pour les jeunes,
à qui il parlait de l'avenir, de la liberté, du devoir.

« F. M. »

du moins, — puisque la vérité n'est guère trouvable,
— pour rechercher l'erreur et la détruire.

Mais il y faut renoncer, mes maîtres me l'ont
dit; mes camarades les philosophes, ceux que j'ai
connus à l'École, et qui sont à Rennes, à Avignon,
à Besançon, à Angoulême, à Bourges, font les prudents, vont parfois à la messe, — s'occupent beaucoup de psychologie et de logique, ce qui ne tire pas
à conséquence; mais s'abstiennent le plus possible
de morale et de théodicée, car il leur faudrait parler
du Christ et de l'Évangile. — Grâce à quelques concessions, il se soutiennent; — mais moi, je ne pourrais même pas, quand je le voudrais, descendre à
des concessions; elles ne signifieraient rien de la
part d'un juif, comme on dit. — Ma conversion
seule répondrait victorieusement aux réclamations
et aux attaques. — Ma conversion! croiriez-vous
qu'on m'en a parlé! — qu'on m'a fait entendre qu'il y
aurait là de beaux bénéfices à réaliser! que ce serait
un coup de bonne politique, que de passer d'une
religion à laquelle je ne crois pas, dans une religion
à laquelle je ne crois pas davantage; de troquer
une erreur pour une erreur, un mensonge pour un
mensonge, et d'être apostat de gaieté de cœur, sans
pouvoir alléguer la conviction comme excuse!

Non, mon ami, je ne veux pas enseigner la philosophie, s'il faut avec elle enseigner l'erreur, s'il faut
ménager les hommes que je hais, respecter les choses
que je méprise, nager entre deux eaux, ni tout à fait
philosophe, ni tout à fait catholique. — La philosophie, de nos jours, s'est avilie par ses concessions,
par son silence, par sa timidité; je ne veux pas entrer
dans un corps déshonoré; je ne veux pas qu'on me
prenne pour un faux philosophe; je ne veux pas

tromper mes élèves, et leur cacher une partie des choses que je pense, les laissant dans le doute sur la légitimité des religions, après un an d'enseignement philosophique!

D'ailleurs, je crois vous l'avoir déjà dit autrefois, la philosophie, telle qu'on la fait aujourd'hui, me semble ridicule, inutile, pédantesque. — On ne fait que l'histoire des systèmes; on étudie les vieux monuments de la philosophie, et, sous prétexte d'éclectisme, on se dispense des recherches personnelles, de la méditation vigoureuse, et des tentatives de réforme. — Le ministre nous impose, pour l'enseignement des collèges, un certain programme, tout plein de demi-vérités banales et routinières qui troublent les esprits, plus qu'elles ne les éclairent. — Rien de pratique, rien de bien actuel dans toutes ces théories; et si le professeur se permet quelque bonne et solide digression, sur les besoins du temps, sur les instincts du siècle, sur la conduite à suivre dans les mille sentiers de la société moderne, c'est bien en dépit du programme qu'il le fait.

Moi, j'aime mes franches coudées; il me plaît de parler quelquefois à tort et à travers; de causer sur ceci, puis sur cela, puis sur autre chose; d'entre-choquer toutes sortes d'idées pour en faire jaillir la lumière. Je ne tiens pas à m'enrôler sous un drapeau particulier, à enseigner la doctrine de tel ou tel, qui serait mon maître, ou mon ministre. Qui dit philosophie, dit liberté absolue, complète; et je commencerais par accepter des entraves? et de qui encore? de Messieurs les éclectiques, ou de Messieurs les évêques? — la chose serait plaisante! — les uns, mauvais défenseurs de la vérité; les autres, ses ennemis!

Si, parlant avec liberté, j'étais soutenu, protégé
par les philosophes, je pourrais lutter contre les
évêques; mais seul entre les deux partis, que pour-
rais-je faire? nul bien à autrui, beaucoup de mal à
moi-même. Je ne peux' pas, après tout, m'ériger en
prophète, en messie, et m'opposer seul à tout mon
siècle! — je ne puis pas entrer en pleine révolte
contre les supérieurs, les ministres, les gouvernants,
et braver à la fois les foudres de l'Église et celles du
gouvernement, beaucoup plus à craindre que les premières! — Je ne suis pas de la pâte dont on fait les
séditieux, les réformateurs, les christs, les martyrs!
— Il y aurait là plus de folie encore que d'audace.

Que me reste-t-il donc à faire? laisser la philosophie et les philosophes jusqu'à nouvel ordre;
garder pour moi et mes amis seulement mes
doutes, mes reche ᴊʜ s, mes croyances, mes haines,
mes projets et mes espérances; attendre des temps
meilleurs, pour proclamer bien haut la profession de
foi, que je vous fais ici: — et jusque-là, enseigner à
mes élèves la littérature; c'est-à-dire un art, une
étude paisible et charmante, sans troubles, sans
déceptions, sans luttes violentes. — Il y a moins de
danger à juger ce qui est beau, qu'à dire ce qui est
vrai. Contraint d'abandonner Platon, je me rabats
sur Homère; et je ne perds pas trop au change.

Vous savez d'ailleurs combien j'aime la paix;
combien j'aime le silence; combien j'aime le foyer,
les champs, la paresse occupée; — la littérature
va me donner tout cela; c'est un domaine tranquille, où l'on ne craint pas les persécutions, où les
méditations ne sont pas désespérées, où les doutes
ne sont pas pénibles, où les systèmes contraires se
concilient sans trop de peine, où les concessions, si

l'on en fait au goût du temps, ne coûtent pas de remords; là, je serai libre dans mes admirations et dans mes antipathies, sans qu'une robe noire ait le droit de me dénoncer à l'autorité suprême, sans qu'on vienne réveiller, autour de moi, la haine du judaïsme. Les hérésies littéraires n'entraînent pas la destitution; et, ce qui vaux mieux encore que tous ces avantages, la langue littéraire est comprise par tout le monde, les questions littéraires attirent l'attention du public; et l'on peut, grâce à ce vêtement mondain, lâcher quelques vérités utiles, qu'on ne lirait pas dans le meilleur livre de philosophie.

J'attendrai donc, entre Shakespeare et Dante, entre Corneille et La Fontaine, entre Pascal et Rousseau, que la réaction religieuse soit passée. Et si elle subsiste trop longtemps, si l'humanité n'est pas mûre pour les grandes réformes que nous souhaitons tous, alors je me résignerai, sans trop de regrets, à la seule carrière des lettres. — A chaque âge ses vérités! — Je laisserai les gens croire ce qu'ils voudront croire, ne me sentant ni le génie ni la témérité qu'il faut pour détruire, quand on est seul à détruire. Je ne serai philosophe que dans le cabinet, et je m'en consolerai, en considérant les obscurités sans nombre, les contradictions, les difficultés éternelles de la philosophie. Peut-être même irai-je jusqu'à reconnaître que la philosophie n'est pas une science qu'on puisse enseigner à tous; que la vérité est cachée, et doit rester cachée, qu'il est imprudent et présomptueux d'expliquer tant de mystères; et que, doutant nous-mêmes, nous ne devons pas entraîner tant d'âmes dans notre doute. — Peut-être, ami, dirai-je tout cela un jour; — oh! je serai bien vieux alors! — Car tant que durera la

jeunesse, j'espérerai dans le bon sens des hommes,
dans la force de la raison; et je croirai à toutes les
libertés!

Ce qu'il y a de sûr, c'est qu'avant d'enseigner la
philosophie aux autres, il faut s'en faire une à soi-
même; c'est qu'avant de diriger les autres, il faut se
gouverner; — il y a longtemps que Sénèque a déve-
loppé ces idées. — Je ferai donc de la littérature, et
je saurai, en même temps, me créer ma petite philosophie tout intime : quelques règles de devoirs,
quelques instincts bien dirigés, des goûts spiritualistes, une morale très tolérante, et, par-dessus tout,
deux idées, Dieu et l'âme; trois sentiments, l'amour,
— l'admiration — et l'espérance, pour fermer la
marche. — Voilà qui est bien beau, direz-vous; et
cependant, quoi de plus simple?

Voilà une lettre singulière, direz-vous encore; —
trois pages de satire morose, et une péroraison digne
des *Bucoliques?* — Pourquoi non? — ces choses se
touchent; on s'emporte contre le siècle, on le hait, on
le maudit; et puis, par un retour soudain, on s'adoucit,
on espère, on veut se rendre heureux, et l'on prend
son parti sur tous les ennuis de ce monde. Cette
philosophie vaut bien l'autre; — et je serais bien
moins sage, si je me contredisais moins!

Savez-vous bien que si cette lettre était ouverte
dans quelque douane italienne [1], si elle tombait entre
les mains de quelque prieur ou de quelque cardinal,
il pourrait fort ne pas goûter mes divagations assez
peu catholiques, et condamner ma lettre au feu, ne
pouvant m'y condamner moi-même!

. . . .

1. Laurent-Pichat était alors en Italie.

A Laurent-Pichat.

Le 4 janvier 1846.

Mon cher Laurent,

Et je ne vous écrirais pas cela? C'est impossible. J'ai vu Chateaubriand [1], j'ai causé avec lui, au coin du feu, durant une longue demi-heure, le jeudi, 1er janvier 1846, à dix heures du matin. Oui, avec Chateaubriand, avec René, avec Eudore, avec Chactas, en sa maison de la rue du Bac! et je lui ai dit, moi-même, à lui-même, des choses que j'avais pensées de lui, et que je n'aurais jamais espéré lui dire un jour!

Vous savez, ou vous ne savez pas, que l'École envoie chaque année sa carte à tout le corps universitaire, puis aux hommes les plus éminents de la littérature ainsi qu'aux plus hardis défenseurs de la liberté : Lamennais, Béranger, Thiers, Quinet, Michelet, etc. — Tantôt ils reçoivent nos envoyés, tantôt ils se contentent de nous faire parvenir leur carte; deux ans de suite, Béranger a retenu près de deux heures un des nôtres, qui lui portait le carton d'usage. J'ai là une carte de Thiers, où il a griffonné lui-même : « Pour MM. de l'École Normale ». — Voilà qui nous promet, à la Chambre, quelque discours universitaire. — Pour en revenir à Chateaubriand, mon collègue Tramblay et moi, nous avons été chargés, cette année-ci, de porter la carte au n° 112 de la rue du Bac. — Le verrons-nous? ne le verrons-nous pas? — Nous l'avons vu; il a été on

1. Eugène Manuel a conté cette visite dans la *Vie contemporaine* (1er juillet 1895). L'article se trouve reproduit dans les *Mélanges en prose*, p. 198 (Hachette, 1905).

ne peut plus touché de ce faible témoignage de notre
respect; il a été cordial, il a été expansif, il a été
causeur; il nous a parlé beaucoup et sur beaucoup de
choses; et nous sommes sortis, emportant de cette
journée un souvenir qui marquera dans notre
mémoire.

Je ne conterai pas ma visite en détail; je ne sache
pas d'écrivains que j'aie plus désiré de voir que
celui-là. Il domine tout notre siècle; il a connu tous
les grands hommes, il a été mêlé à toutes les grandes
choses. Il a tenu tête à Napoléon; il est pour nous
Byron et Walter Scott ensemble. — Je l'ai vu. —
Mon cœur battait bien fort, quand je passai la porte,
et quand j'attendais dans le vestibule; il battit plus
fort encore, quand le domestique, à qui nous avions
remis notre carte, vint nous dire : « Messieurs, si
voulez entrer; M. le vicomte vous reçoit ».

L'Italie, la Grèce, l'Amérique, Jérusalem, tout se
confondait dans mon esprit; tant d'œuvres devenues
classiques à leur naissance, se présentaient à ma
mémoire, et se personnifiaient à mes yeux.

Une seconde porte s'ouvrit, nous avions traversé
le salon; nous étions dans le sanctuaire. — Chateaubriand était là, debout, nous tendant la main. — Il est
vieux, très vieux; — si vieux que le vieillard faisait
tort à l'homme, et qu'il nous fallait faire un effort
pour retrouver sous ces cheveux blancs, dans ce
corps affaissé, sur ce front tout ridé, dans cette
bouche contractée par les années, dans cet ensemble
tout humain, tout mortel, tout penché vers la
tombe, le mélancolique adolescent, l'amant d'Amé-
lie, de Cymodocée, d'Atala, le voyageur intrépide,
le chevalier de la royauté déchue, le chantre du
nouveau monde et le défenseur de l'ancien! — Il ne

lui reste de beau que ses grands yeux bleus, qui se mouillent facilement de larmes, et qu'il levait sur nous avec une sorte de plaisir.

Il nous a parlé voyages, politique, religion, littérature; un peu de tout; nous avons causé de Napoléon, de la Révolution française, de Velléda, de 1830; du *Globe*; de M. de Rémusat, qui était venu lui demander sa voix; de M. Dubois[1], qui avait été son ami; de M. Lenormand, qu'il voyait à l'Abbaye-aux-Bois; du gouvernement actuel, qui *faisait son pot-au-feu*; du passé, de l'avenir, des vieux et des jeunes, de nos triomphes et de nos fautes, un peu de tout enfin; un peu de tout, vous dis-je!

Cet homme qui a reçu tant et de si grands éloges de la part de tant de personnages illustres, nos éloges l'ont ravi, et lui ont peut-être donné encore une journée de bonheur; il les repoussait avec une modestie douce, qui semblait ne pas les haïr. « Je ne mérite pas tout cela! vous me jugez avec trop d'indulgence, je suis d'un autre siècle; on ne me lit plus. » Je lui ai répondu : « Vous être notre père à tous; nos poètes sont vos enfants; vous êtes de notre temps et de nôtre âge. » Et il a souri d'un sourire de joie.

Quand je vous verrai, je vous raconterai plus au long cette conversation; car elle n'est pas de celles qu'on oublie. — Nous le laissions dire, de peur qu'une de nos paroles nous fît perdre une des siennes. Il a eu un moment de profonde tristesse, en nous parlant de son passé, de ses regrets, de sa devise (liberté et royauté), de la monarchie légitime, tombée si bas, et voyageant d'exil en exil. — Il désire mourir,

---

1. Alors directeur de l'École Normale.

il en a assez; il s'étonne que depuis longtemps la mort ne l'ait pas pris au mot. — Il trouve du reste que la vie est *trop courte pour la pensée : il est las d'écrire; à son âge on ne peut plus que rêver!*

Vous connaissez la statue de Velléda, qui a été au Musée et qui est au Luxembourg? Il en avait une petite édition sur la cheminée; l'auteur lui avait donné sa première ébauche; nous lui avons demandé si c'était son idéal; si le sculptenr s'était rencontré avec lui. « Elle est belle, cette Velléda, nous dit-il; mais je ne l'avais pas rêvée ainsi; du reste, *je ne suis pas artiste!* » — A mesure qu'il parlait, l'auréole lui revenait; son front s'élargissait, ses yeux bleus avaient moins de nuages; et quand nous partîmes, c'était bien le vrai Chateaubriand, celui que nous lisions avec amour; nous avions presque oublié sa vieillesse.

On dit bien des choses, en une demi-heure, quand on tient à tout ce qu'on dit, quand on ménage les paroles. Avant de nous lever, nous dîmes encore quelques mots sur la presse actuelle, et parmi les journaux ouverts qu'il avait près de lui, il en montra un, qu'il lisait avant notre arrivée; c'était *le Charivari* : « On s'égaie comme on peut, » nous dit-il. — Ce contraste piquant a terminé notre visite. En chemin, nous repassions en nous-mêmes tous ces lambeaux de phrases que nous avions entendus; à notre retour, nous avons fait beaucoup de jaloux, et vous en serez peut-être.

Adieu, mon cher ami, bien à vous.

DIJON

(1846-1847)

———

Dijon, 20 octobre 1846.

Mon cher papa,

J'avais le cœur gros lorsque j'ai quitté, dans la cour des Messageries[1], tout ce que j'aime à Paris, et je n'étais guère disposé à examiner ce que je voyais et à noter mes impressions de voyage; mais la curiosité des choses nouvelles est si puissante sur nous autres pauvres mortels que, malgré tout le chagrin qu'on a, on ouvre les yeux et on regarde. Quand on a commencé à voir, on veut voir encore. D'ailleurs je songeais au plaisir que vous auriez tous, parents et amis, toi surtout, mon cher papa, et vous, Arthur et Valérie[2], et tous enfin, car vous m'aimez tous également, à lire quelques détails sur ce voyage si longtemps redouté de part et d'autre. Je vous écris donc le peu que j'ai aperçu et remarqué durant ces trente-quatre heures dont chacune m'éloignait de vous; trop vite à mon gré. Je ne savais pas encore, cher papa, ce que c'est que la distance. Il faut avoir fait quatre-vingts lieues par de mauvais chemins pour le savoir.

1. Il venait d'être nommé professeur au lycée de Dijon. Sa mère l'avait accompagné pour l'installer.
2. Sa sœur, mariée plus tard à M. L.-Alvarès.

Nous pensions que notre diligence prendrait par la
Bourgogne directement : Melun, Sens, Joigny, Ton-
nerre; mais elle a pris la Champagne, ce qui rend la
route beaucoup moins intéressante pendant la première moitié du voyage, et beaucoup plus pendant la
seconde; car au lieu d'entrer en Bourgogne par les
plaines, on y entre par les montagnes. Nous avions
avec nous, dans l'intérieur, une vieille demoiselle de
Grenoble, sœur de Mme D..., marchande de mou-
tarde blanche au Palais Royal; un gros homme,
ancien marchand de vins à Bercy, riche et retiré à
Beaucaire, où il bâtit dans ses propriétés; sa femme,
une grosse femme rouge, qui est parisienne, qui
dort très bien en voiture et qui se plaignait de son
journal, *le Commerce*, parce que le bâtard de Mau-
léon n'en finit pas, et que M. Dumas la laisse dans
des transes mortelles; le quatrième personnage était
un inconnu, qui savait tout et parlait de tout, connaissait tout, avait été il y a huit jours en Suisse, il
y a quinze jours en Belgique, il y a trois semaines en
Allemagne. Je crois que c'est un commis-voyageur;
je ris, mais vraiment je n'en ai pas envie. Il y avait
dans le coupé deux messieurs, officiers de la légion
d'honneur, avec lesquels maman et moi nous avons
causé pendant une montée; Valérie doit être contente!

Nous sommes passés par le quai du Jardin des
Plantes, par le pont d'Ivry-Alfort, nous avons vu le
moulin de M. Veyrasset, nous n'avons vu ni Villeneuve, ni Montgeron, mais Créteil, Boissy-St-Léger,
Limeil et Brie-Comte-Robert; des plaines, toujours
des plaines, les plaines de la Brie; beaucoup de villages, point de villes. Mormant, Nangis, Maison-
Rouge; dans ce dernier village, toutes les maisons

ont en effet des tuiles rouges, et pour ne pas faire
mentir le nom on a jeté du rouge de fourneau sur les
toits de chaume. De distance en distance, il y avait des
relais; la voiture s'arrêtait deux minutes, les chevaux
hennissaient, les chiens aboyaient et les moutards
accouraient pour voir nos visages. A cinq heures de
l'après-midi, nous nous étions arrêtés à Nangis pour
dîner; maman et moi nous restâmes dans la diligence
à manger notre bon veau, à boire notre eau et notre
vin, tandis qu'on servait à messieurs les voyageurs de
la viande brûlée et des fruits gâtés pour trois francs
par personne. Nangis est une petite ville très paisible
où il y a un chapelier et un bijoutier.

Le terrain continue d'être plat et crayeux : nous
approchons de la Champagne. La nuit vient; il est
six heures; nous nous arrangeons pour dormir, chose
difficile! Douze jambes, qui s'entremêlent dans un
espace, à peine assez large pour en étendre deux! Nos
voisins ferment l'œil. Vers les sept heures, le postillon
fait claquer son fouet; nous traversons entre beaucoup
de maisons et de lumières, nous voyons des cuiras-
siers qui entrent au café; c'est donc une grande
ville! C'est Provins. Les rues étaient pleines de
monde, chacun sur le seuil de la porte. Nous continuons; encore des plaines; pas d'arbres, pas de maisons; je ne dormais pas, et je voyais, à travers la
portière, cette grande étendue noire qui fuyait des
deux côtés. Vers les huit heures et demie, nouvelles
maisons, nouvelles lumières : c'est Nogent-sur-Seine.
Nous sommes en Champagne; les plaines ne cessent
pas. La nuit est profonde; les routes sont pleines de
boue et de fondrières; je voyais de temps en temps
passer des villages noirs à la portière; on s'arrêtait
aux relais, on apercevait pendant deux minutes des

chevaux et des postillons à la lueur d'une lanterne.
Tout cela, au milieu d'une obscurité complète, dans
l'intérieur d'une diligence, avait quelque chose de
fantastique. J'écarquillais les yeux pour voir les
paysages, à travers des carreaux ouverts; mais je ne
voyais que du noir de tous les côtés; seulement les
bords de la route étaient éclairés d'une lumière pâle
projetée par la lanterne de la voiture. Beaucoup de
vent, de froid, de pluie. Je m'aperçois que nous traversons un village, au bruit de la voiture sur le pavé;
ce bruit diffère quand la voiture roule entre des
maisons, ou qu'elle roule en pleins champs. — ·
Nous devions être à Troyes à minuit; nous n'y
arrivâmes qu'à deux heures de la nuit. C'est une
très grande ville, avec des faubourgs immenses et
beaucoup de maisons en bois : tout y paraissait mort;
pas une lumière aux fenêtres, pas une âme dans les
rues. Arrivée à la place de l'Hôtel-de-Ville, la diligence s'arrêta trois quarts d'heures pour déposer un
voyageur à l'hôtel du Mulet.

Le temps avait changé, il était magnifique; le ciel
était couvert d'étoiles, le vent avait séché tout; nous
descendîmes de voiture et nous nous promenâmes
trois quarts d'heure autour de cette grande place
sombre et entourée de vieilles maisons. Les autres
voyageurs en faisaient autant. Comme nous étions là,
tout à coup nous vîmes arriver une noce qui rentrait
à pied, hommes en noir, femmes en blanc, bras-
dessus, bras-dessous, en chantant l'air du tralala.
Nous les entendîmes encore de loin, qui chantaient
dans les vieilles rues étroites. Nous repartions
comme il était près de quatre heures.

La nuit nous semblait bien longue; nos voisins nous
disaient quelques paroles aux relais, et puis tout ren-

trait dans le silence. Enfin le jour commence à poindre ;
un beau jour rose, qui est trop beau pour rester beau.
Nouveaux villages, de vrais villages ; rien que des
chaumières avec le moins de fenêtres possible ; des
enfants, les yeux encore tout endormis qui vous regardent à leur porte ; des paysans, avec des charrues ;
beaucoup de poules, de dindons, de bœufs ; d'immenses troupeaux de moutons dans les plaines. Les
noms sont écrits sur la première maison en entrant.
Aucune maison bourgeoise, rien que des hangars,
des mares d'eau, des chaumières, de vrais paysans !

Le paysage devient joli ; nous quittons la Champagne, nous entrons en Bourgogne ; une pierre est
sur la route ; d'un côté on y lit « Aube », de l'autre
« Côte-d'Or ». Nous apercevons la Seine ; nous allons
la suivre, la voir ou la retrouver jusqu'à sa source
pendant vingt lieues ; nous la traversons plus de dix
fois ; elle est comme la rivière d'Yerres. Maman est un
peu indisposée pour la première fois. Nous arrivons
à 9 heures du matin à Châtillon-sur-Seine, où nous
nous arrêtons une demi-heure pour prendre du café
au lait ; petite ville très tranquille ; maman va mieux,
puis bien ; mais nous sommes brisés ; belle campagne :
les montagnes commencent et les vallées ; nous allons
avoir dix-huit lieues de montagnes jusqu'à Dijon.
Voitures de charbon traînées par des bœufs ; forges ;
tous les villages sont sur la Seine, Gy-sur-Seine,
Nord-sur-Seine ; ils s'en glorifient. La Seine n'est plus
qu'un ruisseau ; nous la traversons sur un pont qui a
une petite arche. Une auberge au milieu d'une grande
route, avec cette enseigne : *A la Belle Idée* ; une autre
avec ces mots :

> *Étienne Corbin*
> *Guérit soif et faim.*

Ce sont des vers! Montées et descentes; des vues
admirables. Nous approchons des sources de la
Seine; un enfant, qui la traverse, en a jusqu'aux
genoux; on la passe sur une planche; les canards y
barbotent, et semblent dire : « Elle est à moi »! La
veille nous l'avions passée sur le Pont-Neuf! La
Seine se divise en petites rigoles qui coulent des
montagnes qu'on voit à vingt lieues. Nous arrivons
à St-Seine, où sont ses sources. Montée énorme, que
seuls nous faisons à pied maman et moi, bien enveloppés : il pleut, il vente! Les villages sont au fond
des vallées, et les églises sur le sommet des montagnes. Des forêts avec des rochers; des bûcherons
qui ressemblent à des brigands. Enfin le val Suzon, le
plus sauvage de tous ces sites. Il est six heures. Montée
d'une heure et demie entre des rochers et des bois;
descente rapide; plaine : Dijon, à huit heures, par
une pluie battante! — Adieu, adieu, à une autre fois!
Êtes vous contents? je t'embrasse, cher père.

*   *   *   *   *   *   *   *   *   *   *   *   *   *   *   *

A son père et à ses frère et sœur.

9 novembre 1846.

Cher papa, et chers enfants [1],

Il vient de sonner huit heures du soir à la cathédrale; nous sommes assis, maman et moi, au coin d'un
bon feu, dans la chambre que vous savez [2]; maman me
fait du café noir, pour me gâter un peu; et moi je vous

1. Il s'agit de son frère et de sa sœur restés à Paris.
2. Il l'a décrite dans une lettre antérieure que nous ne
publions pas, faute de place.

écris. Mon journal aujourd'hui sera bien maigre, car il a fait mauvais ces jours-ci; il a plu, nous n'avons pas vu grand'chose, et j'ai d'ailleurs commencé mes classes.

. . . . : .

Lundi matin, après une messe assez insignifiante où j'ai assisté comme un terme, les autres professeurs de même, je suis entré en classe, et j'ai fait une première liste de mes élèves; il n'y en avait encore qu'une vingtaine; les classes sont petites et assez froides, pavées en carreaux rouges; la mienne est oblongue, la chaire au bout, les gradins des deux côtés de la salle et non pas en face de la chaire, ce qui me procurera certainement un jour quelque torticolis, car je me tourne à droite ou à gauche pour parler; devant moi je n'ai que la porte. Quant à ma chaire, elle est grande, elle est haute, très commode, et si je pouvais n'être qu'auditeur de ma classe, je m'y endormirais parfaitement; mais c'est là l'affaire de mes élèves et non la mienne. Du reste le collège est beau et grand. C'est un des vingt-six couvents de la ville; il en est des couvents de Dijon comme de ses églises; on en a fait aussi des casernes, des marchés, des hôpitaux et des bureaux des Messageries.

Le collège est rue Saint-Philibert, à cinq minutes de la place Saint-Jean; c'est une des vieilles rues de Dijon; mais elle ne vaut pas la rue du Bourg, qui est aussi près de chez moi. Cette rue du Bourg, que maman n'a pas encore vue, est curieuse; c'est une vraie rue du moyen âge. Toutes les maisons sont en bois avec un peu de plâtre, le pignon sur la rue, un seul étage, une seule petite fenêtre, de vieilles balustrades en bois sculpté, des boutiques ouvertes partout et soutenues par des piliers de bois, et, dans toutes ces boutiques, des tripiers, des charcutiers, des revendeurs. Il faut qu'Arthur voie cela.

Dans l'après-midi du lundi, nous avons profité d'une éclaircie du ciel pour sortir de la ville par la porte d'Ouche et pour voir la rivière d'Ouche et le canal de Bourgogne, qui passent à un quart d'heure de Dijon; c'est une charmante promenade; la rivière d'Ouche est une vieille rivière bordée de vieilles petites maisons ridées, de vieux petits moulins et de vieux petits saules tordus. Elle forme de vieilles petites cascades et on la traverse sur de vieux petits ponts. En hiver, cette rivière est large comme le petit bras de la Seine; en été, c'est un petit ruisseau assez pittoresque. Le canal de Bourgogne est très beau : il y a là un port animé; beaucoup de bateaux, des écluses; on se croit au canal Saint-Martin, n'étaient les belles lignes de montagnes qu'on aperçoit devant soi et qui embellissent ici partout le paysage. Le canal est bordé de peupliers; il a quelques bras de communication avec la rivière d'Ouche, qui lui est parallèle; de là, d'assez jolis effets. Mais il faut dire que j'ai une extrême bonne volonté à trouver les choses jolies; je leur fais peut-être plus d'honneur qu'elles ne méritent. Ce jour-là, nous avons vu aussi le chemin de fer de Dijon à Chalon qui est presque achevé.

Mardi matin, j'ai fait composer mes élèves en version latine; ils n'ont guère compris. Le soir, je leur ai lu du Molière, quelques scènes du *Bourgeois gentilhomme*, entre autres celle que nous avons jouée jadis[1]. Molière est un excellent intermédiaire entre un professeur et des élèves; le rire en fait de bons amis.

. . . .

1. A une de ces soirées du jeudi qui avaient lieu dans la famille Manuel (Voir *Mélanges en prose, Introduction*, p. v111).

Je n'ai pas eu classe ce matin mercredi; G...
s'est réservé, pour les classes d'histoire, le samedi et
le mercredi matin, ce qui me donne deux matinées
libres, outre le jeudi et le dimanche. Cela me per-
mettra, cet été, de faire quelques promenades avec
un livre sous le bras et en compagnie de votre souvenir.

Si vous avez de bons dîners, nous en avons encore de
meilleurs. Lundi, chère Valérie, nous avions : soupe,
bœuf, fricassée de poulet, pommes de terre frites,
carpes, grives, fromage de Troyes, marrons, mendiants. Mardi : soupe, bœuf, fricandeau, alouettes,
dinde, pommes, poires, Roquefort, raisins. Aujour-
d'hui : soupe, bœuf, perdrix, roastbeef, choux-fleurs,
crêmes, marrons, mendiants, et ainsi toujours.
Ajoutes-y de l'excellent vin de Bourgogne; celui
qu'on sert à Paris à trente sous la bouteille. — Il est
très probable que, maman partie, je resterai à dîner
chez Ponsot. On y est bien et d'ailleurs je serai avec
trois professeurs. On m'a bien parlé d'une certaine
veuve Balthasar, où l'on dîne assez bien et bourgeoise-
ment; mais la table y est moins propre et moins variée,
le vin moins bon, la compagnie moins agréable; je
me passerai donc des festins de Balthasar! N'allez pas
croire au moins que je donne beaucoup d'importance
à cela; je trouve qu'on dîne trop longtemps ici, et trop
bien; j'espère cet été me nourrir, de temps en temps,
de chardons et de coquelicots pour faire compensation; n'ayez pas peur de me voir gras, il y aura
toujours en moi un petit fond d'ennui qui bravera les
repas de M. Ponsot!

Aux mêmes.

Novembre 1846. Mercredi matin; point de classe.

. . . .

Je suis allé hier chez M. le comte d'Audiffred, rece-
veur-général et neveu de Pasquier. C'est un homme
aussi influent dans le pays que le préfet même; il a
un magnifique hôtel, des escaliers avec tapis, lustres
et fleurs. Je n'ai qu'à me louer de l'accueil qu'il m'a
fait. On s'amuse beaucoup dans sa maison; on y joue
la comédie, on y danse, on y fait de la musique.
Mme d'Audiffred, à laquelle on me présentera dès
qu'elle sera de retour à Dijon, est, à ce qu'il paraît,
une femme spirituelle et originale qui affecte des airs
masculins, qui monte à cheval, va en chasse, tire le
pistolet, fume même, si j'en dois croire les caquets!
M. d'Audiffred fait de petits vers et aime les jeunes
gens. Nous verrons cet hiver tout ce que cela
deviendra. Ma tante peut déjà remercier M. B... de
ses lettres; je lui écrirai du reste. Je n'ai pu voir
encore M. P..., directeur de l'enregistrement, il est
malade; — M. L..., professeur à l'École de droit, et
grand ami de M. d'Audiffred, n'est pas encore revenu
de la campagne; c'est une des grandes maisons de
Dijon.

Nous sommes allés, maman et moi, chez M. Lebas [1],
conservateur des hypothèques; sa maison est située
rue Franklin, près du Rempart. C'est un grand vieillard de soixante-dix ans, très fort et très solide, grand
amateur d'horticulture; il a de grandes serres dans
son jardin et possède soixante variétés de camélias et

1. Frère du conventionnel.

quatre-vingts variétés de roses. Nous avons beaucoup causé botanique, tant dans la visite que nous
lui avons faite que durant celle qu'il nous a rendue
il y a trois jours. En plein hiver, l'an passé, et quand
tout était couvert de neige, il avait dans sa serre
quatre cents camélias en fleurs. J'aime ces goûts
dans un vieillard; je le trouve plus vénérable d'aimer
les fleurs avec cette passion-là. J'irai quelquefois le
voir pour causer de ses fleurs et du temps passé : il
loge seul avec quelques domestiques.

. . . .

Dimanche, à quatre heures, par un temps très pur,
mais un peu froid, nous sommes allés, maman et moi,
au Parc, qui est à un quart de lieue de la ville, au
bout d'une longue avenue, dans un beau site. C'est la
seule promenade que j'aime à Dijon, parce que c'est
grand, désert et triste : des pelouses comme à Versailles, de grands arbres, des bancs gris singulière-
ment taillés; la rivière d'Ouche qui passe au bout et
qui est bordée de saules, de peupliers et de bancs
de pierre; de loin, une petite île et un pont. Il n'y
avait pas plus de cinq personnes dans tout ce parc;
quelques pauvres Tyroliens, assis sous un arbre, et
qui chantaient des airs de leur pays; de longues
allées toutes parsemées de feuilles jaunes qu'on ne
balaie pas; quelques plantations de sapins, vert foncé,
comme en deuil; il n'y avait plus, dans l'herbe des
pelouses, que quelques fleurs jaunes et du plantain.
J'y ai cependant trouvé cette petite marguerite, toute
seule, que je t'envoie, chère Valérie.

A son frère Arthur.

23 novembre 1846.

Un ouragan terrible a éclaté hier soir sur Dijon;
c'était un vent à emporter tous les clochers de la
ville, et il n'en manque pas ici; j'écoutais, au coin de
mon feu, les sifflements de cette tempête, et je me
demandais ce que vous faisiez à Paris[1] dans ce même
moment, si votre ciel était aussi noir, vos rues aussi
sales; je m'imaginais vous voir autour de la table de
la salle à manger, lisant, à quelques parents ou voisins, des passages de la lettre que vous aviez reçue
de moi le matin, et vous demandant aussi ce que je
faisais alors. — Quand je pense que nos vies s'écou-
lent ainsi parallèlement, à Paris et à Dijon, sans que
nous sachions jamais ce qui nous occupe au même
instant, vous là-bas, moi dans ma petite ville!...
Aucun moyen de le deviner! aucune correspondance
électrique! Riez-vous au moment où je suis triste?
Vous attristez-vous au moment où je suis gai? Ni
vous ni moi ne pouvons le savoir, à moins de faire,
chacun de notre côté, un tableau complet de nos
occupations et de nos sensations, de façon à les
comparer jour par jour, heure par heure.....

Le Bourguignon est ami de la vigne, c'est-à-dire
ami de la terre. Comme le paysan de Michelet, il a
concentré ses désirs et ses affections sur ces coteaux
bénis qui l'enrichissent et lui mettent la joie à l'âme.
Presque point de plaines ni de blé en Bourgogne;
c'est ce qui explique le prix extraordinaire du pain,
en ce moment, à Dijon et dans tous les environs: ces

1. Sa mère l'avait quitté le 13 novembre 1846.

milliers de collines sont toutes, jusqu'au sommet, couvertes de vignes; on profite des moindres ondulations du terrain pour y établir quelques ceps qui produiront du Bourgogne; — les terres en friches, les montagnes presque stériles sont encore appropriées à cet usage. Toute la Bourgogne est ainsi partagée en des milliers de clos de vignes, depuis ces clos fameux qui appartiennent aux plus riches propriétaires du pays, jusqu'à ces misérables petits champs, qui ne produisent pour leur pauvre possesseur qu'un raisin rabougri et un vin sans valeur.

Tous les boutiquiers de Dijon, tous les négociants, les pauvres même, ont leur clos à une ou deux lieues d'ici. Le dimanche, en été, la ville entière s'en va visiter ses clos, planter ses échalas, couper les pousses trop luxuriantes; leur ambition est d'agrandir cette possession souvent bien mesquine. Le clos voisin est à vendre? ils l'achèteront, ils feront entourer le tout d'un mur ou d'une palissade. S'ils n'ont pas encore de clos, ils aspireront sans cesse à s'en procurer un; ils mettront tous leurs soins, toute leur activité à devenir propriétaires d'un vingtième de colline ou d'un arpent de mauvaise terre pierreuse, qui sera leur vignoble chéri! ils économiseront dans cette intention; et ce n'est pas dans dans les affaires, dans les grandes entreprises qu'ils placeront leur argent. Dût-on leur promettre des bénéfices considérables, ils aimeront mieux acheter ou agrandir un clos! Ils feront leur vendange dans le pressoir commun du village voisin; et quand même il ne leur reviendrait en tout qu'une demi-pièce, peu importe! c'est leur vin! ils ont dans leur cave du vin qu'ils ont fait! du vin de leur clos! M. B..., le teinturier, a son clos; M. d'Audiffred a le sien; M. Lebas vient d'en

ach... .ur un en face du sien; M. Narcisse voudrait
avoir le sien! — et ainsi de tous les autres.

. . . .

A son ami Grenier.

30 décembre 1846.

Est-ce bien vrai? Tu pars pour la Grèce[1]? Heureux
jeune homme! — à vingt-trois ans, et avec ce que
tu sais, et tel que je te connais, faire ce voyage, le
plus beau des voyages! que ne puis-je te suivre! et
pourquoi la Grèce est-elle si loin?

> *... O ubi campi*
> *Sperchiusque, et virginibus bacchata Lacænis*
> *Taygeta! O qui me gelidis in vallibus Hæmi*
> *Sistat[2]...*

Sans doute tu verras Rome en passant? Et puis
après Athènes, Corynthe, Thèbes, Sparte, le Pélo-
ponèse! tous ces noms qui font tressaillir! qu'on ne
peut prononcer avec calme! — Ah! si tu n'étais pas
ému, à l'idée d'aller en Grèce! — Chateaubriand,
Lamartine, les relis-tu? Heureux ceux qui peuvent parler de la Grèce et qui ont vu la Grèce! qui, parlant
de Thucydide ou de Sophocle, peuvent dire : « J'ai
vu le Pirée, j'ai vu le théâtre de Bacchus, j'ai vu les
flots de la mer Egée et les collines bleues de l'Eubée!
j'étais ici, puis là! j'ai cherché Sparte! » — Tu
pars, m'a-t-on dit, avec Rigaud, Burnouf, Roux,
Benoît, Lévesque; qui encore? Et quand pars-tu? Et
avec quelle intention? Et que feras-tu en Grèce?
Qu'en rapporteras-tu?

---

1. Il avait été nommé membre de l'École française d'Athènes.
2. Virgile, *Georg.*, II, 486.

As-tu vu M. Daveluy, votre directeur? Quels seront vos travaux? vos loisirs? Où et de quelle façon se feront vos excursions? — Nous, tes amis, tes camarades, comme nous te suivrons, de la pensée, sur cette terre de Grèce, dont nous avons depuis dix ans la bouche pleine !

Nous, nous en parlons; toi, tu vas la voir! A nous, les monotones fatigues de l'enseignement, la vue des mêmes choses, la connaissance des mêmes hommes, à Périgueux, à Lyon, à Marseille, à Angoulême, à Dijon ! à toi, la vue de choses nouvelles, d'hommes nouveaux! à toi, le travail libre dans le pays de la liberté! — Heureux jeune homme ! tâche au moins d'être un peu poète là-bas, et non pas seulement historien!

De ceux qui vont partir tu es le plus jeune; profite bien de ta jeunesse! Reviens-nous plus riche, de là-bas, que mes pauvres amis de St-M..., étourdis voyageurs, qui n'ont su rapporter de cette belle course que quelques idées banales, et quelques images d'une poésie déjà vieille! — Jouis de ton voyage! Vois bien tout ce qu'on peut voir! Et si, quelque beau matin, tu sens quelque besoin d'écrire à quelqu'un d'ami, donne-moi la préférence, et montre-moi comment on écrit, comment on pense, comment on sent, quand on est en Grèce, et qu'on est toi.

· · · · · · · · · · · · · · · · · ·

———

A ses parents.

3 janvier 1847.

· · · · · · · · · · · · · · · · · · ·

Le matin du jour de l'an, — à huit heures et demie, comme on me l'avait indiqué la veille, je me rendis

6

chez le Proviseur, où je trouvai mes collègues, ainsi
que l'économe, l'aumônier, etc. Nous nous souhai-
tâmes la bonne année; puis, le Proviseur en tête, nous
allâmes chez le Recteur, en corps; de là, et après qu'il
nous eut adréssé quelques paroles insignifiantes, nous
nous rendîmes, toujours en corps, chez M. Caro, et
chez M. Méline; ils ne recevaient pas (ainsi le veut
le cérémonial); nous laissâmes tous nos cartes. —
Cela fait, nous nous quittâmes, et le Proviseur donna
rendez-vous, pour onze heures, à ceux qui voulaient
voir avec lui les autorités. De neuf à onze heures,
j'allai rendre visite à Monsieur R..., qui était au lit et
qui m'offrit des bonbons. — Toute la ville était sur
pied; on voyait passer les autorités et les militaires
en grands costumes. Il faisait un temps superbe,
froid et sec, ciel bleu et soleil, des marchands
d'oranges siégeaient tout le long de. la rue de la
Liberté, des deux côtés, jusqu'à la place; les marchands de tabac, les quincailliers, les mercières, les
lingères, s'étaient transformés en marchands de
jouets d'enfants; les marchands de pains d'épices,
les épiciers, en marchands de bonbons; les cinq
ou six confiseurs de Dijon étalaient leurs plus
attrayantes richesses; les trois ou quatre libraires
exposaient leurs volumes les plus dorés sur tranches
et tous les ouvrages illustrés qu'on vend à Paris.
Dijon avait quelque chose de joyeux et de prin-
tanier, d'animé et de peuplé, que je ne m'attendais
pas à trouver en province.

A onze heures, après avoir déjeuné avec S... et
donné mes étrennes en argent aux servantes, je re-
tournai chez le Proviseur. Nous n'étions que huit
pour nos visites officielles; le proviseur, le censeur,
l'aumônier; M. B..., professeur de rhétorique, M. Ma-

nuel, professeur de seconde, M. B..., professeur d'histoire, M. G..., professeur de quatrième, èt M. B...,
professeur de septième. La première visite fut à
l'évêque, Mgr Grivet, ancien curé de Versailles. Le
salon de l'évêque est très beau, tendu de velours
rouge, entouré de grands tableaux de religion, avec
une vaste cheminée où l'on brûlerait des moitiés
d'arbres. Le salon était plein de prêtres de campagne et de ville, qui s'approchaient tour à tour et
baisaient à genoux la main de Monseigneur. Il vint
à nous, qui ne baisâmes rien du tout; il causa avec
le proviseur sur le collège, la santé des élèves, etc.
C'est un homme très fin, habile causeur, à l'aise sur
tout sujet, qui a vu le monde, qui est liant, pliant,
conciliant, riant. Sa voix est fort douce; il jouait
avec sa croix d'or ou avec le coin de sa robe violette;
il se tenait debout devant le feu; et nous devant lui.

Au bout de dix minutes, nous partîmes pour nous
rendre à la Préfecture. Mme la Préfète m'avait reçu
la veille dans un grand salon rouge; M. le Préfet nous
reçut dans un grand salon bleu. Il était en costume
de cérémonie, raide et pincé, en escarpins, se dandinant noblement avec un majestueux toupet sur la
tête. Je n'avais pas encore vu de préfet; maintenant
je sais ce que c'est; je n'ai plus besoin d'en voir;
tous les préfets sont le même homme; Dieu a fait
un moule pour les préfets, un moule unique, où on
les coule tous, selon les besoins du service; rien ne
ressemble plus à un préfet qu'un autre préfet; le
gouvernement a choisi un type invariable pour se
faire représenter en province. M. de Ch... a été
aimable avec nous, il a causé, ri, souri, s'est gratté
le nez, à montré ses dents, a raconté quelques anec-
doctes littéraires, puis nous a reconduits jusqu'à la

porte, enchanté de nous, parce qu'il l'était de lui-
même. Nous vîmes dans ce salon bleu, M. Caro [1],
M. Salgues (le premier médecin de Dijon), deux ou
trois autres personnes distinguées de la ville, et
les professeurs de la Faculté de droit; l'un d'eux,
M. Galonde, eut le temps de me glisser à l'oreille
que j'aurais mon billet pour le bal des pauvres, dont
il est commissaire.

Nous sortîmes de la Préfecture comme les autorités
militaires y entraient. Nous allâmes, toujours en
corps, chez le général de division, qui ne recevait
pas; puis chez le premier président, M. de la Tour-
nelle, député Guizotin. M. le Premier (c'est ainsi
qu'on l'appelle) est un grand homme à lunettes d'or,
en habit noir, cravate blanche, sévère et froid; il est
très simplement logé, rue du Vieux-Collège : après
quelques mots échangés sur l'emplacement du chemin
de fer de Paris, qui longera les murs du collège, nous
le quittâmes comme les Eaux et Forêts entraient
avec l'Intendance militaire.

Restait à voir le maire de Dijon, M. Dumay, rue
des Carmélites. De toutes nos visites, c'est là certainement la plus bizarre et la plus intéressante. Arrivés
devant une vieille maison à un étage, nous frappâmes
à la porte d'une petite allée sombre. Une servante
nous ouvrit, nous introduisit dans ce couloir, ouvrit
une porte à droite, au rez de chaussée; nous nous
trouvâmes dans un antique cabinet sale et enfumé,
avec un plafond de poutres grises, des dalles brunes,
un bureau de chêne noir, des casiers garnis de pape-

---

1. M. Caro, inspecteur d'académie à Dijon, était le père du
futur académicien E.-M. Caro, alors élève à l'École normale.
Eugène Manuel fut très lié avec la famille Caro durant son séjour
à Dijon.

rasses et de bouquins énormes; point de fauteuils; de
simples chaises, des rideaux de serge verte, un ameu-
blement de marchand de drap ou de greffier en
retraite. Devant nous, était un petit homme en noir,
gros, joufflu, de petits yeux vifs, un visage de veau
marin, de grandes mains rouges, type plébéien et
vulgaire, façons communes. C'était M. le Maire de
Dijon, un des hommes les plus influents et les plus
respectés du pays. M. Dumay est le modèle des
maires. Célibataire, riche, âgé de quarante à cinquante
ans, il a voulu se consacrer tout entier à l'administration de sa cité; simple et modeste, laborieux, économe, savant dans toutes les affaires municipales,
bon légiste, ferme vis-à-vis des autorités, bien vu des
négociants, des boutiquiers, protecteur des boulangers, des bouchers, des épiciers, c'est un véritable
échevin, un prévôt des marchands, égaré au milieu
du xix° siècle; et qui, sauf le costume, est un être
d'il y a quatre cents ans, un bonhomme de maire qui
tient tête à lui seul au Préfet, au Général, à tout le
monde! Avec son air niais et épais, c'est un homme
fin et rusé, un esprit pratique, la tête pleine de
chiffres, qui sait le compte des pavés de la ville, qui
la connaît depuis les égouts jusqu'aux cheminées;
qui cause avec les gens du peuple, s'intéresse à leurs
affaires, et s'entend à les satisfaire! Sa conversation
eut pour objet les distributions de pain, la disette,
les réparations des rues, du collège, le nettoyage de
Suzon (la rivière), le bal des pauvres, etc.

A ses parents.

Mardi, 19 janvier 1847.

La santé est bonne, en dépit des rhumes, grippes et autres maladies d'hiver, qui ont envahi la belle ville de Dijon! Nous avons ici un temps singulier; pas une goutte de pluie depuis six semaines : par moments, un soleil très chaud, un ciel pur qui nous transporte en avril; le plus souvent, un froid humide, une demi-gelée; — une température capricieuse. J'espère que si le temps n'est pas meilleur à Paris, votre santé du moins n'en est pas plus mauvaise, et que vous passez tranquillement et sans trop d'ennuis cet hiver si rude sous tant de rapports. Le pain est toujours très cher ici; les poules de Bourgogne sont toutes malades, elles ont attrapé la maladie des pommes de terre! — Mme Ponsot, mon hôtesse, nous a tous augmentés de cinq francs par mois, ce qui fait soixante-cinq; c'est cher, mais, à moins de dîner dans quelque mauvaise gargote, avec des étudiants tapageurs, on ne peut se nourrir à Dijon qu'à ce prix-là; et il faut dire que nous sommes toujours parfaitement bien. nourris : poulets, lièvres, brochets, perdrix à presque tous nos dîners; au dessert, du fromage, des biscuits, des mendiants, les éternels marrons que maman connaît bien, et parfois de ces confitures, si nécessaires dans cette vie, et dont nous ne manquerons peut-être pas dans l'autre!

Ma façon d'être est toujours la même; toujours même travail et mêmes distractions. Je vais régulièrement d'un de mes logements à l'autre; l'autre, vous entendez bien que c'est ma classe; là, je suis maître, je suis roi, je gouverne, je fais à mon gré la pluie et

le beau temps; je punis et je récompense! je suis
tour à tour Thiers, Guizot et Lamartine; et je ne
crains pas les changements de ministère. En fait *de
discours de la Couronne*, je ne connais que celui de
Démosthène; en fait de *mariage espagnol*, je ne
m'occupe que de celui du Cid et de Chimène, ou de
don Sanche et d'Isabelle. Je n'entre jamais dans ma
classe, je ne m'y promène jamais, enveloppé majes-
tueusement dans ma robe, sans un certain orgueil de
royauté satisfaite, et qui ne craint pas les révolutions!
Je plane du haut de ma chaire sur mes trente-six
sujets, plus dociles que des Boyards en Russie; je
leur donne l'ennui d'obéir, pour me donner le plaisir
de commander; tous mes travailleurs, tous mes
fidèles, tous mes favoris, je les ai près de mon trône,
près de mes yeux; les paresseux, les turbulents, les
émeutiers, sont relégués plus loin sur les bancs
d'exil, et je les observe d'un air sévère et soupçon-
neux! Je suis aussi maître dans ma classe que dans
ma chambre; en chaire, je suis chez moi; ces bancs,
ce plancher, ces gradins, où je passe la revue de
mon peuple, c'est à moi, comme le moulin de Sans-
Souci est à son meunier, comme Potsdam est à
Frédéric! Un jour je vous ferai la physiologie de
mes élèves, quand je les connaîtrai mieux encore,
bien que je les connaisse assez! Savez-vous bien
qu'en ce moment, c'est dans ma classe que je vous
écris? Pendant que les gouvernés composent, le gouvernement fait sa correspondance; il s'occupe des
Relations étrangères; à dix heures, chez Ponsot, nous
nous occuperons de l'Intérieur; puis ce soir, à deux
heures, nous reviendrons à l'Instruction publique,
en attendant que la fin du mois nous ramène aux
Finances!

Il faut enfin que je vous parle de ce bal[1] ! — Aucune visite ne viendra m'interrompre. — Comme la misère était très grande, et la ville à bout de ressources, Mme de Ch... imagina un bal au profit des pauvres; voilà l'idée première, l'idée charitable. — Mais vous croyez que c'est peu de chose, en province, que d'exécuter une pareille entreprise, tout en ménageant les susceptibilités des gens? — *Première question* : où donnera-t-on le bal? — A l'hôtel de ville, disaient les uns. Non, disaient les autres, car ce n'est pas un bal officiel; d'ailleurs, ajoutait-on, il n'y a pas à l'hôtel de ville de salon assez grand! — A la salle de spectacle alors, disaient les moins fiers. — A la salle de spectacle? quelle horreur! s'écria la Noblesse! nous n'y allons pas pour entendre de la musique, et nous pourrions y aller pour danser? — ! ! ! ! ! — Après quinze jours de délibérations dans les salons de Dijon, on se décida pour la salle de spectacle.

Deuxième question : qui admettra-t-on à ce bal? — l'administration seulement, dit l'Administration, — la noblesse seulement, dit la Noblesse, — tout le monde, s'écrièrent les libéraux! — Tout le monde? quelle horreur! — Comment? répétaient les dames du grand ton, nous pourrions faire vis-à-vis à notre modiste, ou être invitées par notre bottier? tout le monde? c'est impossible! Nous admettrons la noblesse, la robe, la finance, l'armée, l'instruction publique, l'administration; mais tout le monde? mais le commerce? mais les boutiquiers? mais le peuple? c'est impossible, nous n'irions pas! Ainsi parlaient les salons. — On décida que la préfète, aidée

----

Dans plusieurs lettres antérieures à celle-ci, et qui ne figurent pas dans le présent recueil, Eugène Manuel avait dit quelques mots d'un bal de bienfaisance qu'on organisait à Dijon.

de quelques Dijonnais, dresserait une liste de toutes les personnes à qui l'on offrirait des billets. Sur cette liste, il n'y avait guère que douze à quinze cents noms ! — On décida, en outre, que les billets seraient personnels, et porteraient le nom du possesseur; ce qui n'empêcha pas quelques jolies modistes, ou quelques riches charcutiers d'avoir des billets par fraude ou par séduction; on le sut, et peu s'en fallut qu'on leur renvoyât leur argent.

Troisième question : quel serait le prix du bal? — Vingt francs ! dit la Noblesse; tout le monde au moins n'y pourra pas aller! — Trois francs ! dirent les libéraux; les pauvres y gagneront ! — On décida que les billets seraient de cinq francs.

Quatrième question : où prend-a-t-on les commissaires? — parmi nous, dit l'Administration; — parmi nous, dit la Noblesse; — il faut que chaque classe soit représentée, dirent les libéraux. — Ils l'emportèrent; on nomma trente commissaires ! des membres du conseil municipal, des médecins, des ingénieurs, des militaires, des nobles, des professeurs de la Faculté, etc., etc., et un étudiant; — mais comme cet étudiant était le fils du député, et que le député n'est pas aimé, les étudiants décidèrent en masse qu'ils n'iraient pas à ce bal; et les salons s'écrièrent : tant mieux !

Cinquième question : qui fournira les rafraîchissements? — Le cafetier du théâtre, — et chacun les paiera à part, ce qui va sans dire. — Le cafetier du théâtre? — Non, dit le beau monde ! il faut s'adresser à Mermillod, le premier confiseur de Dijon. — Mais il n'est pas juste, disaient les plus hardis, qu'on dépossède le cafetier Thibaud du droit de rafraîchir la salle du spectacle; il n'est pas juste qu'on lui enlève

ce jour-là le comptoir qu'il a au foyer ! — Longues
délibérations, après lesquelles on partagea le diffé-
rend ; Thibaud fournirait les glaces, Mermillod la
pâtisserie.

Sixième question : comment arrangera-t-on la
salle ? — Partout des tapis, des lustres, des fleurs,
des guirlandes, des draperies, dit la Noblesse ! Sinon,
nous ne pouvons y aller ! — On ne peut cependant
pas, dirent les sages, dépenser en ornements et en
tapisseries toute la somme, tout le produit du bal !
que resterait-il pour les pauvres ? — Nous ne pouvons
cependant pas, répliquait la Noblesse, nous montrer
dans cette salle triste et nue, semblable aux théâtres
des boulevards ! — On décida que la salle serait un
peu ornée, embellie, déguisée ; mais au meilleur
marché possible ; les ingénieurs et architectes qui
étaient commissaires se chargèrent de cette partie-là.
— Les tapissiers, lampistes, horticulteurs, etc., exclus
de la liste des souscriptions, s'en vengèrent en
demandant, pour leurs draperies, lustres et fleurs,
des prix exorbitants ! — Après quelques séances orageuses, tout s'arrangea.

Septième question : comment s'habillera-t-on ? —
Richement, dit la Bourgeoisie ; nous éclipserons la
noblesse. — Simplement, dit la Noblesse, nous ferons
honte à la bourgeoisie ; — nous nous mettrons en
velours, pour nous distinguer des petites gens ; —
nous ne mettrons pas nos diamants, car les bourgeoises diraient que c'est pour en faire étalage. — En
somme on décida qu'on ne porterait pas ce qu'on
aurait de mieux, parce que la société serait trop
mêlée.

Huitième question : danserait-on ? — Nous ne danserons pas, dit le beau monde ; nous nous mettrons

dans les loges, et nous verrons le coup d'œil. — Nous danserons, dit la Bourgeoisie, et nous tâcherons de nous amuser, pour que la noblesse en prenne du dépit!

Neuvième question : fera-t-on jouer aux musiciens des valses et des polkas? — Grande affaire! On admit la valse, parce que quelques dames influentes savaient valser; mais la polka fut exclue, et il ne se trouva personne pour la défendre.

Dixième question : les dames danseront-elles avec toutes les personnes qui les inviteront? — Oui! dirent les démocrates; c'est pour les pauvres! — Non! dirent les salons; nous organiserons quelques quadrilles d'avance, et, si nous dansons, nous danserons du moins en famille.

Je passe bien d'autres questions qui furent soulevées, soit chez le préfet, soit chez le receveur général, soit parmi les commissaires. Le bal fut fixé pour le 4 janvier, date mémorable dans les fastes de Dijon!

Il y avait dix-huit ans qu'on n'avait pas donné de bal semblable. Vous pensez bien que, sur cette fameuse liste faite à la hâte et tant bien que mal, on avait dû oublier nécessairement de mettre des noms fort honorables. Aussi le journal de la préfecture priait les personnes qui avaient été omises, et qui voulaient aller au bal, de s'adresser directement à l'un des commissaires. Mais ces personnes n'en firent rien, froissées qu'elles étaient qu'on les eût oubliées; et il n'y eut que les pauvres de punis! — Moi-même, on m'avait oublié, et les commissaires chargés d'aller offrir les billets ne connaissaient ni mon nom ni mon adresse. — Je fis le fier, tout comme si j'étais Dijonnais, et je ne réclamai pas. Mais, me trouvant un dimanche soir chez M. L..., avec M. d'Audiffred et quelques professeurs de droit, dont un commissaire

du bal, M. G..., il arriva que Mme L... me dit : « Allez-
vous au bal des pauvres? » — « Madame, lui répon-
dis-je noblement, j'aurais été fort curieux d'y aller;
mais puisque mon nom n'a pas été mis sur la liste,
et qu'aucun commissaire n'est venu chez moi et ne
m'a offert de billet, je ne ferai pas un seul pas pour
en avoir! — M. G... alors se récria : « Comment? on
n'est pas venu chez vous? — Donnez-moi votre
adresse, et dès demain, vous en aurez un; c'est une
simple omission ». — Deux jours après, j'avais mon
billet; M. G..., professeur de philosophie, M. B...,
professeur de rhétorique, M. H..., professeur de
mathématiques, et M. S... avaient aussi chacun le
leur. — M. Caro devait y aller, mais il se trouva fort
enrhumé vers cette époque. Ces dames me chargèrent donc de leur rendre compte de la fête; ce que je
leur promis.

Lundi, 4 janvier, les portes du théâtre s'ouvrirent
à *huit heures* du soir. — Je m'étais longuement
habillé; tout en noir; bottes vernies, ou du moins
brodequins; gilet blanc; *cravate blanche*, car je cul-
tive ici la cravate blanche. Je m'étais fait raser et
peigner dans la journée par *Carlet*, mon perruquier,
rue des Godrons; je l'avais fait causer, et c'est à lui
que je dois une partie des détails que je vous donne.
Je me rendis vers neuf heures chez M. B..., rue du
Petit-Potet; nous allâmes ensemble prendre S..., qui,
logeant rue du Palais, est plus près que nous du
théâtre. — Il faisait froid et sec, nos chaussures
n'eurent donc rien à craindre. — Les abords du
théâtre étaient envahis par les pauvres de la ville,
qui venaient contempler ceux qui allaient danser à
leur profit; la place Saint-Etienne était couverte de
carrosses et de fiacres.

Nous entrâmes. — Des tapis couvraient les couloirs bordés de dahlias; la scène et la salle ne formaient qu'un seul parquet, recouvert d'une toile gommée; les portes des loges avaient été enlevées et remplacées par de la verdure; on descendait au parquet par un double escalier improvisé qui partait entièrement de la loge du préfet, comme un perron dans la salle. — Un grand lustre et une vingtaine de petits éclairaient le tout, sans compter des lampes entre les loges. — Des draperies rouges et blanches déguisaient la nudité des murs et des loges. En somme, ce n'était pas trop mal. L'orchestre, composé de quarante musiciens, était sur une estrade au fond de la scène. Trente tables de jeu étaient dressées dans le foyer, et un commissaire prélevait sur chaque partie vingt sous pour les pauvres. On joua beaucoup; des personnes perdirent ou gagnèrent jusqu'à mille ou douze cents francs. Il est vrai qu'on citait le lendemain leurs noms dans toute la ville! Voilà bien la province! — A dix ou onze heures, le coup d'œil était fort agréable; plus de six cents personnes circulant, ou dansant, ou jouant.

La musique n'avait pas tardé à séduire les plus récalcitrantes : — « Ah! Madame, une telle danse? Je puis donc danser aussi. » — L'une commence, une autre l'imite, et voilà le bal animé! — Mme de Ch... et Mme d'Audiffred, au lieu de rester dans leur loge, étaient venues s'asseoir au parquet; on fit comme elles; — province! — Point de robes blanches, beaucoup de robes bleues et roses; des fleurs dans les cheveux, des fuchsias; — c'est la grande mode... à Dijon! Mme L... m'apprit le mercredi suivant qu'elle y était allée, pendant une heure, avec sa fille et quelques dames; mais je ne la vis pas, n'ayant pas assez attentivement examiné les loges. La préfète était toute couverte de dentelles blanches, et coiffée, à la Henri III, d'une toque de velours violet ornée d'une plume blanche. — Peu de demoiselles, peu de jolies figures.

En fait de belles personnes, Mme Lacordaire, femme du premier architecte de Dijon, et belle-sœur du révérend père Lacordaire: c'est une vraie figure de Sévigné, vive et originale; elle louche un peu, et c'est chez elle une beauté de plus. — Vous riez? — Vous avez tort. — Puis Mme B..., la femme d'un ancien capitaine de gendarmerie, qui vient faire sa partie d'échecs chez M. L... — Enfin, une personne fort spirituelle et gracieuse, dont je vous ai déjà parlé une fois, Mme D.... Après avoir causé quelques minutes avec elle et son mari, je lui dis, par politesse, que je l'inviterais bien à danser, si je n'étais persuadé que sa liste est déjà fort longue, et que je quitterais le bal avant que cette liste fût épuisée. — Je croyais en être quitte avec ces paroles, car j'étais bien décidé à ne pas danser : « Mais, me dit-elle, je crois que je ne suis point invitée pour le prochain quadrille, et si l'on venait me réclamer, je dirais que je me suis trompée! » — J'étais pris. — Oh! amour maternel! que de ressources tu sais employer! — Si je n'avais pas été le professeur du fils, la mère m'eût-elle montré cette charmante amabilité? — Diplomatie nouvelle, de flatter dans un bal la vanité du maître, de toucher son âme trop sensible, pour qu'il paie au fils, par une longue indulgence, par des soins, par des éloges, ce sourire passager de la mère, cette faveur facile d'une femme jolie et coquette! — Je dansai donc; S... me fit un vis-à-vis de complaisance; je dansai, ou plutôt je causai un quadrille avec

Mme D...; car je propose qu'on change la locution
d'usage, qui n'a plus de sens; je ne dirai plus :
« Madame, ou Mademoiselle, voulez-vous me faire
l'honneur de danser avec moi le prochain quadrille? »
—je dirai : « Voulez-vous me faire l'honneur de causer
avec moi le prochain quadrille? » — on dira : « j'ai
causé six ou bien huit quadrilles; j'ai causé dix
fois; je viens de causer le quadrille de Zanetta
— ou un autre ».

Ce fut là l'épisode le plus intéressant de ma soirée.
Le reste du temps, j'allais de la salle au foyer; regardant les joueurs et les parieurs, disant un mot à mes
collègues, un mot à M. St..., un mot aux capitaines
qui dînent chez Ponsot, un mot à M. G..., qui dansait
comme un insensé! — Puis, je me mis au fond d'une
loge, les yeux fermés, pendant près d'une heure,
écoutant le bruit et la musique, et m'oubliant moi-
même! — Tout se passa bien, sans scandale, sans
tumulte; le galop ne fut pas dansé une seule fois! —
De la distinction, mais point d'entrain parisien; une
certaine réserve chez toutes les femmes; de la
raideur chez quelques-unes; les jeunes gens, très
niais et très fats, comme partout, se souriant à eux-
mêmes, et trouvant les dames fort heureuses d'être
invitées par leur royale personne!

Je partis à une heure et demie, M. H... et M. B...
avaient joué; M. G... avait beaucoup bâillé; il s'ennuie partout; S... s'était médiocrement amusé. Seul,
je m'en allai avec une impression favorable; soit que
naturellement je juge les choses avec plus d'indulgence, ce dont je ne me plains pas; soit qu'une
pareille réunion, toute nouvelle pour moi, ait fourni
à ma curiosité un aliment suffisant pour me rendre
cette soirée agréable; soit enfin que le souvenir du

quadrille que j'avais dansé m'ait accompagné le
reste du temps, partout où je dirigeais mes pas, et
m'ait bercé doucement dans une région sentimentale, dans un pays de chimères et de rêveries poétiques! — A deux heures, j'étais dans mon lit, som-
meillant profondément.

Pendant huit jours, on ne parla que de ce bal;
c'était la conversation obligée quand on s'abordait.
On en dit beaucoup de bien et beaucoup de mal.
Le journal de la préfecture le trouva admirable; le
journal de l'opposition le trouva ridicule, bien qu'il
ne fût ni admirable, ni ridicule; mais c'était bien
un bal de province. — Les pauvres y gagnèrent trois
mille francs, et cela fait passer sur bien des choses.

. . . .

A sa tante Pauline [1].

Janvier 1847.

Chère tante Pauline, que de petits papiers [2] je te
dois? et que de fois je me suis reproché de ne point
t'écrire quelque longue missive, qui servirait de texte
à tes observations! Mais vraiment, c'est encore une
grande affaire que d'écrire, à toi surtout; car il faut
commencer par penser, et tu ne te contenterais pas,
ni moi non plus, de froides banalités, d'assurances
vulgaires d'affection. — Quand nous causions chez
toi, nous étions habitués à mieux que cela; nous
voyagions ensemble dans de vastes contrées, qui ne
sont point de ce monde; nous entamions au hasard,

1. Sœur de sa mère, pour laquelle Eugène Manuel avait une
profonde affection.
2. La lettre est composée d'une série de petits papiers placés
sous une enveloppe ornée d'un dessin à la plume.

toujours avec plaisir, quelquefois avec feu, des discussions à perte de vue, sur la littérature, sur l'histoire; nous faisions, devant ta petite toilette, la philosophie de la philosophie; nous courions après les grandes vérités, rencontrant parfois sur notre route de petites erreurs; c'était un bon temps, et je souhaite qu'il revienne! — Il reviendra, il reviendra!

Un jour sans doute, toi toujours jeune, moi plus âgé, nous reprendrons, au coin d'une bonne cheminée flamboyante, nos longs et fructueux entretiens; les sujets en seront plus variés, plus nombreux encore; car à mesure qu'on avance, on voit, on sent, on connaît plus de choses! Arthur, dont la raison se forme, Valérie, qui ne manque point d'un fin bon sens, pourront s'associer à nos calmes séances; tu nous parleras du passé, nous te parlerons de l'avenir; tu nous diras tes regrets, nous te dirons nos espérances; nous étudierons, sans trop de fiel et de misanthropie, les hommes et les choses, cherchant le bon côté de tout et voilant la partie mauvaise; nous nous consolerons mutuellement, dans ce coin du monde, des ennuis, des chagrins, des mécomptes qu'on trouve au dehors; nous souhaiterons peu pour avoir assez; et, faisant notre plaisir principal de cette tendre et familière causerie, nous serons, je n'ose dire des heureux, du moins des sages! — Il y a un certain épicurisme sentimental et mélancolique, qui se complaît dans les plaisirs délicats du cœur et de l'esprit, comme l'autre dans ceux du corps et de la matière; — nous sommes tous deux épicuriens de cette première façon; et c'est la bonne!

Hélas! réduit à ne point te voir, toi et les tiens, qui sont aussi les miens; réduit à la conversation toujours un peu gênée et apprêtée qu'on trouve chez

7

des étrangers, il m'arrive souvent de me tenir compagnie à moi-même, nouveau Lucullus, mais pour
des repas d'autre sorte. C'est le soir ordinairement;
je commence par bien fermer ma porte; j'allume mon
feu et ma bougie; j'étends devant ma table ma peau
de renard; puis j'enfonce mes pieds dans mes pan-
toufles, mon cou dans mon paletot, mon bonnet sur
mes yeux, et le tout dans mon fauteuil; je détends et
je lâche la cravate qui entoure mon cou; — alors, de
deux choses l'une : ou je veux écrire, — et je n'écris
point, — ou je ne veux pas écrire, — et j'écris. —
J'ai la plume à la main; — je regarde le plancher,
puis le plafond, puis ma fenêtre, puis mon lit,
puis mon feu, puis rien; ce rien surtout m'occupe
beaucoup et me fait perdre bien des heures! — J'ai
tort de dire perdre; car, après tout, je cause avec
moi-même; nous nous disons mille petites choses,
nous nous disputons, nous nous réconcilions; quelquefois je réponds aux questions que je me fais;
souvent je n'y réponds pas, non point par impolitesse, tu aurais tort de le croire, non par nonchalance : par ennui; surtout par ignorance; — je suis
très ignorant quand je cause avec moi!

Enfin je me décide quelquefois à écrire, comme
dans ce moment-ci par exemple; mais à tout instant,
je m'arrête; une idée me saisit au passage, et
m'emmène je ne sais où! une pensée frivole ou
sérieuse vient me distraire; un charbon s'est dérangé
de place; ma plume est tombée à terre; mon nez me
démange, et il faut que j'y porte la main. C'est ainsi
que de fil en aiguille, les lettres que je veux t'écrire,
et qui sont là, renfermées dans cette goutte d'encre,
se trouvent sans cesse ajournées! Et voilà pourquoi
tu m'accuses!

Je viens de rentrer du collége. Voici les choses qui m'ont frappé dans la rue : — deux petits ramoneurs jouant aux cartes sur un pavé, au grand soleil; une servante nettoyant les carreaux d'une maison, et montée sur une petite échelle; — la voiture de Beaune prête à partir, sur la place Saint-Jean, et, devant le bureau, un séminariste, un commis-voyageur, une vieille dame et sa fille, un paysan, s'apprêtant tous à y monter, donnant leurs ordres pour la disposition des bagages; — c'était un groupe à peindre; — dix pas plus loin, un porcher poussant sa bête devant lui; quelques collégiens qui se poursuivent; une pension de filles qui se rend à la messe; — deux curés qui se rencontrent et qui causent. — Le temps est admirable; ciel bleu; air assez doux; — les clochers qui se dessinent nettement sur ce fond d'une pureté parfaite. — Adieu.

Chère tante, encore un petit papier! — Dans une de tes lettres, trop courtes, toujours trop courtes, tu me parles de la poste, cette précieuse et touchante institution, qui unit les absents, qui est le complément nécessaire de l'écriture, qui est l'auxiliaire, aveugle et sourd, de l'amitié, de l'amour, de la haine ou du mensonge; — et tu dis : « Cette institution est née du cœur! c'est l'œuvre d'une âme aimante, qui savait ce que l'absence fait souffrir; c'est l'idée sublime d'un homme qui avait laissé quelque part sa femme, ou ses enfants, ou sa mère, ou sa mie ». — Hélas! chère tante, pourquoi faut-il te désabuser? — La poste a été établie et imaginée par Louis XI, pour son service particulier; des courriers lui rendaient compte de toutes les démarches de son ennemi Charles le Téméraire. Ces notes d'espionnage allaient de relai en relai, *de Dijon à Paris*, et avertissaient le

rusé monarque des imprudences du duc de Bourgogne! — Voilà ce que fut d'abord la poste! une
police royale! — l'œuvre habile et rusée d'un homme
froid, cruel, hypocrite, défiant! — C'est plus tard
seulement que la poste a été mise à la disposition du
premier venu.

Adieu, chère tante.

Autre papier. — Le plan de Paris est dans ma
chambre, contre mon mur, dans un angle; la moitié
du plan est d'un côté, l'autre moitié sur l'autre face
du mur; car je n'ai pas de surface assez grande pour
l'attacher tout entier sur une seule surface. — Il est
du reste fort bien placé où il est; — la rue Culture[1]
est à la hauteur de ma lèvre inférieure; je puis
l'embrasser, la rotonde Colbert est juste vis-à-vis le
bout de mon nez!

. . . .

———————

.

A ses parents.

Vendredi, 19 février 1847.

. . . .

Il paraît, et j'ai su cela indirectement, que mes
collègues sont fort jaloux de moi. Ils sont jaloux de
me voir reçu dans plusieurs maisons, et d'une façon
très attrayante, quand eux-mêmes ne connaissent
presque personne, et ne sont reçus presque nulle
part; ils sont jaloux de me voir plus agréé à Dijon,
depuis trois mois, qu'ils ne le sont depuis un ou deux
ans; ils sont jaloux des visites que je rends et de

———————

1. C'est là qu'habitaient ses parents; sa tante, Pauline Lövy,
demeurait rue Vivienne, *Rotonde Colbert.*

celles que je reçois. Que puis-je faire à cela? — Je
ne puis pas leur dire que c'est leur faute, que leurs
façons ne conviennent pas, que leur langage est
déplacé, qu'ils n'ont pas le talent de se plier aux
gens, de parler à chacun le langage convenable et
mille autres raisons qui expliqueraient leur isolement
et l'indifférence qu'on leur voue; je ne puis pas leur
dire cela! Je fais de mon mieux pour être aimable
avec eux; je tâche, par quelques prévenances, de me
faire pardonner mon succès; c'est tout ce que je puis
faire; car, quant à les fréquenter, cela m'est chose
impossible; ils sont trop différents de moi, et, par je
ne sais quelle organisation, moi, je ne me plais
qu'avec ceux qui me ressemblent; c'est un égoïsme
horrible, peut-être, que le mien! mais le fait est qu'il
faut me ressembler un peu pour être aimé de moi, et
que ceux qui me ressemblent le moins sont aussi
ceux qui me plaisent le moins.

Le professeur de philosophie[1] est un homme de
quarante ans, garçon, gras et court, très hâbleur,
professeur ici depuis huit ans, médiocrement estimé,
attaquant toutes choses, ne trouvant rien de bien,
rien de pur, rien de grand! — bavard par habitude,
envieux par nature, philosophe par accident, habile
en insinuations perfides, me flattant en face, me noir-
cissant quand j'ai tourné le dos, — voilà donc un
homme qui m'attire peu, et qui n'aura jamais mes
sympathies. Je lui fais cependant quelques politesses,
car j'ai vu qu'il y était sensible; et il ne me coûte
point d'être poli envers ceux que je dédaigne. — Le
professeur de mathématiques élémentaires parle bien
et longtemps; c'est un petit saint, à l'entendre, mais

1. Rappelons qu'Eugène Manuel était professeur de seconde.

il mène en secret la vie la plus scandaleuse; car il n'y a rien de plus connu en province que les choses secrètes. — Il a l'œil faux, la parole grave et mielleuse, les lèvres minces, et les ongles crochus. Quand nous nous serrons la main, je crois toujours sentir quelque pression diabolique; — celui-là m'attire encore moins que l'autre.

M. P... et M. C..., professeurs de physique et de géométrie, sont mariés, vieux et pères; je n'ai que peu de rapports avec eux, et nous sommes ensemble mutuellement polis, sans arrière-pensée; excepté pourtant qu'ils sont depuis quinze ans professeurs ici, qu'ils vont vers la cinquantaine, et que je gagne presque autant qu'eux; il y a toujours, dans l'Université, un ressentiment secret des vieux contre les jeunes, et ce n'est pas impunément que je n'ai que vingt-trois ans; — il y a de plus une certaine colère contre la jeune École Normale, qu'on trouve exigeante et envahissante! M. B...[1] n'a pas seul cet amer mécontentement!

Le professeur de rhétorique est un honnête et excellent garçon, d'un dévoûment admirable pour sa famille qui est pauvre. Son père est un ancien instituteur primaire du côté de Mâcon. — Il a pris deux de ses frères à sa charge; il les fait travailler; il les prépare à l'École Normale; il se tue en répétitions, pour suffire à de si honorables nécessités. Celui-là donc, je l'estime; je l'appelle B... tout court. Nous nous serrons la main cordialement; il vient me voir, et je vais le voir. — Mais hélas! de l'estime la plus profonde, de l'amitié la plus réelle, à la sympathie, il y a loin! — Cet excellent B..., ce cœur si droit, cette

---

1. M. B... était un de ses professeurs de Paris.

âme si dévouée n'a pas ce qu'il faut pour m'attirer et me plaire; il lui manque ce je ne sais quoi, qui fait qu'on s'entend à demi mot, qu'on voit les choses sous le même jour, qu'on aborde volontiers les mêmes questions, qu'on prend plaisir aux mêmes livres! B..., avec toutes ses qualités, a une certaine froideur de pensées, une certaine nonchalance dans les sentiments, un certain tour d'esprit trivial et vulgaire, qui empêcheront toujours que nos rapports deviennent intimes. Quand nous causons et qu'il parle, il m'arrive souvent de penser à autre chose; preuve qu'il ne me tient pas, qu'il ne sait pas se rendre maître de moi et de ma pensée; preuve qu'il n'a pas prise sur mon âme! Or, la vraie amitié est une possession mutuelle.

Le premier professeur d'histoire, M. R..., a trente-six ou trente-huit ans, les yeux gris, de gros favoris, une démarche majestueuse, une parole empesée; il est raide, pédant et phraseur. Comme il évite ses collègues, ceux-ci trouvent commode de l'éviter aussi, et tout va le mieux du monde. — J'ai été le voir une fois, il est venu me voir une fois; je le salue il me salue! je lui dis six paroles, il m'en répond quatre; nous parlons de la pluie et du beau temps, pendant que je mets ma robe, et c'est tout.

Le second professeur d'histoire, S..., que je tutoie, parce que nous déjeunons ensemble, m'est tout à fait antipathique; et il est rare que nous parvenions à nous entendre. Il est grand et maigre, je suis petit et un peu gros; il a le nez mince et aquilin, je l'ai gros et un peu retroussé; il a les yeux petits et désagréables, je les ai grands; il a les doigts très longs, je les ai courts. — Passons au reste : il a de l'esprit, mais un esprit railleur et médisant; il voit toujours le

côté ridicule des choses, cela m'est insupportable ; —
il ne connaît presque personne à Dijon, depuis deux
ans qu'il y est ; aussi se moque-t-il de mes relations,
qu'il envie tout bas. Ce qu'il appelle indépendance,
je l'appelle impolitesse. Ce qu'il appelle liberté d'allure, je l'appelle mauvais ton. Quand il marche, c'est
à grands pas, les mains dans ses poches, le cigare à
la bouche, et en se dandinant ! — Quand il rit, c'est
en montrant de longues dents. Quand il parle, c'est
avec un sourire goguenard. Si c'est à des dames, il y
met une amabilité prétentieuse dont elles doivent être
fort ennuyées. — Il n'est pas méchant, mais insouciant ; son imagination est vive, mais son cœur est
froid. Il est plus flâneur que rêveur. Il affecte parfois
des goûts aristocratiques, qui vont peu à ses manières
d'étudiant. Nous ne sommes d'accord ni en morale,
ni en philosophie, ni en politique, ni même en littérature ; c'est tout dire ! — En un mot, sans que
j'aie de grands reproches à lui faire ; il ne me
va pas ; — ajoutez qu'il danse parfaitement la
polka !

Quelquefois, quand nous nous promenons ensemble
dans l'*Allée couverte*, ou sur le *Chemin de Ronde*, ou
sur le *Cours fleuri*, ou sur les *Remparts*, nous dialo-
guons et avons l'air de nous entendre ; mais cet
accord n'est qu'apparent, car nous suivons un autre
courant d'idées ; il me dit une chose, et je réponds
oui, par manière d'assentiment ; et tout bas, j'ajoute :
« Cela dépend de ce que j'entends par là ; il faudrait
s'expliquer ». Mais il est de ceux avec qui je ne
m'explique pas. — Je lui communique une pensée qui
m'est personnelle ; il me répond : « Oui, sans doute ! »
et tout bas, il doit se dire : « Ce n'est pas mon avis,
mais à quoi bon batailler ? nous ne saurions nous

mettre d'accord. » Aussi parlons-nous ordinairement de choses insignifiantes, sans y faire beaucoup de frais l'un ni l'autre! — Et les gens pourront dire que je suis *lié* avec S...! et ils le croiront! Et il y a dans ce monde beaucoup d'amitiés, beaucoup de liaisons de ce genre! des amitiés, où l'on tient si peu l'un à l'autre, que l'on ne daigne pas se communiquer ses idées, tant on est sûr de n'être pas compris! pauvres amitiés que celles-là! amitiés menteuses, pires que l'indifférence! — Ce qui rachète en S... bien des petits travers, c'est qu'il est complaisant; la complaisance est une qualité plus rare qu'on ne croit.

Le professeur de troisième, M. R...., qui n'est que de cette année à Dijon, et qui n'y connaît personne, a trente ans à peu près. C'est un homme très simple et très modeste, d'une santé fort délabrée. Il est petit, les yeux creux, les cheveux très noirs; un collier noir; peu causeur, et d'une sincérité parfaite; il n'a que 1 600 francs, puisqu'il est mon suppléant en troisième, et pourtant il se plaint à peine; il ne ressent de jalousie contre personne; il est bon enfin. — Nous travaillons parfois ensemble, il n'a aucun de ces défauts tranchants que je déteste, et sa présence, ni sa conversation ne me gênent jamais. — Il ne lui manque rien du côté du cœur; — du côté de l'esprit peut-être est-ce différent; mais on ne peut pas tout avoir, et je le trouve encore bien partagé.

Le professeur de quatrième, M. G..., est à Dijon depuis vingt-cinq ans, toujours en quatrième. — C'est un tout petit homme, un excellent petit homme; le seul des professeurs vieux et mariés qui m'ait témoigné une amitié véritable, qui soit venu me voir souvent, m'ait prié de lui rendre visite, m'ait offert son piano, quand je voudrais m'amuser (je n'en ai pas encore profité). — Son fils est dans ma classe; mais je crois cependant que l'amitié du père est désintéressée. Il a deux filles; l'une, sous-maîtresse à Paris; l'autre, sous-maîtresse à Dijon; elles doivent prochainement se réunir ici, et y ouvrir un pensionnat, sous la présidence de leur respectable père. — On dit qu'elles sont laides; elles ont raison.

Si je fréquente peu les professeurs célibataires, je fréquente encore moins les hommes mariés. M. N..., élève de l'École Normale, sorti de l'École il y a quinze ans, est professeur de cinquième; — homme marié. — Nous nous saluons. Il est un des jaloux. — M. L...., professeur de sixième, est un grand et gros homme, très rouge, au nez surtout; il est marié à une pauvre petite femme frêle et triste. Quant à lui, c'est un viveur, un buveur, un rieur, de goûts assez grossiers. — Il réunit chez lui tous les dimanches soirs quelques amis de même genre, et les professeurs célibataires. — Je suis le seul qu'il n'ait pas invité : il n'a pas osé; nous sommes cependant fort polis ensemble, et je ne lui ai jamais donné lieu de se plaindre de moi. Par une sorte de divination naturelle à tous les maîtres de maison, il aura pensé que son monde ne me plairait pas; et il m'aura fait cette impolitesse, pour m'épargner celle de ne point retourner une seconde fois à ses réunions bachiques et dansantes.

Le professeur de septième, M. B..., est un jeune homme marié, que je salue et qui me salue; point d'autres rapports. Je suis sûr qu'il me croit fier, mais je ne puis cependant pas me courber devant les gens, ni leur baiser la patte, pour leur prouver que je n'ai point d'orgueil! — Je ne connais rien de plus susceptible au monde que des collègues, si ce n'est des inférieurs. — Restent le professeur d'allemand et le professeur d'anglais, deux ignobles personnages, ivrognes, joueurs et débauchés; ils vont régulièrement au café le soir; ce qui est la pire des choses à Dijon. — J'ai le malheur de dîner à la même table qu'eux; mais ma présence les gêne, mon silence les irrite. — S... les supporte. Pour moi, cela m'est impossible; et, si je ne savais que des gens de cette sorte sont plus sensibles que les autres aux marques de dédain qu'on leur donne, je leur aurais fait sentir plus d'une fois, soit en me levant de table, soit en les apostrophant, combien leurs goûts me répugnent et leur langage me dégoûte. — Mais ils diraient que je suis prude, bégueule, que sais-je? et j'ai déjà tant de ridicules, que je ne veux pas encore me procurer celui-là; peut-être à leurs yeux, l'ai-je déjà. — Peu m'importe!

Vous avez là, chers parents, une galerie complète et peu flattée de mes chers et vénérés collègues; goûts, habitudes, préoccupations, tout diffère. — De la jalousie chez les uns, de l'indifférence chez les autres, chez quelques-uns seulement de la dissemblance; voilà plus qu'il n'en faut pour me les rendre étrangers pour la plupart, et me séparer de leur société, où du reste ils ne me désirent pas, que je sache. — B..., R..., S,.. et le brave M. G..., voilà ceux que je vois avec quelque plaisir ou quelque respect; voilà ceux qui me témoignent une amitié que je suppose sincère. Les autres sont à peu près pour moi comme s'ils n'existaient pas; et nous ne communiquons guère qu'à coups de chapeau.

Il n'y a vraiment qu'un professeur que j'aime et qui me plaise au collège, c'est le professeur de seconde. — Je me sens tout plein de sympathie pour

lui, bien que je lui reconnaisse de grands défauts!
— Mais enfin, il me ressemble et c'est beaucoup.
Comme moi, il est un peu timide et concentré;
comme moi, quand il trouve des personnes qui lui
conviennent, il s'abandonne, de cœur, au plaisir de
les voir et de leur parler; comme moi, quand il en
rencontre qui lui sont désagréables, il se tait avec
elles, et leur parle peu et mal, au risque de passer
pour bête, ce qui lui est égal. — Il est, comme
moi, un peu sauvage dans le monde, et s'y plaît
cependant : — Comme il fait peu d'avances, on lui
en fait; comme son amabilité consiste à ne point
paraître en avoir, on le trouve quelquefois aimable;
comme ses prétentions sont assez bien déguisées, on
le trouve simple et naturel; comme il évite les
grandes phrases et les tirades, on ne l'accuse pas
d'être bavard; comme il est de ceux qui font encore
quelques frais de conversation avec les dames, les
dames lui en savent gré; comme il est médiocrement
beau, on ne lui trouve pas de fatuité; comme il cause
romans ou théâtre, et non pas grec ou latin, on
s'accorde à dire qu'il n'est pas pédant, et dans l'Université, c'est plus rare qu'on ne croit; comme il est
jeune, on se fait un plaisir de le guider et de le pro-
téger encore. Comme il sait écouter les gens et leur
parler de ce qu'ils aiment, et non de ce qu'il aime,
on ne l'accuse point d'être importun, ou égoïste.
Comme il sait que, dans ce monde, chacun tient aux
idées qu'il a, et que la vérité d'ailleurs, est, en bien
des choses, difficile à connaître, il évite de prendre
le ton tranchant et d'imposer ses idées; et il n'en est
que mieux écouté.

Voilà bien des raisons pour que je me sente attiré
vers lui. Il a le cœur tendre, je ne l'ai pas dur, et sa

discrétion est aussi scrupuleuse que la mienne; il
aime, pour aimer, sans autre souci; il ne le fait
jamais paraître, ou du moins il espère que cela ne
paraît pas. Il a une indulgente sympathie pour trois
sortes de personnes : les poètes, les philosophes et
les amoureux. — Les livres qui me plaisent sont
ceux qui lui plaisent, et nous lisons toujours en
même temps les mêmes choses. Il est le seul de mes
collègues pour qui rêver soit autre chose que flâner.
Je n'en connais pas qui adore autant les fleurs, les
fruits et la verdure! Il préfère, à mon exemple, les
petites réunions aux grandes assemblées, et il m'a
dit qu'il a toujours eu du goût pour les jeux inno-
cents. Il a une vanité effroyable, mais si bien dissimulée sous une certaine bonhomie un peu naïve,
qu'elle n'a jamais, à ce qu'il croit, blessé ni choqué
personne. — Il est assez travailleur et assez pares
seux; c'est comme moi. Il ne travaille jamais mieux
.que lorsqu'il n'a rien à faire. Il a laissé à Paris ses
affections les plus vives, ses seules affections profondes et durables, et il s'ennuie souvent à Dijon;
mais il serait fâché de n'y être point venu, car il
est de ceux qui désirent connaître les hommes. Mais
à peine est-il encore parvenu à se connaître lui-
même. — En somme, je le préfère de beaucoup à
tous mes collègues, tant pour ses qualités que pour
ses défauts mêmes, qui ne me sont pas insupportables
et qu'il a trouvé moyen de me faire excuser! — C'est
lui que je fréquente, avec qui je suis sans cesse,
qui me tient compagnie quand je suis seul, qui bâille
quand je bâille, qui sort quand je sors, et que j'espère
emmener avec moi dans quarante jours, quand
.j'irai vous serrer dans mes bras! — N'est-ce pas une
chose triste, quand on y songe, chers parents, que

parmi tous mes collègues, il n'y en ait pas un seul
(sauf celui dont je viens de vous parler!) qui puisse
me convenir, et me faire société! pas un, qui n'ait
quelque défaut, ou quelque façon d'être antipathique
à mes goûts et à mes idées?

. . . .

A ses parents.

. . . .

Dijon, 16 mars 1847.

J'ai dans ma classe un très bon élève, qui s'appelle
N..., et un assez mauvais élève qui s'appelle P... : l'un
est fils d'un pauvre menuisier ; l'autre est fils d'un
pauvre vigneron. — Les deux pères se connaissent. —
Il y a quelques semaines, je vois entrer dans ma
chambre une femme de quarante ans à peu près, en
bonnet, et pauvrement vêtue. Elle avait l'air ému, et
je la rassurai de mon mieux : « Monsieur, me dit-elle,
vous êtes le maître de mon fils. Je suis la mère de
P..., et je viens vous en demander des nouvelles; car,
voyez-vous, son dernier bulletin était bien mauvais, et
mon homme et moi nous voulons savoir ce que fait
notre fils; dites-le moi franchement, Monsieur. Nous
sommes pauvres, et nous ne lui payons le collège
que pour que ça lui serve à quelque chose. » — Elle
s'assit et nous causâmes.

Je lui dis avec tous les ménagements possibles que
son fils était faible, très faible, et peut-être un peu
paresseux; — car, quant à lui dire qu'il manquait
d'intelligence, ce sont de ces choses qu'on ne peut
pas avouer à une mère. — « Ah! Monsieur, nous le

lui disons assez qu'il est paresseux, qu'il perd son temps, et nous, notre argent! — Son père, l'autre jour, a pleuré en lisant son bulletin; il lui a dit : « Tu ne songes donc pas à ce que tu fais? tu ne vois donc pas que je me tue à gratter le bois pour payer tes collèges! » — Alors mon fils a pleuré aussi; il nous a assuré qu'il travaillait; il nous a montré ses cahiers et ses livres; — mais mon mari et moi nous n'y entendons rien, et il peut nous tromper sans peine. — Voilà pourquoi j'ai dit à mon homme : « Va voir son professeur, puisque notre fils nous dit *qu'il est bien gentil*; tu lui diras tout ça, et ce qu'il en pense. » — Mais mon mari n'a pas osé venir; et alors c'est moi qui suis venue. »

Cette pauvre dame avait les larmes aux yeux. Je lui dis que je n'étais pas si mécontent de son fils qu'elle se l'imaginait. Sans doute il n'était pas des premiers, mais il avait un bon caractère, il était docile, point répondeur, point causeur; son écriture était bonne; il savait quelquefois ses leçons; il y avait encore bien de la ressource, et elle ne devait pas se désespérer sans motif. — Je lui demandai ensuite ce qui l'avait amenée à mettre son fils au collège, et ce qu'elle prétendait en faire :

« Voilà comme ça s'est fait, me dit-elle. — Le fils N... et mon fils allaient ensemble à l'école. Un de nos voisins, un avocat, un bien brave homme, M. G..., sut les dispositions du fils N... à travailler, et le fit entrer pour rien au collège. Le fils N... a été tout de suite des premiers, et son père, comme vous le pensez, était bien content; car ils ne sont pas riches, bien au contraire, puisque le père N... se loue en journées au temps de la vendange. Mon homme en voyant cela m'a dit : « J'ai envie de mettre aussi

notre enfant au collège; il fera comme l'autre, puisqu'il était aussi fort que lui à l'école, et nous pourrons aussi en faire un percepteur, un professeur,
un vétérinaire ou quelque chose comme ça. »

« Nous l'avons donc mis au collège, comme
externe; il y avait un vieux professeur, bien respectable, et qui est mort maintenant, qui l'a pris
en amitié, et qui le faisait travailler chez lui de
temps en temps. — Quoique cela, notre fils n'était
pas fort, et son père le grondait en le menaçant de
lui faire apprendre notre état. — Mais comme sa
santé était faible, cet état-là, qui est bien dur, de
raboter toujours, l'aurait bien vite achevé. Nous
l'avons donc laissé en classe; et quand mon homme lui
demandait : « Quelle place est-ce que tu as? » il nous
disait : « je suis vingtième, je suis trentième, je suis
quarantième ». — « Et le fils N..., quelle place est-ce
qu'il a? » lui disait encore mon mari. — « Il est premier, il est second, il est troisième ». Et ça lui faisait
de la peine d'entendre cela, et nous l'aurions retiré,
si M. B..., son professeur, n'avait pas dit : « Puisqu'il
est trop faible pour un métier, laissez-le encore;
maintenant qu'il est en seconde, ça ne vaut plus la
peine de le retirer; autant vaut qu'il finisse. » Ça lui
servira toujours; n'est-ce pas, Monsieur?

« Il aurait mieux travaillé, bien sûr, si M. B...
n'était pas mort; mais depuis, il a toujours de plus
mauvaises places; et son père lui dit : « Vois N...,
est-ce que tu ne rougis pas de le voir où il est? tu
n'es pas plus riche que lui; il donne de la joie au
bonhomme N..., et toi tu ne nous fais que du chagrin! » — Comment se fait-il, Monsieur, que le fils N...
fasse si bien? »

Pouvais-je répondre : « Votre fils est moins intelli-

gent que lui; votre fils n'est bon qu'à faire un menuisier, tandis que le fils N..., qui a de l'esprit, du jugement et une volonté ferme, réussira, entrera à
l'École Normale, mettra ses parents dans l'aisance
et passera d'une position humble à une position
brillante et agréable »? Pouvais-je lui dire cela? pouvais-je condamner d'avance l'avenir de son fils? pouvais-je la désoler sans utilité pour personne? C'était
cependant là ce que je pensais. — Mais qu'y faire?
— Il ne peut plus redevenir ouvrier, à l'heure qu'il
est; il ne pourrait plus se faire à ce rude travail; il
est déjà trop sorti de sa sphère, pour y rentrer; la
société d'ouvriers ignorants et grossiers ne peut déjà
plus lui convenir. — D'un autre côté, il n'eh sait pas
assez pour se distinguer dans les carrières libérales.
— Ses parents sont à bout de ressources; — il
manque des qualités qui font parvenir les humbles,
et qui les élèvent; — c'est un esprit médiocre, qui se
trouve ainsi, par l'imprudence de ses parents, dans
la situation la plus triste et la plus difficile!

Cette pauvre femme, inquiète et désolée, me faisait
peine; — et cependant, on aurait pu lui dire : « Tout
cela, c'est votre faute, Madame; vous avez vu réussir
l'un des fils de vos voisins, et, dans votre jalousie
maternelle, vous avez envié, pour votre fils, une destinée semblable, des succès pareils; vous vous êtes
aveuglée sur ce qu'il pourrait faire; vous avez fait
des rêves ambitieux, vous avez cru déjà voir votre fils
instruit, admiré, protégé de tous, placé dans quelque
position éclatante, et vous tirant de votre obscur
atelier; — et voilà que votre fils n'est qu'un écolier
médiocre, sans portée, sans caractère, sans énergie,
qui se laisse conduire, et qui ne sait pas marcher
seul; qui sera peut-être bachelier, mais qui ne sera

jamais autre chose; et qui, dans un ou deux ans, passera des bancs du collège à cet atelier, où ses bras même ne pourront pas vous servir. — Vous n'avez les moyens d'en faire ni un avocat, ni un médecin; ces études sont donc un luxe pour lui, et un luxe déplorable! — vous l'avez placé entre une classe d'hommes où il ne voudra plus rentrer, et une autre où il n'entrera pas. Et cependant, il faut qu'il vive, il faut qu'il vous aide à vivre! — Qu'espérez-vous donc? » — Voilà les idées qui me venaient, et d'autres encore, sur cet effort souvent imprudent, insensé, que le peuple tente pour monter l'échelle; — mais je n'en disais rien à cette mère qui baissait tristement la tête devant moi.

Pourtant il fallait qu'elle sût quelque chose; je ne pouvais pas la laisser dans son ignorance. — « Vous avez bien fait, lui dis-je, de mettre votre fils au collège, puisqu'il n'aurait pu supporter un métier; — il est toujours bon que l'on s'instruise; et cela sert tôt ou tard; mais vous vous êtes trompée, si vous avez cru que les études donnent une position et qu'il suffit d'avoir été au collège, pour que toutes les carrières soient faciles, pour qu'on n'ait plus qu'à choisir, pour qu'on soit aussitôt riche, honoré, connu, et dans une aisance convenable. Les études ne donnent rien de tout cela, surtout les études qui ne sont pas éclatantes, et ne font pas reconnaître un véritable talent.

. . . .

« Voici ce que je vous conseille : s'il était en sixième ou en cinquième je vous dirais peut-être de le retirer, et de lui faire apprendre une profession, ce qui est toujours plus sûr; mais il est trop tard. Qu'il soit donc bachelier; qu'il concoure ensuite pour une place de maître d'étude; — il gagnera 1 000 ou

1 200 francs. — S'il veut alors travailler encore, peut-être au bout d'un ou de deux ans, pourra-t-il se faire recevoir licencié en province, et demander une place de professeur dans un collège communal. C'est à cela qu'il doit viser, pour que ses études ne lui soient pas inutiles. »

La conversation dura encore assez longtemps; je lui promis d'aller voir son mari, puisqu'il n'avait pas osé venir; — en outre, j'autorisai son fils à venir tous les dimanches matin travailler une heure avec moi, pour se fortifier un peu, et tenir dans ma classe un meilleur rang. La joie de cette bonne dame était grande, et, bien qu'elle vît mieux qu'auparavant la position fausse où allait se trouver son fils, la promesse que je lui fis de lui être utile, lui donnait de la joie. Elle me quitta, triste sans doute, mais plus tranquille.

Pour moi cette visite me fit réfléchir toute la journée. — Si ce garçon avait été très intelligent, très actif, très laborieux, j'aurais pu m'intéresser à lui davantage, donner à sa mère de bonnes espérances, puis le recommander à plusieurs personnes pour l'avenir. Mais que puis-je faire pour un écolier médiocre, peu capable, dont on ne saurait se louer, qui manque précisément de ce qu'on veut trouver dans les enfants du peuple, dans les protégés pauvres : l'intelligence?

La mère avait beaucoup pleuré chez moi, mais n'avait guère raisonné. — Je résolus d'aller voir son mari. En attendant j'avertis au collège le fils P..., en particulier, que je lui donnerais quelques devoirs et que je les lui corrigerais chez moi le dimanche. — Quelques jours après, j'allai chez M. P..., que je trouvai rabotant une planche, dans une obscure et méchante boutique, au fond d'un cul-de-sac rue Berbisey.....

GRENOBLE

(1847-1848)

A Laurent-Pichat[1].

. . . .
J'ai voulu profiter d'une admirable arrière-saison,
pour faire quelque peu connaissance avec le pays où
m'envoie pour un an la trop rigoureuse faveur du
Ministre. Homme heureux que vous êtes! vous ne
dépendez d'aucun ministre! Quand vous courez en
Égypte, en Suisse ou en Italie, c'est pour votre
plaisir; vous ne savez pas ce qu'est une nomination,
maudite feuille de route, s'il en fut jamais! Pauvre
administré que je suis! j'ai donné, pour dix ans, mes
jours et mes pensées à ce gouvernement mangeur
d'hommes; je suis une de ces cinquante mille têtes
voyageuses, qui font de la France le pays le mieux
organisé du monde! Le pacte est signé : j'ai vendu
mon âme; et il a plu au diable de l'envoyer à Grenoble,
au milieu des montagnes, où sont ses antres les plus

---

1. Après avoir ébauché à Dijon un roman auquel, par déférence
pour ses parents, il ne donna pas suite, Eugène Manuel avait
quitté la Bourgogne au mois d'août 1847. Reçu agrégé, il avait été
nommé professeur de Rhétorique à Grenoble.

profonds, ses abîmes les plus effroyables, ses plus redoutables repaires.

Que vous devez me mépriser! que je dois être petit auprès de vous! que vous devez regarder bas, pour me voir dans ma taupinière! Un professeur de rhétorique! un commentateur du *Conciones* et de l'*Art Poétique*! un soi-disant savant, juché dans une chaire, avec une robe noire, à cent cinquante lieues du Foyer des *Français* et de l'avenue du Bel-Air! qu'est-ce que cela? moins que rien! un Dacier ou un Patin du dernier ordre! un cuistre qui persécute des imbéciles; un être inqualifiable, qui n'a plus rien d'humain! cheveux hérissés, lunettes sur le nez, doigts tachés d'encre, barbe d'une semaine! quelque bête fauve descendue des glaciers! — N'est-ce pas là ce que je suis, pour vous, le poète parisien, l'élégant et libre travailleur, l'homme jeune, s'il en fut? — Moi, je me fais vieillard; je gronde, je grogne, je radote, *insani pecoris custos, insanior ipse;* je deviens bête de somme; et c'est par pure indulgence que vous faites semblant de ne vous en point apercevoir! — Si cela continuait! je frémis d'y penser. Quoi? je deviendrais plus sot encore? et plus lourd? et plus ennuyeux? et plus endormi? et plus rabâcheur? — Mes cheveux grisonneraient à cette tâche ridicule? — Mes mains tremblantes tiendraient encore cette plume qui châtie? Ma voix chevrotante et cassée psalmodierait encore les odes d'Horace, ou les narrations de Tite Live aux petits-fils de la révolution de Juillet? Songe affreux qui m'épouvante! — Réveillez-moi!

Mais j'ai tort de me plaindre; le rôle est beau, quoi qu'on en puisse dire; ce qui le rend stupide ici et bien ailleurs encore, c'est la sottise et la puérilité des écoliers, leur ignorance crasse au sortir même

du collège, leur inintelligence ordinaire de tout ce
qui est grand et beau, leur paresse invétérée, la lourdeur trop commune de leur esprit! Qu'on me donne
seulement dix ou quinze élèves, de dix-huit à vingt
ans, ayant l'esprit vif, l'intelligence exercée, l'âme un
peu haut placée, et il faudrait que je fusse bien sot
ou bien malheureux, pour ne pas les intéresser, les
attacher, leur donner des jouissances nouvelles pour
eux, en leur parlant de la Grèce et de Rome, de l'antiquité et du temps présent, de la France et de l'Allemagne, du Nord et du Midi, des œuvres primitives et
des œuvres savantes, de l'éloquence en plein air et
de l'éloquence murée, de la poésie qui se chantait et
de celle qui se lit, d'Homère et de Milton, de Sapho
et de Lamartine, de Corneille et de Chapelain, des
arts dans leurs rapports entre eux, de Phidias et de
Raphaël, de tout ce que je sais, et de tout ce que je
sens, sans oublier même ce que je devine!

Croyez bien que c'est un rare et délicat plaisir de
se faire ainsi le révélateur, même imparfait, de ce qui
est beau et vrai dans les lettres et dans les arts, d'enseigner Corneille et Shakespeare, Aristophane et
Molière! — Même dans l'étroite chaire d'un obscur
collège, on se trouve moins petit, moins vil, moins
méprisable, dès qu'on juge de si grands hommes,
et qu'on rencontre autour de soi des visages qu'illumine l'irrésistible splendeur du beau et du sublime.
Mais, quand, au lieu de ces prompts et intelligents
regards, qui vont au-devant de votre pensée, vous
n'apercevez que de lourdes et rouges faces, où circule un sang vulgaire, dont pas une particule ne
s'échauffe au contact électrique des belles choses;
quand vous parlez à des êtres qui ne savent que rire
bêtement, quand on leur donne à goûter du Molière;

que bâiller et dormir, quand c'est du Sophocle, que
voulez-vous qu'on fasse? quand ces êtres infimes ne
considèrent les études du collège que comme l'ache-
minement à l'insipide baccalauréat; quand il faut
qu'une classe de rhétorique devienne une ennuyeuse
préparation des auteurs, où la lettre tue l'esprit;
quand il faut corriger de ridicules devoirs, où
fourmillent les plus grossières fautes de français;
quand il faut écouter des leçons bêlées par quarante
voix rauques et monotones; que voulez-vous qu'on
fasse?

Essayer de réformer et d'organiser tout sur nouveaux frais? — C'est aussi là ce qui m'occupe; mais
j'échouerai, ou plutôt j'ai déjà échoué; le pli est
pris chez ces malheureux. Chez aucun de ces épais
fils de montagnards, je n'ai supris l'étincelle d'une
intelligence heureuse. — Un seul peut-être me
donne quelque espérance, et me semble une nature
assez bien douée, quoique grossière encore et enveloppée de langes; — les autres, et j'en ai quarante, sont
des garçons trapus et carrés d'épaules, aux fronts
fuyants, aux grosses lèvres, aux mains larges et
pâteuses, au regard hébété, insensibles à toute émotion délicate, sans culture d'aucune sorte, et qui
seraient d'excellents garçons de ferme, ou d'estimables palefreniers, par leur esprit comme par leur langage. Cette race des montagnes sent peu les arts et la
poésie. Les Bourguignons sont plus favorisés sous ce
rapport; ils ont de l'esprit et de la finesse, quoique
avec peu de grâce. Les montagnards du Dauphinois
ne sont point spirituels, ni légers; rien de méridional
que l'accent; rien de provençal. — Ce sont des
Suisses, à peu de chose près : les goitreux et les
crétins sont aussi communs par ici que dans le

Valais; on en rencontre beaucoup qui conduisent les troupeaux dans les montagnes.

Par tout ce qui précède, jugez si vous devez me plaindre ou non! — Mais patience; j'espère bien me réveiller à Paris quelque jour, et retrouver là ma jeunesse, un peu plus mûrie seulement; que ferai-je alors? je n'en sais rien encore, mais je tenterai du moins de faire quelque chose, pour donner, s'il se peut, un démenti à ceux qui nous condamnent à l'éternel rabâchage des auteurs classiques. Je me retremperai dans ces ondes bienfaisantes de la littérature courante, pour me décrasser de grec et de latin; je me taillerai une de ces plumes fantastiques qui narguent le bon sens, et parfois la morale; je la tremperai dans une de ces encres corrosives qui ont fait pâlir l'encre de la petite vertu; je me cramponnerai aux éperons de quelque grand homme du jour, qui m'emportera, dans sa course puissante, jusque dans les régions obscures et vaporeuses de son génie! — Je pratiquerai la rhétorique nouvelle, merveilleuse invention, qui laisse loin derrière elle les tentatives de Ronsard et de son École; mon style flamboiera; car il ne suffit plus d'éclairer...

.   .   .   .

———

A ses parents.

Dimanche 14 novembre 1847.

.   .   .   .

Je suis en arrière avec vous d'une terrible manière pour tout ce qui regarde ma vie à Grenoble. — Mais que voulez-vous? je veux observer, avant d'écrire, m'habituer quelque peu à une condition nouvelle, avant d'en dire du bien ou du mal. — C'est, du reste, à peu près ma vie de Dijon : — je me lève le matin à six ou sept heures; je vais en classe, par la rue Pérollerie et la place Sainte-Claire; — après la classe, je donne une conférence d'une heure aux philosophes, quatre fois par semaine; puis je vais déjeuner, seul, chez Baron, rue Pérollerie, en face de la maison où naquit Barnave; je rentre; je vais au collège à deux heures; de quatre à cinq, je vais lire mes journaux, chez M. Vellot, rue Lafayette.

Le cabinet de lecture est admirablement monté; tous les journaux de Paris, tous les journaux de Lyon, de Marseille, de Toulon, de Montpellier, d'Alger : la *Revue des Deux Mondes*, la *Revue Indépendante*, la *Revue Britannique*, la *Semaine*, l'*Illustration*, l'*Artiste*, etc., — une cinquantaine de journaux tous les jours. — Je les lis en trois quarts d'heures; à cinq heures je vais dîner.

Nous étions sept à table; nous ne sommes plus que six, et nous ne serons que cinq, par suite de l'arrivée des parents de deux professeurs, B..., qui est de ce pays, et dont le père est juge de paix; et Br..., qui a fait venir son père et sa mère. — Nous sommes assez bien servis, pour soixante francs; du vin passable; beaucoup de plats; une cuisine comme partout; on nous sert pourtant assez fréquemment de bonnes truites — (au déjeuner, côtelettes, œufs, pâté, poissons, un légume, biscuits, fromage de Sassenage, raisins ou pommes, confitures; — au dîner, soupe, cornichons, bœuf, mouton ou poisson, légume, volaille, salade, et dessert comme à déjeuner). — Après dîner, je rentre; je prends quelquefois une demi-tasse avec mes collègues, pour quatre sous; à neuf ou dix heures, je me couche, et je lis une heure ou deux, sans danger aucun. — Point de spectacle; car on n'y va pas, et je n'y ai pas encore été; — point de promenades, le soir; car il fait déjà trop frais. — Je reste près de mon feu, et je lis, ou j'écris, ou je pense, à tout, même à rien; — j'écoute les cloches qui sonnent à mes oreilles; — puis je m'endors jusqu'au lendemain à l'heure où mon Savoyard, Baptiste, vient cirer mes chaussures et brosser mes habits. — Durant les grands froids, il se peut que je me mette à la piste d'un piano, où je tapoterai un ou deux mois; je n'entends pas une note de musique, et cela me désole; je voudrais au moins entendre la mienne; vous savez que c'est celle qui me plaît le plus.

Je vous ai raconté mon excursion au Rachey, et la descente plus que pittoresque que je fis sur une des parties les plus grasses de ma personne; je continue à vous mettre au courant de mes promenades subséquentes. Je ne vous ai point encore raconté les deux plus belles, quoique aussi les plus difficiles. Le 1er novembre, le jour de la Toussaint, lundi, j'avais congé. Le grand V..., le petit T... et moi nous décidâmes de faire une grande tournée. Parmi les autres, l'un était indisposé, un autre occupé, un autre invité; — un autre était encore couché, quand vint l'heure de partir; il se rendormit.

Nous prîmes donc tous trois, à neuf heures, sur la place Grenette, la voiture de Vizille; nous avions nos casquettes, nos cannes, et le bâton de montagne; nous eûmes le tort de ne pas prendre de gourde avec de l'eau-de-vie. — La voiture suit une route délicieuse, la vallée du Drac et celle de la Romanche, entre deux côtes escarpées. Une partie de la route est taillée dans le roc. — Il y a quatres lieues de Grenoble à Vizille.

Arrivés là, nous bûmes un verre de chartreuse, et je lus la mort d'Edmond H... Vizille est un bourg fameux par son château; il appartenait à Lesdiguières, gouverneur du Dauphiné; c'est là que fut décrétée, en 1788, l'indépendance de toute la province, qui prépara la révolution de 89. — Nous visitâmes le parc, qui est de toute beauté, avec des pelouses, des peupliers et des cascades; tout autour, une ceinture de montagnes. Le château est occupé par une imprimerie. — Vizille, petit bourg assez gai, dans le genre de Villeneuve-Saint-Georges, est éclairé au gaz; — nous comptâmes les becs, il y en a quinze! — Où le luxe va-t-il se nicher? un village éclairé au gaz! dans les montagnes!

De Vizille, nous partîmes à pied, et nous nous mîmes à gravir la plus formidable côte que j'aie vue! une route superbe (route de Gap), qui monte pendant deux pleines heures, toujours en pente, toujours, toujours, au-dessus de la vallée de la Romanche. — Rien de plus pénible que cette marche régulière sur une grande montée; j'aime cent fois mieux grimper deux heures dans les rochers; c'est beaucoup moins fatigant; car, dans les rochers, tous les membres s'exercent, les pieds, les genoux, les bras, les doigts, les épaules, les mains; — il s'établit ainsi un équilibre dans la dépense des forces; — tandis qu'ici les pieds seuls sont en mouvement; tout le reste ne sert à rien. — On arrive au sommet épuisé. — Heureusement que l'on trouve là une vue telle, qu'on ferait encore deux fois une montée semblable pour jouir d'un pareil spectacle. Je ne vous en puis rien dire, car, j'ai épuisé tout ce que j'ai d'épithètes et d'exclamations pour l'usage de mes descriptions. — Il faut voir cela; rien n'en peut donner d'idée.

Vous croyez peut-être qu'après une montée pareille, qui nous permettait d'apercevoir trente lieues de pays, nous étions au sommet d'une montagne? Eh! bien, nous étions seulement au pied du mont Obiou, qui s'élevait sur notre tête à une hauteur triple de celle que nous avions parcourue. Nous arrivâmes au village de Laffrey, délicieusement situé sur un torrent qui passe sous toutes les maisons; ce sont des tanneries pour les gants de Grenoble.

Nous mourions de faim; nous entrâmes dans une auberge, et nous mangeâmes, ou plutôt nous dévorâmes, à trois, une poule entière, un gigot entier, six grosses pommes, et un morceau de fromage. Puis nous causâmes avec la vieille aubergiste. Voici ce qu'elle nous raconta : « Un jour, le 7 mars 1815, à la nuit, par un temps noir, on frappe à sa porte : un étranger entre seul : « Bonne femme, j'ai faim, dit-il, servez-moi un bon morceau. » — « Je n'ai rien, répondit-elle; rien qu'un poulet que je garde pour notre Empereur qui, dit-on, revient et passera par ici. » — Et l'étranger lui dit : « Bonne femme, c'est moi l'Empereur, servez-moi le poulet; voici un double napoléon. » — Et c'était lui en effet. — Il venait de l'île d'Elbe; il arrivait de Fréjus par la route de Gap; il avait laissé sa petite troupe à l'entrée du village. Le même jour, un régiment sortit de Grenoble pour le combattre; on le rencontra devant Laffrey. Sur un poteau que nous vîmes est inscrit le discours qu'il prononça en s'avançant près d'une borne vers les soldats qui avaient leurs fusils chargés pour le repousser. Il s'écria : « Soldats, ne me reconnaissez-vous pas? je suis votre Empereur, s'il en est un de vous qui ose tuer son général, il le peut; me voici. » — Nul n'osa; ils se mirent à sa suite; il continua sa marche, par Vizille; arrivé à Eybens, il rencontra un nouveau régiment qui venait pour le combattre. Celui-là était commandé par Labédoyère. Au lieu d'ordonner le feu, il s'avança vers l'Empereur, et lui jura fidélité. Napoléon arriva devant Grenoble, à la porte de Bonne; elle était fermée. Sur les murs les canons allumés, des troupes prêtes à faire feu. Il s'avança seul vers la porte; — on aurait pu le tuer d'un coup de fusil; — il frappa : « Pan! pan! pan! ouvrez, c'est votre Empereur qui revient »; — les soldats des remparts crièrent : Vive l'Empereur, et la porte s'ouvrit.

Nous causâmes donc avec la vieille femme qui avait gardé un poulet pour l'Empereur; — Elle a encore la chaise où il s'assit. — « S'il vivait maintenant, nous dit-elle, j'en aurais bien besoin, car je suis vieille et boiteuse, et il me ferait peut-être une petite pension! » — Nous la laissâmes à ses regrets, après lui avoir demandé le chemin des quatre lacs.....

À ses parents.

Mercredi soir, 10 février 1848.

. . . .

Tout s'assombrit en politique; et je ne sais trop où nous allons : dix-huit ans de paix sans avantages réels pour le pays, sans honneurs au dehors, sans prévoyance aucune de l'avenir, ont amené une crise qui se préparait dès longtemps. On se lasse de ce vieux roi, qui ne voit plus guère que par les yeux de ministres aveugles. Il y a comme un réveil de la moralité publique, en présence des scandales et des bassesses dont les plus puissants donnent l'exemple,

ou dont ils sont complices volòntaires. Guizot
ressemble à la plupart des hommes d'État systéma-
tiques; on trouve plus souvent chez eux l'obstination
qui s'acharne et persiste dans les résolutions prises,
que la prudence qui en fait prendre de bonnes. Si
l'opposition, jusqu'ici, n'affichait qu'un dévouement
d'ostentation et un faux héroïsme, le ministre fait
tout ce qu'il faut pour que cette opposition se prenne
au sérieux et désire le bien, de bonne foi et avec une
conviction sincère. Plus d'un sans doute, parmi ceux
qui parlent le mieux ou hurlent le plus fort, ne
souhaite que d'arriver au pouvoir; mais je ne puis
me persuader qu'il n'y ait point là quelques hommes
de cœur, vraiment amis du bien, désireux du mieux,
libres d'intérêts particuliers, préoccupés uniquement
des intérêts de la France, et de la moralité publique[1].

[1]. C'est avec la même chaleur de conviction, qu'il écrira beaucoup plus tard à son maître Jules Simon :

Jeudi 14 février 1889.

« Cher maître,

. . . .

« Je me disposais à vous écrire quand votre dernier billet m'est
parvenu, comme pour répondre à mes sentiments. J'ai souvent
remarqué que lorsque je songeais à vous et m'attristais d'être
resté quelque temps sans vous avoir vu, c'est vous qui preniez la
plume, par cette divination de l'amitié dont j'ai toujours été profondément touché. Donc je pensais à vous, tout chagrin, de
n'avoir pu vous entendre nulle part, ni au Panthéon où vous avez
admirablement parlé de Rousseau, ni à la Sorbonne, pour l'œuvre
du Cardinal Lavigerie. Vous ai-je seulement dit un mot de votre
campagne dans le *Matin*, qui après avoir été un des actes les
plus considérables de votre politique, restera un de vos plus
beaux livres. Tant de bon sens et d'éloquence méritaient de pré-
valoir. En tous cas il a suffi de toutes ces folies et de toutes ces
fautes pour vous remettre, aux yeux des plus clairvoyants, à votre
place, qui est la première; je ne parle pas de ceux qui vous y ont
toujours laissé. Les honnêtes gens vous lisent, vous écoutent,
regardent de votre côté, se demandent si votre sagesse l'empor-

Ce serait une chose indigne et déplorable, qu'on ne
pût, sans passer pour niais et pour dupe, croire aux
beaux sentiments de nos réformateurs, à la bonne foi
de leur éloquence! j'y veux croire encore, quitte à
me désabuser, s'il le faut, le lendemain d'une révolution.

Les séances de la Chambre, que je lis chaque jour
dans *le Moniteur*, et dont je suis les comptes-rendus
dans les journaux de toutes les nuances, m'intéressent au dernier point, et me font négliger depuis
plus de huit jours les comptes-rendus des théâtres,
ou le procès du frère Léotade. Qu'est-ce en effet que
le drame de Monte-Christo, qu'est-ce que le procès de
Toulouse, auprès des luttes violentes de la tribune?
quel acteur ou quel avocat peut valoir Thiers ou
Lamartine, Rémusat ou Guizot, dans ces orages que
leur parole apaise ou suscite? Le vrai drame, c'est
celui qui se joue à la Chambre, par les plus fameux
comédiens du temps. Le vrai procès, c'est celui qui se
plaide à la Chambre; c'est le procès du pauvre contre
le riche, de celui qu'on prive des droits civils, contre
celui qui en abuse; c'est le procès éternel de la
liberté publique, contre les ministres ou les rois qui
s'enivrent de despotisme!

C'est une chose curieuse de voir avec quelle impa-
tience et quelle anxiété, une ville qui se trouve éloignée de Paris de cent soixante lieues attend les
nouvelles ou les journaux, à l'arrivée des courriers
ou des diligences. — L'absence d'une ligne télégra-

tera sur les entraînements contraires, et si cette démence prendra
fin! Vous êtes redevenu l'oracle de nos plus ingrats amis, avec
quelle plume et quelle parole! Si je ne vous l'écrivais pas, vous
ne me laisseriez pas le loisir de vous le dire. »

phique de Lyon à Grenoble, à cause des montagnes, retarde considérablement la connaissance des événements; c'est par les journaux de Lyon que nous apprenons les nouvelles en gros, avant de les apprendre par ceux de Paris.

Aussi tous ces jours des bruits de différentes natures couraient ici, et se propageaient avec une effroyable rapidité : dissolution de la Chambre, émeutes, que sais-je? — Rien de tout cela n'était fondé, mais on s'en inquiétait. Le Recteur, à qui je fis une visite lundi dernier, pour lui exprimer le regret que nous avions de le perdre, — car il ne peut opter qu'entre sa nomination pour Rennes, et un congé, et il se rend à Paris pour cette affaire, — le Recteur donc, me dit que tous ces événements lui paraissaient graves, et qu'il ne serait pas étonné arrivé à Paris, de n'y plus trouver le ministre auprès duquel il va réclamer; il craignait même d'y trouver les pavés ailleurs qu'à leur place. Ses craintes jusqu'ici ne se sont pas vérifiées, et j'en suis bien aise; mais les votes de l'Adresse, la réunion pour le banquet, et ce qui peut suivre, met terriblement en question la tranquillité de Paris. Il me paraît difficile que tout se termine pacifiquement, au point où en sont les choses; et je m'attends pour le moins à la chute du ministère dans un délai plus ou moins éloigné.

S'il arrivait quelque chose de très intéressant à Paris, vous me feriez plaisir de me l'écrire le jour même, pour que la nouvelle m'arrive vingt-quatre heures avant les journaux. Quant aux événements de Suisse et surtout d'Italie, je les ai toujours sus avant vous, par les journaux de Toulon, ou le courrier de Chambéry. Les choses vont bien en Italie; c'est un plaisir d'assister à tout ce travail, après tant de

siècles d'inaction. — Je ne donne pas vingt ans à
l'Autriche pour être rejetée au delà des Alpes! — Il
faudra que j'écrive à K... pour le féliciter : son
jeune cœur doit battre à l'espoir de voir un jour son
pays libre, et la Lombardie purgée de tous ces dra-
gons autrichiens! Notre siècle sera celui des gouvernements constitutionnels. Ils s'établiront sur toute
la face de l'Europe. Vous verrez cela, si du moins
vous y prenez intérêt; car c'est une sagesse comme
une autre, que de fermer les yeux sur ces mouvements nécessaires de la politique, que l'on ne peut
pas plus empêcher qu'on ne peut les prévoir.

.   .   .   .

Pour moi, j'avoue que je suis encore d'un âge où
toute cette émotion produit grand effet sur l'âme.
L'idée qu'on pourrait se battre encore pour la liberté
ne me répugne pas. Le spectacle d'une grande Capitale en insurrection me paraît encore un beau spectacle! J'oublie presque qu'il y a là de pauvres commerçants qui ferment boutique, des maisons pillées,
du sang versé, de tristes représailles, pour ne songer
qu'à cette idée d'un peuple en armes, qui reprend sa
liberté, et dont la victoire est la victoire de tout un
pays! — Hélas! dans quinze ans d'ici, je ne serai peut-
être que le plus crétin des conservateurs, préoccupé
des intérêts de ma famille et des miens [1]; plus ami de

1. Eugène Manuel se jugeait mal. Voici ce qu'il écrivait à
ses parents, après avoir été nommé chef de cabinet de Jules
Simon :

Versailles, 15 septembre 1871.

« Chers parents..... Je n'ai pas accepté ce nouveau poste sans
de mûres réflexions, et jusqu'ici je m'en félicite, tant je rencontre
de sympathies chez ceux qui, il y a huit jours encore, me paraissaient placés si fort au-dessus de moi. Je vous raconterai mes
occupations, les audiences que je donne... *Puissé-je surtout faire
quelque bien!* Jamais désir n'a été plus sincère et plus vif. »

mon pot-au-feu que des grands principes, et plus
soigneux d'une bonne place que d'un vote généreux !
Il est fâcheux pourtant de songer qu'on en peut arriver là, par l'égoïsme qui court ; et que le pays ne
vient qu'en second lieu, dans le cœur du plus honnête
homme.....

A ses parents.

Samedi soir, 26 février 1848.

Chers parents écrivez-moi ! écrivez-moi ! — Qu'êtes-
vous devenus ? Outre l'inquiétude générale, qui
accompagne ici, comme partout, de si grands événements, j'ai encore l'inquiétude particulière qui me
tourmente à votre égard, quelque prudents que je
vous connaisse tous. Rassurez-moi sur votre compte
et sur celui de tout ceux que j'aime: rassurez-moi au
plus vite.

Je sais tout, et je ne sais rien; je sais le résultat
des événements, jusqu'à ceux d'hier vendredi; mais
on ignore tous les détails, et l'on a peur d'apprendre
d'affreuses choses. — Nous avons les nouvelles des
troubles de Paris jusqu'au mercredi soir; le reste ne
nous est connu que par trois dépêches télégraphiques
arrivées de Lyon par estafette, presque coup sur
coup, et qui nous apprennent, sans explication, les
derniers événements. — Vous ne pouvez vous imaginer la stupeur qu'ils ont produite ici ! — C'est un
rêve, c'est un cauchemar ! Dans quel temps vivons-
nous ? Qui s'attendait à ce coup de foudre ?

Mes collègues, qui ont passé la soirée chez moi,
viennent de me quitter, pour aller aux nouvelles, et
recueillir les bruits dans la ville; — des groupes

passent en ce moment sous mes fenêtres en chantant
la *Marseillaise*; il est dix heures et demie du soir. —
Où en est Paris en ce moment? Vous êtes tous sains
et saufs, n'est-ce pas? — C'est du fond de vos appartements, que vous avez entendu passer la révolution
dans les rues?

Voici ce que je sais, et dans quel ordre je l'ai su.

Mercredi soir, j'étais au spectacle; c'était la dernière
représentation de Lepeintre. Vers la fin de la soirée,
le bruit se répandit qu'on s'était battu à Paris, la
veille, par suite du contre-ordre donné au banquet.
On s'y attendait, du reste. Le jeudi, ces bruits prirent
de plus en plus de fondement; mais les journaux qui
arrivèrent le jeudi soir étaient seulement du mardi
matin, et ne nous annonçaient que les préparatifs
formidables du gouvernement. Le vendredi matin, je
me levai fort inquiet et me rendis à huit heures au
collège pour la conférence des maîtres d'études;
ils m'apprirent l'abdication. — En sortant du collège
une dépêche télégraphique était collée à tous les
murs; la voici :

DÉPÊCHE TÉLÉGRAPHIQUE DE PARIS

Le Ministre de l'Intérieur à MM. les Préfets.

Jeudi, 1 heure du soir.

« Le Ministère va être reconstitué avec le concours
de M. Odilon Barrot; le général Lamoricière est
nommé commandant de la garde nationale — *Tout
marche ici vers le calme et la conciliation.* »

Même jour, 1 heure 1/2.

« Le roi a abdiqué; la duchesse d'Orléans est
nommée régente. »

Cette dépêche était suivie d'une proclamation du préfet de Grenoble, pour le maintien de l'ordre.

Je trouvai que les choses n'avaient guère l'air de marcher vers le calme et la conciliation, — et je prévis aussitôt tout ce qu'il y avait dû avoir de troubles pour amener une pareille situation; — la substitution de la duchesse d'Orléans au duc de Nemours restait inexpliquée, et l'est encore ici.

Le soir du vendredi (hier), une grande partie de la ville fut illuminée, et deux mille étudiants et ouvriers coururent les rues et les places, en chantant des airs patriotiques; on hurla la *Marseillaise* sous les fenêtres du préfet. — Grenoble avait un aspect assez gai. On ignorait, du reste, comment tout s'était passé à Paris; et le bruit courait que le préfet de Lyon retenait les dépêches télégraphiques. — Le soir, cependant, mais fort tard, deux estafettes arrivèrent à la préfecture. — Le maire et les notables s'y rendirent, tandis que j'allai me coucher, tout hébété, et passablement inquiet.

Ce matin, je me lève à sept heures; je descends sur ma place, où j'entendais un grand mouvement; j'aperçois au mur une nouvelle dépêche entourée d'une foule compacte; je me fais jour, et voici ce que je lis, me demandant si j'y voyais bien clair, et tout tremblant d'une émotion qui n'a pas encore cessé :

DÉPÊCHE TÉLÉGRAPHIQUE DE PARIS.

Vendredi matin, 11 heures.

« Le gouvernement républicain est constitué; la nation va être appelée à lui donner sa sanction. Que la garde nationale, rétablie, maintienne l'ordre. Entre-

tenez le gouvernement, dans le plus bref délai, de
l'opinion, et faites-lui part des mesures que vous
aurez prises.

« Le général Subervie est nommé ministre de la
Guerre. »

Vous dire ce que la lecture de cette dépêche me
causa de stupeur, est impossible; il me prit une
faiblesse dans les bras et les jambes, et je perdis
presque la parole; je courus chez mon collègue
T..., qui dormait si bien qu'il ne m'entendit pas; de
là chez L..., qui n'y comprenait plus rien; nous nous
réunîmes au collège, fort inquiets et préoccupés;
car la France n'est pas républicaine, et ce coup de
main avait dû coûter cher aux Parisiens. Quant à nos
collégiens, ces pauvres enfants, exaltés par le mot de
république, étaient dans une surexcitation des plus
comiques et des plus tristes. Tous, la cocarde à
la casquette, fredonnaient la *Marseillaise*, et me
traitaient de citoyen Manuel. — Déjà la classe de la
veille, où l'on ne connaissait que l'abdication du roi,
avait été fort agitée; celle de ce matin le fut bien
davantage! ils fabriquaient des cocardes, et le proviseur lui-même n'y pouvait rien, de peur de mettre tout
le collège en révolte.

Ni mes collègues, ni moi n'étions fort gais; bien au
contraire; nous étions pâles et défaits, et nous parta-
gions la stupeur de toute la ville; car si la liberté est
une belle chose, et la république un beau rêve, rien
n'est plus terrible que les excès des révolutions, et
nous entendions des bruits sinistres circuler partout;
que le roi était mort, que deux princes avaient été
tués, que d'affreux massacres avaient eu lieu; —
que sais-je? — et tout cela enlaidissait singulière-
ment cette belle liberté, qu'on nous annonçait d'une

façon si terriblement imprévue. A onze heures, après le déjeuner, où nous causâmes comme vous devez penser, nous trouvâmes dans les rues une nouvelle dépêche, mais plus ancienne que celle du matin, et qui avait été retenue dix heures à Lyon; elle était conçue en ces termes :

GOUVERNEMENT PROVISOIRE

Le délégué du gouvernement provisoire aux préfets.

Jeudi, 10 heures du soir.

FORMATION DU MINISTÈRE ;
COMPOSITION DU MINISTÈRE.

Dupont (de l'Eure), président ; Lamartine, aff. étrangères ; Arago, marine ; Bedeau, guerre ; Crémieux, justice ; Ledru-Rollin, intérieur ; Marie, commerce ; Garnier-Pagès, maire de Paris.

Que signifiait cela? Avant-hier matin, une régence; avant-hier soir, un ministère radical et un gouvernement provisoire; hier matin une république. — Voilà tout ce que je sais; rien de plus! que s'est-il donc passé? les journaux de Paris n'arrivent pas.

. . . .

Ce soir, la ville n'est point illuminée; on attend, on se regarde; — les mercières vendent des cocardes: les polissons courent les rues avec des drapeaux rouges, en criant : Vive la République! et chantant l'air des Girondins; — les fonctionnaires ne quittent pas la mairie; ils y délibèrent sans cesse, en attendant les nouvelles. Un conseil s'est formé, composé de quatre habitants les plus notables parmi les républicains du pays; le maire les préside. La garde nationale est rétablie, et je suis tenu à m'aller inscrire demain avec mes collègues. — Tout est tranquille, du reste. — Il paraît qu'à Lyon, les ouvriers, les soldats et les bourgeois ont fraternisé, et que le préfet a pris la fuite; — les habitants des montagnes descendent dans Grenoble; on a dansé en rond autour de la statue de Bayard...

. . . .

A ses parents.

Dimanche, 27 février 1848.

Je reviens de la réunion provisoire de la garde nationale de ma compagnie. Il y avait cinq points de réunion dans la ville; je fais partie de la 2e compagnie du 2e bataillon; je suis dans les chasseurs, avec mes collègues L..., T... et B..., et l'un des professeurs de la Faculté; toute la ville se fait inscrire, sous les arbres qui bordent la citadelle. On doit distribuer des fusils demain. L'ordre règne ici; le maire surveille tout; le préfet ne paraît plus.

Un comité républicain a adressé ce matin une proclamation aux habitants; cette proclamation assez fougueuse se termine par le cri de : « Vive la République! Vive la France! » — elle est partout affichée, au son du tambour; et chacun la lit avec une stupeur qui ne cesse point.

On n'a point de nouvelles de Paris; ou plutôt, ce qui est plus affreux encore, on en a eu de très contradictoires, soit par des lettres particulières, soit par les récits des voyageurs.

Selon les uns, le roi serait mort; et le calme paraîtrait se rétablir; selon d'autres, le roi marcherait sur

Paris, avec toute l'artillerie de Vincennes, et serait
décidé à reconquérir Paris. La *Gazette* de Lyon,
arrivée il y a une heure, raconte une terrible séance
de la Chambre, où le peuple aurait envahi la salle, et
mis en fuite la duchesse et ses enfants, à la suite
de quoi, Ledru-Rollin, à la tribune, et Dupont (de
l'Eure), au fauteuil de la présidence, auraient proclamé le gouvernement républicain. — Trois journaux seulement sont arrivés hier soir, à onze heures :
les Débats, le National et *la Démocratie*; ils racon-
tent, sans aucun commentaire, la journée et la nuit
du mercredi. Il paraîtrait que la révolution de juillet
n'est qu'une émeute auprès de ce qui se passe! —
Les Tuileries, le Palais Royal saccagés, et des combats partout. — Dites-moi, qu'avez-vous fait durant
ces événements? où étiez-vous? — Que disiez-vous?
Je sens dans les jambes des faiblesses continuelles;
et il se peut pourtant qu'il faille demain monter la
garde. — Personne ici ne porte la cocarde; mais
toute la population est dans les rues, et se forme en
groupes. — Aucun témoignage de joie, mais aucune
opposition; on est préoccupé de l'ordre, avant tout;
la garnison n'est plus consignée; on attend les événements; moi, j'attends vos lettres.

Lyon a reconnu la république; tous les forts y sont
occupés par la garde nationale, et l'on dit que le
calme s'y est rétabli; mais, en revanche, il paraîtrait
que, dans le Midi, on proclame Henri V.

Qui l'eut dit? et que faut-il penser de tout cela? Les
plus fortes têtes s'y perdent. — Le centre gauche a-t-il
été dupé? Y avait-il complot longtemps préparé? —
N'est-ce qu'un audacieux coup de main? Un essai
téméraire? Que croire? — Le bas peuple me fait peur;
quelque pitié que sa misère me donne, serait-ce un

nouveau 93? — Les dépêches télégraphiques trompent-
elles la province? — Quelle incertitude! quelle
anxiété! — Et la famille royale, où est-elle? Et ce
pauvre M. Régnier [1], et R..., que sont-ils devenus dans
la bagarre? — Bienheureux ceux qui vivent obscurs!
Malheureux ceux qui comptent sur la stabilité des
rois et des princes! — Encore une fois c'est à n'y pas
croire! — Eh bien, Arthur, où en es-tu? t'imaginais-tu
que tu verrais des révolutions nouvelles, si vite et
si tôt?

Ces quelques journées en apprennent plus sur les
révolutions, que tous les livres d'histoire! C'est là
qu'on voit, qu'on reconnaît, qu'on prend sur le fait
l'orgueil, l'ambition, l'obstination, la colère; c'est là
qu'on apprend ce que sont les rois, les ministres, et
les peuples! — Que doit faire et dire le sage dans de
pareilles circonstances? Faire ce qui contribuera au
maintien des lois et de l'ordre; dire ce qui calmera
les esprits, en les éclairant.

Le bruit du tambour m'annonce qu'on affiche en
ce moment quelque chose de nouveau; je quitte la
plume. — J'ai pris mon chapeau et suis descendu
quatre à quatre. — Chacun courait à l'affiche. — Ce
n'est pas une dépêche de Paris! — c'est l'annonce
officielle de la proclamation de la république à Lyon
et du calme qui s'y est rétabli; la ligne fraternise
avec les citoyens.

Toutes ces nouvelles vous arrivent-elles, ou bien
êtes-vous aussi inquiets de la province que nous le
sommes de Paris? On avait craint ici des troubles
pour aujourd'hui dimanche; mais tout est parfaitement tranquille; les femmes vont à la messe comme

1. Son ancien professeur. Voir p. 4.

à l'ordinaire ; les enfants jouent aux billes sur la place ; jamais on ne croirait que nous sommes sous un gouvernement républicain ; ce calme même me fait croire que Grenoble penche vers l'état démocratique. Il est vrai qu'on ne peut lire dans les âmes ; et, de tout temps, les honnêtes gens ont laissé faire, par indifférence, ou par faiblesse !

Un groupe d'étudiants avec drapeau et cocarde vient de passer en chantant. — Je me demande, de minute en minute, si je ne rêve pas.

. . . .

Un fourgon d'artillerie passe en ce moment sur la place avec une escorte ; il est plein de fusils couverts de paille, qu'on porte à la Mairie, pour les distribuer.

Que ces journées ont dû être épouvantables pour les mères, les femmes, les sœurs où les filles ! — J'espère que Dieu nous aura fait la grâce de vous préserver tous, et que l'orage aura passé sans toucher aucun de ceux que j'aime, dans la famille ou parmi les amis.

. . . .

Et toi, bonne mère, que disais-tu ? Que faisais-tu ? Tu pensais à Grenoble, à ce pays, où la révolution de 89 est née, à cette patrie de Barnave le Girondin ! — Ah ! ces montagnes ne pensaient pas sitôt entendre le cri de « Vive la République ! »

Hier soir, on promenait un drapeau rouge dans les rues ; les bourgeois et les étudiants l'ont sifflé, en criant : « A bas ! à bas ! c'est le drapeau de la Terreur ! »

Le maire de Grenoble, M. Taulier, est depuis quarante heures à la mairie, sans presque se donner de repos, et dormant sur un fauteuil.

Une garde nationale s'organise en Savoie, à Chambéry.

Lundi, 28 février.

J'ai reçu ce matin, à onze heures, votre lettre, mise à la poste jeudi et qui ne sera probablement partie de Paris que vendredi soir. Elle m'a un peu rassuré; car j'étais fort inquiet; je ne mangeais pas, je ne dormais pas, j'avais des faiblesses dans tous les membres, et j'étais miné par la fièvre! je courais par les rues, incapable de rester chez moi, au milieu de toutes ces préoccupations.

Je vais assez bien, grâce à cette lettre, et aux autres nouvelles de Paris. — Je viens de rentrer du cabinet de lecture, où j'ai lu tous les journaux de vendredi; en outre, le tambour m'a trois ou quatre fois averti qu'on affichait quelque chose, et j'ai lu tour à tour, sur les murs, une proclamation d'un ouvrier-typographe de Grenoble aux ouvriers de Grenoble, noble et modérée; la démission du préfet et du maire, avec la réponse du comité provisoire; une convocation pour la garde nationale; une seconde proclamation qui annonce que le calme est établi à Paris; que l'*ex-roi* est à Eu; qu'on procède à la formation d'une Assemblée Constituante, etc.; enfin, il y a une heure, j'ai lu une troisième proclamation, adressée par le peuple français à l'armée, et qui est signée par Garnier-Pagès et Lamartine. Le bruit court, en outre, dans la ville, que les Belges ont déjà chassé leur roi. Tout est paisible ici.

Hier, après avoir écrit les premières pages de cette lettre, je suis sorti; j'ai rendu visite à M. d'E..., qui n'y était pas; j'ai causé avec sa grand'mère, qui a vu 89. Nous voici à peu près au même point qu'alors! Sera-t-on plus sage, plus modéré, plus vraiment libre? Respectera-t-on les biens et la conviction de

chacun? Ceux qui sont au pouvoir aujourd'hui ne
seront-ils pas renversés par de plus ardents qu'eux?
— Leur programme est beau; le suivront-ils? Leurs
résolutions sont grandes; pourront-ils les exécuter?
Ils sont de bonne foi, le seront-ils toujours?

. . . .

Après ma visite d'hier, je me rendis chez M. Girard,
notre capitaine en second, limonadier, place Notre-
Dame. On y distribuait des fusils; j'en reçus un, que
j'emportai sur l'épaule. D'ici à deux jours, ce sera
mon tour de monter à la citadelle, à la Bastille, et d'y
passer une nuit, avec ma compagnie; car c'est la
garde nationale qui occupe les forts; je veillerai de
là-haut sur 20 lieues de pays.

. . . .

Le *Constitutionnel* donnait aujourd'hui, dans un
supplément, les premiers actes du gouvernement
provisoire. Cela durera-t-il? Où cela nous conduira-
t-il? je voudrais m'endormir quelques années, et me
réveiller dans une république bien organisée.

. . . .

A *Laurent-Pichat.*

28 mars 1848.

Il y a cinquante-deux clubs à Paris; il y en a deux
à Grenoble; je devrais dire: il y en a eu deux. J'étais
de l'un; je suis de l'autre. L'un était le club modéré,
le club de la garde nationale; l'autre est le club
central républicain. J'étais allé au premier, par pur
esprit d'observation; j'y pensais trouver l'ordre,
chose assez rare; la sagesse, plus rare encore; mais
au lieu d'ordre, j'y vis quatre ou cinq avocats brouil-

lons et déclamateurs, qui occupaient le bureau; et la
sagesse était personnifiée dans un vieux président
imbécile. Après deux orageuses séances, il se fit dans
le club une révolution foudroyante, — un 18 bru-
maire; — on envahit le bureau; on détrôna le président
on chassa les avocats! Un bureau nouveau s'impro-
visa, composé d'hommes intelligents, dont plusieurs
ouvriers, — excellente graine pour l'avenir — des
gantiers. — Le nouveau président se trouvait être un
mystique, une sorte d'illuminé, assez bizarre et original, les yeux levés au ciel, les mains croisées sur la
poitrine. — Il me déplut.

Le lendemain, les avocats expulsés se vengèrent :
— l'arme? vous vous en doutez, l'arme de Basile :
« d'abord un bruit léger rasant le sol comme l'hiron-
delle avant l'orage »; — le mal est fait, il germe, il
rampe, il chemine, — vous voyez la calomnie siffler,
s'enfler, grandir à vue d'œil; — vous savez le reste.
— Le lendemain donc, le bruit courait par la ville
que le club était légitimiste, et le président, un
jésuite. — La chose était absurde.

Un de mes collègues, républicain fougueux, faisait
partie du bureau improvisé la veille. Il réunit aussitôt
quelques ouvriers; on se rendit chez le président
mystique, pour lui demander des explications;
celui-ci était aussi républicain que les autres; — un
persécuté de la Restauration; un catholique démocrate; — un fou, mais avec du bon; — on exigea de
lui une profession de foi républicaine des plus expli-
cites; on décida qu'en outre, le soir, à l'ouverture
de la séance, un des membres du bureau prendrait
la parole pour relever et repousser les bruits calom-
nieux, et traiter Henri V comme il mérite de l'être,
de haut en bas.

Je me rendis à la séance; j'étais dans mon coin;
inconnu, invisible. Le vacarme était terrible, risible;
— trois cents personnes de toute espèce, — la plus
discordante des fraternités! — Le président déchu
envahit la salle avec une troupe d'ouvriers qu'il
avait enivrés; — les cris : « A bas les carlistes! » de
retentir; — à quoi l'on répondait par des vociféra-
tions sans nombre : « Il n'y a point de carlistes ici! »
— L'un des avocats éliminés monte sur une table :
« Il y a ici une écume impure qu'il faut rejeter! »
— Tumulte croissant, trépignement, mêlée, pro-
vocations. — L'ancien président est ramené à son
siège; — les bancs sont renversés; les chandelles se
mettent à pleurer, et leur lumière, qui s'affaiblit, jette
une lueur étrange sur tout ce tohu-bohu.

Une voix s'écrie : « Puisqu'on nous accuse, il n'y a
qu'une façon de répondre : réunissons-nous au Club
républicain Central! que ceux qui sont vraiment
républicains me suivent! — L'orateur se précipite;
tout le monde suit : on traverse les rues de Grenoble,
en chantant la *Marseillaise*; — on envahit, sans trop
de bruit, le Club Central. Et voilà comment il se fait
que j'en suis aujourd'hui, par suite du même esprit
d'observation.

J'ai voulu voir de près ce que produit la liberté
d'association : j'affirme qu'elle ne produit ici que sottise, désordre, obscurité de l'esprit. Ah! nous avons
bien à faire pour être sages! pour penser avant de
parler! pour pratiquer sainement les maximes nouvelles! — Ce que j'ai vu, ce que je vois chaque soir est
tristement comique! — Il y a plus de deux mille personnes au Club républicain. — Le président bégaie;
les Boissy y regorgent; il y a là deux ou trois parleurs, qui, sur toute question, veulent dire leur mot.

Je n'ai encore entendu que deux hommes vraiment remarquables; hommes de sens et d'énergie; l'un est un ouvrier gantier, nommé Servonnet; l'autre un crieur public nommé Valentin; deux belles têtes, qui pétillent d'intelligence; je les voudrais voir à l'Assemblée. Ils n'y veulent pas aller. On y enverra des parleurs qui ne les valent pas : un *Crépu*, un *Froussart* un *Farconnet*, etc.; d'autres qui ont quelque mérite : le procureur général Saint-Romme. — Le père Lacordaire a ici peu de chances; j'en suis fâché; l'éloquence politique y trouverait son profit.

Ponsard est sur les rangs; on le repousse violemment. On croit répondre à tout en disant : c'est un poète! Mais depuis un mois nul n'a le droit de médire des poètes. Si notre révolution a dès l'abord paru pure et grande, c'est qu'un poète, homme de bien, y a travaillé, l'a garantie de mille excès, lui a imprimé ses plus nobles allures, ses mouvements les plus généreux. — Les autres n'ont guère fait que gâter sa besogne. Dans ce gouvernement provisoire, quel est l'homme que nous aimons par-dessus tout, que nous suivons des yeux avec le plus de sollicitude et d'espoir? c'est le poète! il y représente l'élément divin. — M. Ponsard n'est pas Lamartine; mais c'est un intelligent et laborieux jeune homme; il a donné des gages au bon sens, ce qui ne gâte rien en politique; j'aime à croire que les défenseurs du bon goût seraient aussi ceux du bon droit. — Pour nous bien représenter, après les ouvriers, je mets immédiatement les poètes; qu'il nous vienne des André Chénier, et nous leur ouvrirons les bras.

. . . .

Continuez de m'écrire le plus que vous pourrez; je meurs de rage de n'être point à Paris. — Pour-

tant, le vent d'Italie m'apporte ici le bruit qu'on y
fait; une partie de la garnison de Grenoble a pris
possession de Chambéry, sur la demande de Charles-
Albert, qui a ramené toutes ses troupes vers Milan.
— D'ici à peu la Savoie sera française, je l'affirme;
nous retrouverons notre département du Mont-Blanc.
Tous les Savoyards d'ici se désolent de ne point
prendre part aux élections.

Combien, depuis deux semaines, votre pouls bat-il
de pulsations? que devient votre Europe, vieil
enfer? l'Italie a-t-elle besoin de nous? Rome, est-ce un
froid couvent? un purgatoire? Et le soleil de Naples,
quelles scènes éclaire-t-il? Que vont dire à l'empereur
les Autrichiens qui vont rentrer à Vienne? L'idée a
passé par là plus vite que vous ne pensiez, cher prophète! Et la Prusse, un pays jeune et fort, est-elle en
retard? Et cette ardente jeunesse d'Allemagne,
refuse-t-elle encore de nous tendre la main?

A vous toujours.

. . . .

A ses parents.

Samedi, 15 avril 1848, 1 heure.

La physionomie de Grenoble est tout à fait originale depuis quelques jours. Pour le coup, je suis
vraiment dans une place forte, à neuf lieues de la
frontière la plus menacée, en cas de guerre. Les rues
de Grenoble sont pleines de troupes; presque toutes
les maisons logent des soldats; du matin au soir ces
pauvres diables rient, chantent, se promènent, se gri-
sent dans chaque cabaret, ce qui serait encore tolérable, s'ils ne hurlaient pas l'inévitable *Marseillaise*

ou le *Chant du Départ,* de façon à briser le tympan.
Outre le 13e de ligne, j'ai vu arriver tour à tour le
13e léger, venu de Marseille; le 22e de ligne, de Lyon;
deux bataillons de chasseurs à pied; un de hussards;
un de génie. Hier enfin, deux batteries de canons,
avec huit cents chevaux et un nombre considérable de
caissons et de fourgons, sont arrivées de Perpignan,
et une partie de la ville a été à leur rencontre. Il y a,
de plus, deux cents canons qui arment les forts, plusieurs compagnies de chasseurs d'Afrique échelonnés
le long des montagnes, de Grenoble à la frontière, à
Voiron, à Voreppe, à Crolles, au fort Baraut; enfin
un état-major assez considérable. Vous devez imaginer si ce mouvement de troupes, ce bruit de
chevaux, ces chants, ces cris, ces 80 capitaines, ces
340 lieutenants et sous-lieutenants, ces fourgons, ces
chariots traînés par des bœufs et qui amènent du
foin; si tout cela donne à la ville un aspect inaccou-
tumé! Cette animation militaire me plaît assez; les
gens de campagne, hommes, femmes, enfants, avec
leurs guêtres et leurs grands chapeaux, arrivent
chaque jour pour voir les troupes; et toutes les
grisettes sont sur pied, dans leurs plus beaux atours.

Le soleil a enfin reparu, après quinze journées de
pluie abominable. Il a bien fait; nous en avons
besoin pour demain dimanche : on plante l'arbre de
la liberté; il y aura revue et fête patriotique. On a
commencé par inviter le soleil, avant toutes les autorités; sans lui, la fête serait des plus maussades. Mes
collègues L... et V..., en qualité de membres du comité
central républicain, sont commissaires de la cérémonie; c'est ce bon V..., naguère obstiné conservateur, qui s'est trouvé chargé d'organiser le char, la
marche du cortège, comme aussi d'inviter l'évêque,

10

le général et les colonels des différents corps en garnison à Grenoble. — Encore une métamorphose, et
qui n'est pas la seule! — Moi, du moins, je puis me
vanter, comme ce cher père, d'être un démocrate de
la veille. Un mois ou six semaines avant la révolution,
C... et moi, en nous promenant du côté d'Uriage,
nous discutions sur des matières de politique, et tous
deux nous nous trouvions d'accord sur la légitimité
du suffrage universel et de la forme républicaine. —
V..., au contraire, dans une querelle que nous eûmes
un jour chez M. M..., repoussait même l'adjonction des
capacités. — O bizarre inconstance de l'esprit! versa-
tilité pleine d'enseignements! — V... est donc, comme
je vous le dis, commissaire pour la plantation du
peuplier. Moi, qui m'ennuyais au club, et qui n'y
suis plus retourné, j'ai l'honneur de n'être pas dans
les honneurs; comme Béranger, je me plais à ne
rien être.

Le cortège partira de l'Esplanade, après la revue;
il traversera une partie de la ville, s'arrêtera place
Notre-Dame, sous mes fenêtres; l'évêque sortira de
la cathédrale, avec son clergé, pour bénir l'arbre;
puis la marche reprendra jusqu'au quai; c'est là,
devant la grille du jardin de ville, qu'on plantera le
jeune et frêle arbuste, qui doit pousser de si puissantes racines, si Dieu daigne lui sourire! Que ne
pouvez-vous venir vous accouder tous à mes fenêtres!
ce sont places de choix, et que la foule enviera bien!

L'échauffourée de Savoie est tout ce qu'il y a de
plus ridicule au monde. Les Savoisiens de Lyon, au
nombre de 8 ou 900 ont pénétré un soir à Chambéry,
en passant par Saint-Laurent-du-Pont; ils se sont
emparés des postes, qui n'étaient pas occupés, et ont
proclamé la République. Les bourgeois et les paysans

de Savoie, qui sont fort satisfaits de Carlo Alberto, et
qui d'ailleurs se soucient peu de payer les 45 centimes additionnels, et de partager les charges un peu
par trop lourdes que nous supportons en ce moment,
se sont unis pour reprendre les postes, et jeter les
perturbateurs en prison; on s'est battu un jour;
le calme est rétabli, et la Savoie reste Savoie jusqu'à
nouvel ordre.

Ce qui est plus drôle, c'est le sort des commissaires du gouvernement dans le Dauphiné; cela fait
pitié, et l'on en hausse les épaules; c'est une comédie
de la plus singulière espèce. Dès les premiers jours
de la révolution, on nous envoya pour commissaire
un fort bon homme, un député du pays, un membre
de l'ex-opposition, M. Marion; on l'accueillit bien, il
usa peu de ces pouvoirs illimités que lui donnait la
munificence dictatoriale de Ledru-Rollin. — Il est
encore ici, et remplit les fonctions de préfet. —
Bientôt arriva un commissaire général pour les trois
départements, M. Froussard, ex-maître de pension à
Grenoble et à Paris, qu'on reçut froidement d'abord,
mais qui depuis s'est mis en rapports convenables
avec le pays, et qui ne déplaît pas; on le tolère, on
l'aime presque.

C'est ici que commence le plaisant de l'affaire;
trois commissaires arrivent coup sur coup à Valence,
dans la Drôme, avec des pouvoirs contradictoires;
le premier se trouve mis à la porte par le second, et
celui-là par le troisième. — Des troubles surviennent;
on se bat à Valence. — M. Froussard intervient,
renvoie les deux derniers commissaires et réintègre
le premier arrivé, M. Fournery. A ce moment, il
apprend qu'un nouveau commissaire est arrivé à
Grenoble, un nommé Félix M..., ancien rédacteur

de la *Revue de Paris* et de l'*Illustration*. Ce M...
s'adjoint à M. Marion, pour régenter le département;
il brouille tout, se met tout le monde à dos;
puis un beau jour, la semaine dernière, il s'en va
chez le payeur, emprunte deux mille francs, revient
à son hôtel, commande une chaise de poste, sous
prétexte qu'il va faire une tournée, monte dans la
chaise, et s'enfuit hors de France, on ne sait où,
laissant ici des dettes, un payeur dans l'embarras,
un aubergiste dupé, et toute une population furieuse.

Ce n'est pas tout; avant-hier, deux nouveaux
commissaires arrivent, l'un à Grenoble, l'autre à
Valence. M. Froussard les somme d'exhiber leurs
papiers; ils sont en règle. Mais, fort de son titre au
commandement des trois départements, ii ordonne
aux deux commisaires, de partir immédiatement, et
de ne plus reparaître; et qu'il considère leur nomination comme une erreur du ministre, ou comme
un abus arraché à sa bonne foi. Le commissaire de
Grenoble ne se le fait pas répéter; il détale immédiatement; celui de Valence veut résister, ameuter
les ouvriers, leur distribuer de l'argent. Aussitôt
M. Froussard le fait empoigner par deux gendarmes.
C'est dans cette position qu'il a traversé les rues de
Grenoble, et qu'on l'a reconduit jusqu'aux limites
du département.

Au lieu de s'irriter, on a fini par en rire; et chacun
a approuvé la fermeté de M. Froussard. Il faut
espérer que M. Ledru se lassera d'envoyer dans le
Dauphiné de nouveaux commissaires; et que la façon
dont on les remercie ici et ailleurs lui servira d'utile
leçon. — Cet homme serait dangereux, s'il n'était
pas si maladroit!

. . . .

Mardi matin.

Je ne vous ai pas rendu compte de la cérémonie de dimanche. Le temps était magnifique ; toute la ville pavoisée. Après une revue à l'Esplanade, le cortège s'est mis en marche, dans l'ordre suivant : des détachements de chasseurs à pied, à cheval ; d'artilleurs, de soldats du génie, de soldats de ligne, de gendarmes ; la musique militaire, la garde nationale à cheval ; le char, orné de draperies, traîné par six chevaux blancs ; le peuplier s'élançait du milieu du char qu'on avait orné de pins et de lilas, de feuillage et de jeunes enfants. Autour du char, les terrassiers qui ont déraciné l'arbre, et qui allaient le replanter ; ils portaient leurs instruments entourés de rubans. — Puis venaient : le commissaire du gouvernement, la commission départementale, le maire, la commission municipale, le général et son état-major, les officiers de la garnison, les chefs d'administration, le commandant de place et son état-major, etc. — Puis une députation de l'école de droit, avec bannière ; une de l'école de médecine, avec bannière ; une du lycée, une de l'école de sculpture, une de l'école maternelle, une du petit séminaire, une de l'école normale primaire, toutes portant leur bannière respective. — Venaient ensuite seize corporations d'ouvriers, tanneurs, gantiers, menuisiers, boulangers, mécaniciens, tisseurs, etc., etc., avec chacune sa bannière ; — enfin, la musique militaire, et les deux bataillons de la garde nationale.

La foule était grande, pour une petite ville. — Une foire, qui se tient au Jardin de Ville, avait en outre attiré beaucoup de paysans des montagnes. — Le coup d'œil était charmant. — La plupart de mes collègues, et l'aumônier du collège étaient venus me demander l'hospitalité de mes fenêtres, d'où nous vîmes très bien le défilé sur la place Notre-Dame, qui regorgeait de monde.

Le char s'arrêta devant la cathédrale. L'évêque, vieillard de quatre-vingt-quatre ans, sortit en grand costume, avec son clergé; et, tout tremblant de décrépitude, il bénit cet arbre, qu'il ne pensait sans doute pas voir encore avant de mourir.

Nous nous rendîmes ensuite sur le quai, dont on approchait difficilement. Nous vîmes de loin les gestes du maire et du commissaire qui prononçaient leurs discours, du haut du char; — puis le défilé des troupes eut lieu, avec force cris et chants. — Le soleil se couchait resplendissant, et les Alpes se dessinaient en blanc sur un ciel du bleu le plus pur.

Le soir, V... et L...., qui avaient présidé en partie, avec quelques autres personnes, au bon ordre de cette cérémonie, dînèrent avec les officiers et sous-officiers; ils burent beaucoup de bière; et l'on chanta à table la *Marseillaise*, que le maire, M. Farconnet, entonna le premier, d'une voix vibrante. — Il y eut fraternité touchante entre la troupe et les bourgeois; et je dus à cette bruyante fraternité de ne pouvoir m'endormir qu'à une heure du matin. — J'oublie de vous dire que dans la journée, pendant le défilé, un majestueux tambour-major, l'idéal du genre, s'approcha courtoisement de L..., qui est petit de taille, et lui dit : « Nous sommes tous frères aujourd'hui, tous égaux! donnez-moi la main, jeune homme! et vive la République! » — L... tendit la main, en s'élevant sur la pointe des pieds.

Il s'est formé ici un nouveau club, qui est public,

et se tient presque en plein air, sous les arcades de
la halle. Il s'intitule Club des travailleurs; le bureau
n'est composé que d'ouvriers; le président est un cor-
donnier; il y a parmi eux un ouvrier typographe vraiment distingué, du nom de Nicolet. — J'ai assisté
à deux séances, le soir à sept heures; l'une vendredi
dernier, l'autre hier. — Plus de quinze cents
personnes encombraient la halle; des ouvriers, des
bourgeois, des femmes; une cohue bruyante. Sur
une tribune éclairée par quatre chandelles, ornée de
deux drapeaux, siégeaient les membres du bureau.
— Le reste de cette grande masure, assez semblable
au Jeu de Paume, était dans une obscurité complète.
— Des ouvriers prirent la parole; les discours étaient
fougueux; on attaqua le Club central républicain, qui
sacrifiait les ouvriers aux avocats : « Arrière les
parleurs sans idée! » s'écriait-on. On dressa une liste
de candidats, composée de quatre ouvriers, quatre
agriculteurs, un soldat, un magistrat, un prêtre,
deux commerçants, deux savants. — C'était là un
club vraiment révolutionnaire; le lieu, la foule, la
pâle lueur du suif, ces grandes arcades pleines de
monde, ce langage grossier et énergique, tout con-
tribuait à faire de cette réunion un spectacle nouveau, saisissant, dramatique.

Hier soir, la séance fut plus orageuse encore : il
pleuvait; la halle était encombrée. Il y eut scission
dans le bureau. On accusa les ouvriers de commu-
nisme; ils se défendirent. On cria, beugla, siffla,
hurla; on rit même beaucoup; car rien n'est moins
effrayant que ces terribles réunions. Des ouvriers
demandaient la parole, d'autres leur criaient : « Tu-
la-z-as! » — et chacun de rire!

Une femme de soixante ans, en chapeau fané,

monte à la tribune : « Citoyens! j'étais noble, j'ai
sacrifié mon titre et mon nom à la cause du peuple!
je suis peuple! écoutez-moi! » Et alors, au milieu
du tumulte, des sifflets et des railleries, elle se met
à déclamer mille folies incompréhensibles; après
quoi, on la fit déguerpir. — Un ouvrier sculpteur,
nommé Sappey plaida lui-même sa candidature; on
ne l'écouta pas. Des délégués de Saint-Marcellin et
de la Tour-du-Pin essayèrent de se faire entendre,
sans plus de succès. — On se sépara, par une pluie
battante, et le vent mêlé à la pluie éteignit les chandelles. — Un de ces ouvriers avait fait une pièce
de vers adressée à ce Sappey, qui avait quelques
chances pour l'Assemblée nationale; la pièce commençait ainsi :

  « Tu vas au paradis, tire-nous de l'enfer! »

. . . .

A ses parents.

Dimanche, 30 avril 1848.

Chers parents, je vous ai promis le récit de mon
voyage, et ne veux pas retarder plus longtemps l'effet
de cette promesse. Un affreux mal de dents, qui n'a
pas encore cessé, m'a seul empêché de me mettre à
cette besogne dès mon retour. Ces douleurs-là anéan-
tissent un homme et le rendent incapable de rien
entreprendre : Louis-Philippe serait encore sur le
trône, si tous les républicains avaient eu mal aux
dents le 24 février!

Nous sommes partis de Grenoble le lundi, 24 de ce
mois, dans la diligence. Nous avions voté la veille, au
milieu du plus grand calme. Bien que la banquette

ne fût que de trois places, nous nous étions arrangés
pour y rester tous les cinq ; je m'étais accroupi sur la
toile goudronnée, parmi les paniers et les malles,
à ciel découvert. Perchés de cette façon, en costumes
des plus négligés, vrais touristes, rieurs et bruyants,
nous donnions à rire à tous les villageois ou villa-
geoises, sur la route de Grenoble à Chambéry. Je
crois vous avoir déjà dit que nous rencontrâmes
plusieurs troupes de paysans, tambour, drapeau,
maire et curé en tête, qui allaient voter à leurs chefs-
lieux d'arrondissement. Nous passions au milieu
d'eux, en criant : « Vive la République! »; ils nous
répondaient par des cris semblables; les vieillards
aussi avaient voulu prendre part à ce premier vote de
notre jeune république; ils marchaient les derniers,
lentement, courbés par l'âge, appuyés sur leurs
bâtons, et songeant au passé; ils semblaient jeter
un regard mélancolique sur leurs fils, qui ouvraient
joyeusement la marche, et chantaient à tue-tête tous
nos grands refrains de victoire!

La route de Chambéry longe la rive droite de l'Isère,
entre le fleuve et les montagnes. La vallée est merveilleusement bien cultivée, d'une fertilité rare et
de l'aspect le plus charmant. L'Isère forme mille
circuits, et les prairies qui la bordent à droite et à
gauche, jusqu'aux pentes escarpées des montagnes,
sont des jardins d'une régularité parfaite, et du plus
beau vert. Les deux côtés de la vallée ont un caractère
tout différent; à droite, le long de la route que nous
suivions, toutes les montagnes sont à pic, et s'élèvent
vers le ciel, de l'air le plus sauvage ; rien que des
rochers nus, des bois de sapins, des chutes d'eau, une
nature bouleversée et très propre à inspirer l'effroi ;
à gauche, au contraire, des collines en pentes douces,

recouvertes d'une belle verdure, des sommets arrondis et partout cultivés, des villages, des châteaux dispersés sur les côtes, de petits ruisseaux perdus dans les bois; c'est absolument l'aspect de la Suisse, dans sa partie coquette et gracieuse, à l'entour de Genève ou de Berne.

Ainsi, des deux côtés de la vallée, le travail souterrain a produit des effets tout contraires; ici il a soulevé les rocs, et les a suspendus tout droits entre la terre et le ciel; là, il a incliné les couches, les a recouvertes de limon, et a permis que l'Isère les pût fertiliser dans les grandes crues. Toute cette vallée, du reste, s'est formée du limon même de l'Isère.

Nous vîmes, entre Saint-Imier et Bernin, des cascades gigantesques, le long de la montagne que nous suivions; des chutes doubles et triples, de plus de deux cents pieds, de telle sorte que l'eau s'évapore en poussière de pluie, avant d'arriver à terre. Si nous avions eu le temps, nous serions montés à l'une de ces cascades. Nous apercevions les petits sentiers qui y conduisent; mais la diligence roulait, et nous étions ses prisonniers. Nous traversâmes plusieurs lits desséchés de torrents plus larges que la Seine. C'est chose incroyable, pour qui ne l'a pas vu. — Durant l'espace de quatre ou cinq cents pas de largeur, la route et la vallée sont couverts de pierres, de débris, de troncs d'arbres, où paraît l'invincible action des eaux; c'est un spectacle terrible, même quand le torrent est à sec; tout a un aspect désolé aux alentours; point d'habitations, nulle culture.

. . . .

Nous arrivâmes vers les deux heures à Chapareillan, notre bourg frontière. Un pont de pierre, sur un ruisseau, sépare la France de la Savoie. La douane fran-

çaise est un misérable taudis; la douane sarde est
un assez beau bâtiment, à l'autre extrémité du pont.
Ce ne fut pas sans une certaine impression, du reste
indéfinissable, que je me trouvai hors de France,
pour la première fois. Je m'étonnais que tout fût
semblable, et que rien ne vînt avertir mes sens, ni la
couleur des objets, ni leur forme, que j'étais sur une
terre étrangère, dans un pays nouveau. Je me trompe ;
quelque chose vint m'en avertir : la vue grotesque des
douaniers sardes et des carabiniers royaux. Quelles
mines piteuses! quel ingrat costume! les couleurs les
plus disparates : le jaune, le vert et le bleu. Nous
vîmes aussi le drapeau de la Savoie; croix blanche
sur fond bleu. On visita les effets des voyageurs,
mais nullement leurs personnes. Vous savez que je
n'avais emporté, comme effets, que ma canne et ma
jumelle; plus, dans ma poche, une chemise, des bas
et deux mouchoirs; impossible d'être plus léger;
j'avais l'air d'aller au spectacle, beaucoup plus qu'en
voyage.

. . . .

La différence de culture est très sensible, quand on
va de France en Savoie. Le sol paraît stérile; les
prairies sont négligées; les arbres sont grêles; les
montagnes sont laides et pelées. On perd de vue ces
magnifiques rochers boisés qui séparent la vallée de
l'Isère de celle de la Chartreuse; ils disparaissent
dans la neige et les nuages, et font place à une plaine
assez sale, qui s'étend jusqu'à Chambéry. Nous
laissâmes à notre droite l'Isère, qui remonte vers la
Suisse, le long du mont Meillan. Nous passâmes à peu
de distance des *Charmettes*, où demeurait Rousseau
avec Mme de Warens, de romanesque souvenir.
Enfin, vers trois heures et demie, après sept heures de

voyage, nous arrivâmes à Chambéry, devant l'hôtel
de la poste, à deux pas du Théâtre.

. . , ...

Dans la cathédrale, un tableau de Raphaël, tout
gâté, avec de beaux restes. Dans l'église des Corde-
liers, assez curieuse, nous vîmes un grand enterrement; le *De profundis* et le *Dies iræ* étaient psalmo-
diés par une trentaine de capucins, en robes brunes,
nu-pieds, la tête rasée, longues barbes, la corde aux
reins; leurs figures étaient admirables : je rentrai
deux fois dans l'église, pour les voir de près; c'est
ce que j'ai vu de plus original à Chambéry. Toute la
ville suivait cet enterrement. Ce fut une excellente
circonstance pour nous, d'examiner la physionomie
des habitants : beaucoup de figures brunes et ita-
liennes, parmi les femmes surtout; de très beaux
yeux. — Chambéry est traversé par un torrent, appelé
l'Aix qui se jette, à Aix, dans le lac du Bourget. —
Quelques ponts de pierre. — Les costumes des habitants, absolument comme en France, sauf quelques
bonnets savoyards, à coiffes plates.

. . . .

Les Bernardins [1] ont de grandes robes blanches avec
un surtout noir. — Vous dire l'impression que nous
fit la chapelle d'Hautecombe est impossible; c'est
une dentelle, une guipure; pas une pierre qui ne
soit sculptée; partout des statues, de riches tom-
beaux, du marbre et de l'albâtre, des boiseries pré-
cieuses. L'effet est prodigieux; un demi-jour mystérieux, des tombes silencieuses, des vitraux bleus et
roses, de grandes arcades, des chapelles travaillées

1. Les voyageurs vont à pied de Chambéry à Aix; ils visitent
l'établissement thermal et traversent le lac du Bourget pour
visiter l'abbaye de Hautecombe occupée par les Bernardins.

avec un art unique; peut-être un peu de surcharge,
mais dont on n'ose se plaindre, tant l'ensemble
est remarquable ; rien de commun absolument avec
les églises de France; c'est tout italien déjà, comme
le ciel qui se reflète dans le lac. Nous ne pouvions
nous lasser d'admirer.

. . . .

Le frère portier nous ouvre[1]; il appelle le frère
Jean-Marie, qu'on nomme le frère visiteur; — c'est
un vieux chartreux, bossu et jovial. Il nous établit
dans une grande salle à petits vitraux en losanges,
fait un feu d'enfer dans une vaste cheminée, nous
apporte des chaussons, des manteaux, des chemises;
et nous voilà tous, nous déshabillant complètement,
tordant nos vêtements, et nous réchauffant à ce bon
feu de hêtre et de pin. Il va, vient, cause avec
nous, nous prépare notre dîner, et nos cellules pour
la nuit. — Il y a trente-deux ans qu'il est frère visiteur; c'est lui qui, seul, depuis ce temps, a reçu tous
les voyageurs, illustres ou obscurs, qui sont montés
à la Chartreuse. — Lui, le frère portier et le père
général, ont seuls la liberté de parler aux voyageurs.
Les autres chartreux doivent garder le silence. —
A sept ou huit heures, nous dînons : bon vin, chartreuse, œufs, pommes de terre, panade, poissons,
figues et noix. — On se chauffe encore, et l'on va se
coucher, chacun dans sa cellule.

. . . .

Matines venaient de sonner; — je m'habille à demi,
je m'enveloppe à la hâte dans un vaste manteau, et,
mon bougeoir à la main, je monte, avec trois de ces

1. Revenus à Chambéry, les excursionnistes en sont repartis le
matin pour se rendre à la Grande Chartreuse. Ils font le trajet
à pied et sont surpris par l'orage.

messieurs, les larges escaliers qui conduisent à la chapelle. — V... resta couché. — Il faisait froid; nous nous assîmes, grelottants, dans une tribune. L'église était plongée dans une obscurité profonde. Quand les derniers coups de cloche se furent éteints, une petite porte s'ouvrit au-dessous de nous, et les Chartreux, vêtus de leurs robes de laine blanche, entrèrent lentement, chacun sa lanterne à la main. Ils étaient cinquante à peu près; ils prirent place dans leurs stalles. Leurs lanternes, posées près d'eux, n'éclairaient que leurs bréviaires; encore, de temps en temps, quand ils s'agenouillaient, ils tournaient leur lanterne à terre, et l'obscurité redevenait complète. Ils chantaient tous, à l'unisson, sur un ton très bas, des chants graves, appropriés au lieu, à l'heure, à cette solitude, à cette obscurité. — Vous ne verrez pas tout cela, chère mère et Valérie; car aucune femme ne peut pénétrer dans la Chartreuse : les voyageuses couchent hors du couvent, dans l'infirmerie. — Nous quittâmes la tribune avant la fin de l'office; car le froid nous gagnait par trop; je dormis fort bien le reste de la nuit.

Quand je me réveillai le matin, et que j'ouvris ma fenêtre, le soleil éclairait les cimes neigeuses. — Nous fûmes bientôt tous sur pied. Le frère Jean-Marie nous vint prendre, et nous fit visiter le couvent, les chapelles, la bibliothèque, la salle du chapitre, les galeries des portraits de tous les Prieurs de l'Ordre, les grands cloîtres sonores, où sont placées les cellules des moines, le cimetière, etc., etc. — Tout cela est d'une grandeur, d'une majesté tout à fait religieuse. — Il vous prendrait des envies de se faire chartreux, s'il ne fallait pas se relever tous les soirs à minuit. — Nous rendîmes ensuite visite au

Père Général, prieur de l'ordre, et général de tous les Chartreux de France. — Il ne quitte *jamais* la Chartreuse, pas même pour descendre au village le plus voisin. — Il nous reçut fort bien : c'est un homme brun, de quarante à cinquante ans, qui paraît un peu commun, et d'une intelligence très ordinaire.

Après cette visite, nous reprîmes notre petit bagage et nos vêtements secs, nous bûmes encore de la chartreuse, nous payâmes la dépense; puis, ayant embrassé tous le bon vieux frère Jean-Marie sur ses six poils de barbiche, rouges et blancs, ayant acheté quelques chapelets et médailles, chez le frère portier (j'en enverrai à Dijon, et vous en emporterez à Paris, pour les personnes que je vous dirai), nous quittâmes la Chartreuse. Il s'agissait de revenir à pied à Grenoble, nous voulions revenir par le Sappey, malgré le frère Jean-Marie, qui nous avait dit que les chemins étaient bien mauvais, et qu'il était plus prudent de redescendre à Saint-Laurent, et de prendre la voiture. Mais nous étions avides de voir les montagnes et les bois du Sappey, qu'on nous disait fort beaux; et de plus, il faut vous dire qu'il ne nous restait plus, à nous cinq, que trente-deux sous; argument que nous ne pouvions pas opposer au chartreux, mais qui était invincible à nos yeux! — Nous avions si bien et si largement vécu en Savoie, que nous étions revenus gueux à faire pitié! — Trente-deux sous! — Il n'y avait pas à hésiter, il fallait revenir à pied par le Sappey; huit lieues de montagnes!

. . . .

Nous arrivons au village du Sappey[1], au pied du

1. Ils marchent de neuf heures du matin à quatre heures de l'après-midi et ne prennent sur le chemin que du lait dans un hameau, et se rafraîchissent avec de la neige fondue.

Saint-Eynard; il nous restait douze sous; nous demandons une bouteille de vin qui nous coûte six sous. Nous continuons notre course; le temps était d'une pureté charmante. Nous voici en bas, aux portes de Grenoble; il est cinq heures. Chacun nous regarde avec admiration; car la boue qui nous couvre dit assez à tous que nous venons de la Chartreuse par de terribles chemins! — V... et C... entrent dans un cabaret, pour prendre un petit verre, nous leur avions cédé les six sous restant; cinq étaient dans la poche de C..., le sixième dans celle de V... — Ils boivent : C... tire les cinq sous, et dit à V... avec un calme imperturbable : « Je n'ai que cinq sous de monnaie; as-tu de la monnaie »? « Je crois qu'oui, dit V... » Il met la main dans sa poche, paraît chercher, et tire flegmatiquement le dernier sou qui nous restât. — Nous rentrâmes à vide à Grenoble. Nous avions emporté en tout 165 francs. Ce qui fait que notre voyage, le plus beau qu'on puisse faire dans ce pays, en si peu de temps, nous a coûté à chacun *33 francs*.

. . . , ...

———

A ses parents.

Lundi, 10 juillet 1848.

Chers parents

Je vous aurais déjà répondu, il y a plusieurs jours, et aussitôt après la réception de votre bonne et rassurante petite lettre, sans la présence des inspecteurs généraux à Grenoble. Ils sont arrivés à l'improviste, mardi dernier, et ne partent que ce soir ou demain. Vous concevez que dans une circonstance pareille, j'aie eu surcroît d'occupations, et qu'il m'ait fallu

consacrer à ma classe plus de temps qu'à l'ordinaire.
De là le retard de la présente lettre. Du reste, partant
aujourd'hui, elle vous parviendra tout juste pour le
13 juillet, et vous pourrez, en la lisant, boire quelques
petits verres de chartreuse en l'honneur de mes
vingt-cinq ans! — Vingt-cinq ans! est-ce bien
possible? avoir déjà vécu vingt-cinq ans, c'est-à-dire
le tiers de l'existence, à peu près, quand rien n'entrave
les lois de la nature! — Et comment les ai-je passées,
ces vingt-cinq années? — Une enfance souffreteuse
et gâtée, des jeux, des distractions paisibles, une
jeunesse écoulée sans secousse parmi les joies ou les
tristesses de la famille, une adolescence laborieuse,
assaisonnée d'examens et d'études ingrates; enfin,
vingt-cinq années plus heureuses que malheureuses,
plus à regretter, à aimer, qu'à maudire, en dépit des
illusions, des peines passagères, des déceptions communes à cet âge!

Quelles espérances, quelles déceptions, quelles pensées, quels événements, quelles joies, quelles tristesses
nouvelles m'attendent, durant les vingt-cinq années
qui vont suivre, si Dieu veut bien me les accorder?
— Ah! j'aime mieux n'en rien savoir. Avenir! Avenir!
reste obscur, enveloppe-toi de tous les voiles, couvre-
toi de tes plus mystérieux nuages, pour me dérober
le bien ou le mal que tu me réserves! — Vivre au
jour le jour est encore ce qu'il y a de mieux, tant
sont vaines nos espérances et fragiles nos projets!

Lorsqu'à six ou sept ans je me roulais au soleil
sur la pelouse de notre maisonnette d'Yerres, parmi
les fleurs et les abeilles, pensais-je que j'irais un
jour m'asseoir sur les bancs d'un collège, parmi le
grec et le latin? Quand, plus tard, j'allais, les compas
dans ma poche, la planche à dessin sous le bras,

11

chez l'architecte de la rue Saint-Martin, pour y tracer des ronds et des lignes, des colonnes et des chapiteaux, me doutais-je qu'un jour j'irais habiter les dortoirs humides de l'École Normale, et qu'il me faudrait subir des examens dont le nom seul est un épouvantail?

Quand, vers seize ans, insouciant écolier, j'organisais au logis ces représentations dramatiques, qui nous faisaient goûter si vivement la joie d'être unis, et de nous récréer en famille, songions-nous qu'un jour je serais séparé de vous? — quand, ensuite, je vous quittai bien triste pour me rendre à Dijon dans un exil que je maudissais d'avance, pouvais-je prévoir que cet exil aurait pour moi des charmes inattendus, et que je quitterais avec des larmes cette ville où je n'étais venu qu'avec des larmes? — Quand, enfin, nos voisins du premier étage, Mme C..., Eugénie, cette pauvre Alix nous parlaient avec ravissement de Grenoble, leur pays, de leurs montagnes, pouvions-nous supposer un instant que le sort fantasque me conduirait un jour dans cette province lointaine, comme pour me railler, et m'apprendre la force de ses volontés, et l'impuissance de nos prévisions?

Donc, à quoi bon prévoir encore? Le bien et le mal nous arrivent sans notre participation; laissons faire le ciel. A lui de juger s'il convient que nos espérances se réalisent ou non; il ne nous demande pas notre avis. Nous agissons, de notre côté, en vue d'un objet désirable; il agit, du sien, en vue d'un objet semblable ou contraire. Et si nous obtenons ce que nous poursuivions de nos vœux, ce n'est point parce que nous l'avons voulu, mais parce qu'il l'a voulu en même temps que nous.

Mais laissons ce sujet plus ou moins philosophique.
Il ne faudrait pas abuser de cette doctrine, qui nous
conduirait tout net au fatalisme, de telle sorte qu'il
ne me resterait plus qu'à me coucher et à laisser
venir les événements, comme font messieurs les Turcs !
— Ce n'est pas là ce que je veux dire. Il est bon
d'agir, et de vouloir une chose. La volonté, du moins,
quoi qu'il arrive, procure le repos à la conscience, et
ne lui donne pas lieu d'avoir des regrets ou des
remords, pour n'avoir point agi dans tel sens ou dans
tel autre. — C'est ainsi que je veux tout mettre en
œuvre pour rester à Paris, ou très près, l'année
prochaine. J'en ai parlé à M. Alexandre[1], qui a été fort
bienveillant, quoique un peu raide de sa nature. Il
m'a promis que je ne resterai point à Grenoble, mais
il veut que je garde une rhétorique. Il n'a pas trop
voulu entrer dans mes idées par rapport à la distance
où je suis de Paris; mais je l'ai laissé dire, et ce n'est
pas sur lui, mais sur M. Lesieur[2], que je compte pour
me donner satisfaction sur ce point.

. . . .

Jeudi dernier, il y a eu ici fête funèbre pour les
victimes de juin. C'était fort beau. La cérémonie à eu
lieu à l'Esplanade, où l'on avait élevé un vaste autel
entouré de deux amphithéâtres. — On y a dit la messe,
en présence de toute la garnison, de toute la garde
nationale, de la ville entière; les autorités, en grands
costumes, occupaient les amphithéâtres; nous y
sommes allés tous en robe, avec les Facultés, les
inspecteurs généraux, etc.; — il y a eu défilé. — J'ai
fait, ce jour-là, sur les événements, bien des réflexions

1. M. Alexandre l'avait vu en tournée d'inspection générale.
2. Chef de division au ministère de l'Instruction publique.

que je vous épargne ; mais je suis toujours bon républicain ; et quelque tristes que soient les choses,
quelque stupides que soient les hommes, ma confiance
en l'avenir de la république n'est pas encore ébranlée.

—————

A ses parents.

Dimanche, 16 juillet 1848.

. . . .

Je t'ai raconté, chère maman, notre course au Saint-
Nizier. — Cette fois-ci, c'était bien autre chose :
il s'agissait de monter à la Dent de Crolles, —
2 060 mètres au-dessus du niveau de la vallée. — C'est
le point le plus élevé de la chaîne de la Chartreuse;
car le Grand Som n'a que 2 030 mètres et le Saint-Nizier
2 040. — Mais ce qui fait surtout de la course à la Dent
de Crolles quelque chose de rare et d'effrayant, c'est
la difficulté. — On n'y monte presque jamais; le roc
y est partout à pic; on y trouve toujours de la
neige, etc.; tout cela nous tentait. — A deux heures
de l'après-midi, le chapeau gris sur l'oreille, la gourde
au côté, mon carnier sur le dos, mon bâton à la
main, mes épingles d'insectes dans ma poche, j'allai
rejoindre la voiture de Bernin, au Pont de fer, avec
C..., B..., S..., Cl... et le fils du propriétaire de C...,
tous en costume pareil au mien, mince et bon marché,
comme moi; quelques-uns en blouse; deux avec des
manteaux de toile cirée; — caravane grotesque. —
Nous avions un gigot, un saucisson, du vin et de
l'eau-de-vie.

A cinq heures nous étions à Bernin, attablés dans
le cabaret de *Berger*, où nous dînâmes copieusement,
mais sans entamer nos provisions. — C'est là que

commença notre ascension. — Nous ajoutâmes à
nos bagages deux pains de quatre livres, des cou-
ronnes; j'en pris une en bandoulière, et Cl... l'autre.
— Nous montâmes de Bernin à Crapaunand, jusqu'au pied de la grande cascade. — Quoiqu'il y eût
peu d'eau, la chute était belle encore; — elle a quatre-
vingts mètres, en un seul jet, et n'arrive en bas que
sous la forme de fine poussière d'eau. — Le chemin,
ou plutôt le sentier, monte sur les flancs de la cascade;
il est taillé à nu dans le roc, et, d'en bas, il est impossible de deviner qu'il existe. — Nous grimpâmes des
heures ainsi. — Le temps était fort beau, quoique la
Dent de Crolles fût cachée au loin dans les nuages.

Arrivés au sommet de la cascade, que nous exami-
nâmes de près, en descendant le long du rocher
jusqu'au réservoir d'eau, nous entrâmes dans les bois,
puis dans de grandes prairies, qui nous conduisi-
rent enfin jusqu'au hameau de Saint-Pancrace. Il faisait nuit sombre. quand nous y arrivâmes; ce village
est à la hauteur de la galerie du Saint-Eynard; à trois
lieues plus loin, sur la même ligne.

Il s'agissait de trouver l'auberge de Mme Héraut,
qu'on nous avait indiquée. — Hélas! quelle auberge!
quel pays perdu! — quelle misère! — Une horrible
cabane, dans un pré; — dans cette cabane, autour
d'un grand feu, car on se chauffe toujours, à cette
hauteur-là, même le 12 juillet, le cabaretier, sa femme,
et un tas de garçons qui mangeaient de la soupe. —
On nous céda la place au feu; nous nous déshabill-
lâmes à moitié, pour faire sécher nos vêtements
trempés de sueur. — Nous voulions faire du vin
chaud; mais il n'y avait pas de sucre dans tout le
hameau. — Nous bûmes donc du vin froid; et, une
heure après, quand nous fûmes réchauffés, de bon

lait qu'on venait de traire, et dont je me régalai. —
Restait à s'occuper du coucher. — Nous cherchions
des yeux où se trouvaient les chambres des voyageurs. — Nous demandâmes s'il y avait six lits. —
On nous regarda avec ébahissement. — « Nous
n'avons pas de lit, nous dit-on ; mais il y a la grange,
et du bon foin ».

La chose était si bizarre, si imprévue, que nous
en rîmes de bon cœur ; et comme, enfin, il fallait se
reposer, pour se lever à deux heures du matin et
monter à la Dent, nous nous dirigeâmes, vers dix
heures et demie, avec un des garçons et une lanterne,
à cinquante pas de la maison, où se trouvait la
grange. On nous fit monter par une échelle raide,
dans ce lieu somptueux, où s'élevaient des monceaux de foin odorant, peuplé de rats et d'insectes.
Nous apercevions la lune par une lucarne ; au-dessous
de nous, sous le plancher de poutres où nous étions,
logeaient les mulets, vaches, bœufs, qui frappaient
du pied, respiraient, beuglaient, ruminaient, et nous
tiraient notre foin par les fentes. — Le garçon et la
lanterne partis, chacun de nous se fit son lit, se
creusa une fosse profonde dans le foin, et, tout
habillés, après nous être seulement débarrassés de
nos chaussures, nous nous fourrâmes dans notre lit.

C'était la première fois que je couchais comme les
voituriers et les muletiers. Cela me parut d'abord
très agréable. — Le foin était fort doux ; l'odeur des
vaches montait à nous de tous côtés ; il faisait très
chaud, quoique tout fût ouvert par plusieurs côtés.
Nous étions donc fort joyeux de l'aventure ; — mais
quand il fallut dormir, cela devint moins agréable :
— les pailles nous piquaient, pénétraient nos vêtements, les perçaient ; le foin, écrasé par le poids de nos

corps, devenait un lit de moins en moins moelleux ; — son odeur, très forte, nous montait à la tête. Les araignées se promenaient sur notre corps ; les moucherons voltigeaient, les rats trottaient, les mulets se battaient, les bœufs ronflaient au ratelier, et le vent soufflait au dehors. — Somme toute, nous dormîmes assez mal. — Je me remuai toute la nuit, pour trouver une position plus douce, pour ramener du foin sous ma tête ou sur mes pieds ; — j'étais enterré jusqu'au cou.

A une heure du matin, C...., trompé par la lune, crut le jour proche, nous réveilla, tâta dans l'obscurité les aiguilles de sa montre ; puis descendit par l'échelle, pour fumer un cigare avec L... ; ils aperçurent la Dent de Crolles, qui se découvrait comme un grand fantôme. — Je sommeillai encore une heure. A deux heures et demie, nous nous levâmes tous ; je me rafraîchis le visage à une source qui coulait près de la grange. Il faisait frais et très bon ; mais le ciel s'était chargé de nuages. Nous réveillâmes le guide, que nous avions retenu la veille ; c'était un des fils de l'aubergiste ; — il prit deux falots et des chandelles ; car, outre qu'il faisait très sombre dans les bois et les nuages, nous devions visiter le trou du Glaz, grotte fameuse, où l'on trouve de la glace toute l'année.

Nous voilà en route, à travers champs, bois, torrents ; je portais une des lanternes, le guide l'autre. — Il fallut faire beaucoup de chemin pour tourner la Dent de Crolles ; car, par devant, c'est une muraille inaccessible de douze ou quinze cents mètres de haut. — Tu dois te rappeler, maman, d'avoir vu[1], de

1. Sa mère et sa sœur étaient venues lui rendre visite à Grenoble et étaient restées avec lui de la fin du mois de mai jusqu'au milieu du mois de juin 1848.

Prémol, cette espèce de tour de rochers énormes dans la direction de la Chartreuse, et sans aucune végétation au sommet? — c'est la Dent de Crolles.

Vers quatre heures du matin, nous fûmes enveloppés par les nuages, dans un bois de sapins. — Nous en sortîmes un instant, en traversant de grands pâturages où se trouvaient près de cent vaches qui broutaient l'herbe couverte de rosée. — Près de là une cabane de pâtre, que nous laissâmes à notre droite. Les nuages nous reprirent; le guide perdit le sentier; — il ne put le retrouver qu'en avançant en ligne droite vers un précipice le long duquel ce sentier passe. — La montée commençait à être rude; — nous traversions toujours de grands pâturages en pente très inclinée, parsemés de petits sapins rabougris. — Le jour était à peu près venu quand nous arrivâmes au pied du rocher. — Tous les chemins que j'ai gravis dans les montagnes ne sont rien en comparaison de celui que nous suivîmes alors, nous servant des mains, des pieds, des genoux, pour nous hisser de rocher en rocher; il nous semblait monter aux tours Notre-Dame par le dehors.

Après bien des efforts, ravis de cette ascension étonnante, nous arrivâmes au trou du Glaz. — C'était comme une gueule noire qui s'ouvrait béante dans le rocher. Nous y déposâmes nos lanternes, pour y entrer, en descendant du sommet. — Vous dire le spectacle que nous eûmes, de cet endroit, au moment où le jour était tout à fait venu, serait impossible. — C'était un des effets les plus rares et les plus curieux des pays de montagnes, au dire même du guide. — Les nuages formaient, à cinq ou six cents mètres *au-dessous* de nous, une mer immense, unie comme un miroir, blanche comme du lait. — Où nous étions,

il n'y avait pas un nuage; le ciel était pur. — Sur
cette mer immobile et d'un si beau blanc, à travers
laquelle on ne distinguait rien, absolument rien,
comme si jamais il n'y avait eu au-dessous des vallées
et des villages, s'élevaient de distance en distance,
pareilles à des îles escarpées, les cimes des montagnes
de la Chartreuse, le Grand Som, le Chamechaude, le
Pic de Sarcenas, le Saint-Nizier, le mont du Chat, la
montagne des Échelles; — ces cimes, les plus hautes
de ce pays, étaient les seules qui s'élevassent ainsi,
avec la Dent de Crolles. — Le Saint-Eynard et toutes
les petites montagnes étaient sous les nuages invisibles. — Les pics que je viens de nommer étaient
isolés, sans communications, et la nappe des nuages
venait en baigner les bords et y formait comme une
écume légère, qui complétait l'illusion. — C'est la
mer, c'est l'océan dans toute sa beauté, dont l'onde
se serait transformée en lait! — Non, jamais je ne
verrai spectacle pareil, et il faut l'avoir vu, pour comprendre jusqu'à quel point la nature peut combiner
des beautés qui dépassent l'imagination humaine!

Après avoir bien regardé, il fallut continuer notre
ascension. Nous traversâmes des fentes de rochers,
où jamais nul de nous n'eût deviné un chemin; —
l'une était si étroite, que Cl... eut peine à y passer;
— le rocher ne voulait pas reculer, ni son ventre
non plus; ce dernier céda enfin; — puis, nouvelle
escalade à travers des rochers poreux comme de
la pierre ponce; — il fallait sauter de l'un à l'autre en
s'aidant de son bâton ferré. — Les rhododendrons et
les bruyères des Alpes commençaient; les rhododendrons étaient dans leur plus belle floraison;
c'étaient d'admirables buissons roses, comme des
bois de lauriers ou de grenadiers. — La végétation

diminuait au fur et à mesure que nous montions ; nous trouvions dans les rochers de grands monceaux de neige toute gelée.

Nous avions faim ; nous nous arrêtâmes à une demi-heure du sommet, et fîmes grand feu. — C... avait un fusil, l'autre jeune homme avait un pistolet ; ils tirèrent des salves en mon honneur, et j'inaugurai mon 13 juillet[1] au milieu des coups de fusil, ou de pistolet, parmi les sapins, la neige et les nuages, à 2 000 mètres au-dessus du sol. — Le feu de sapins flambait ; C... se mit à chasser, et tua quelques *alpins* (oiseaux fort rares et délicats) dans les rochers d'alentour. — Pendant ce temps, nous apprêtâmes le repas ; le guide alla chercher de l'eau à une source assez éloignée. — Bien reposés, nous montâmes au sommet ; c'est une longue crête, qui n'a guère plus de huit ou dix pieds de large ; elle est bordée par le plus effrayant précipice ; le roc est droit comme un mur ; et quand nous y jetions de grosses pierres, nous n'entendions pas le choc au fond.

Ce qui augmentait l'horreur de ces lieux, c'est que les nuages s'étaient élevés et nous entouraient de toutes parts ; on ne se voyait pas à quinze pas ; — nous avions un sifflet pour nous appeler. Sur la pointe de rocher où nous étions, de quelque côté que nous jetions les yeux autour et au-dessous de nous, c'était le vide, l'obscurité nuageuse. — La terre avait disparu. Rien qui rappelât l'homme. Nous étions séparés du monde ; nous semblions voyager dans l'atmosphère, sur un gros caillou. — Assis au pied d'un monceau de pierres, nous laissâmes passer les nuages ; j'essayai de dormir, mais j'avais trop froid.

1. C'était le jour anniversaire de sa naissance.

— Nul moyen d'allumer du feu; pas un arbre, pas un brin d'herbe; rien que le rocher et la neige. — Le ciel se découvrit un peu au-dessus de nous, et nous aperçûmes quelques parties de la chaîne des Alpes Suisses. Vain espoir! tout disparut! — quel supplice! Avoir autour de soi cent, deux cents lieues de pays; — et ne rien voir! rien! rien! rien que la blancheur uniforme des nuages, qui passent comme des troupeaux de moutons, et se bousculent contre les rochers!

. . . .

Après avoir attendu vainement que les nuages se dissipassent, nous dûmes partir. — Le guide nous proposa de redescendre par un des côtés du rocher nu où nous étions. Cela parut tellement effrayant, car le brouillard cachait même la forme des choses, que deux d'entre nous refusèrent de s'aventurer par là, et reprirent seuls l'autre chemin. Quant à nous quatre, avec le guide en tête, nous voilà, dégringolant assis, de rocher en rocher, nous accrochant aux pointes. — Quoique le guide nous affirmât qu'il n'y avait pas de danger, nous trouvâmes le chemin passablement terrible et nous eûmes peur plusieurs fois : — un faux pas et l'on tombait au fond de la vallée. — Mais, en pays de montagne, on devient agile et solide, et quoique cette descente durât près de deux heures, nous la fîmes sans encombre. Nous descendîmes longtemps sur des pentes d'herbe fine, sans un seul arbre, sans une seule pierre; et, comme ces pelouses étaient contre un précipice profond, l'herbe était encore plus périlleuse que les rochers.

Enfin nous arrivons au trou du Glaz, où les deux transfuges étaient parvenus à grand'peine, en se tirant l'un l'autre par les jambes. — Nous allumâmes

nos falots, et nous voilà dans le trou ; nous y trouvâmes des monceaux de glace dès l'entrée ; une glace
dure, transparente, cristallisée, sur laquelle nous
marchâmes, en piquant notre bâton ferré. La voûte
de la grotte est haute, large, tout étincelante de
stalactites. — Nous pénétrâmes assez profondément, en descendant toujours. — Il faisait froid ;
l'eau qu'on eût apporté là y aurait gelé tout de suite.
— Nous nous arrêtâmes à l'entrée d'une galerie
basse, où il eût fallu ramper à genoux ; il en sortait
un courant d'air des plus vifs. Le guide nous dit qu'un
jour il y était entré avec des camarades, et qu'ils s'y
étaient promenés trois heures, sans en trouver la fin,
rencontrant des trous, des sources et des plaques de
glace, de plus en plus dures. — C'est sûrement une
des plus belles grottes naturelles de ce pays, et peut-
être de la France. — Sassenage ne compte pas, à
côté de ces voûtes immenses, où un régiment pourrait caserner à l'aise. — Nous sortîmes, fîmes un
repas à l'entrée de la grotte, et nous voilà de nouveau descendant dans les nuages. La pluie survint,
épaisse, froide, pénétrante. — Nous galopions dans
les sapins et les pâturages. — Vers une heure, nous
étions près de Saint-Pancrace ; nous donnâmes au
guide, qui avait été bien complaisant et excellent
conducteur, une pièce de cent sous, chose qu'il
n'avait jamais vue.

Il nous indiqua un nouveau chemin pour redescendre dans la plaine, par le Mannival ; — c'est un
énorme torrent, en forme d'entonnoir, entre la montagne de Saint-Fiacre et le Saint-Eynard ; — il est
large comme la Seine, et fait d'affreux ravages dans
les grandes pluies —(du reste, au Thouvet, de l'autre
côté de la Dent de Crolles, se trouve un autre tor-

rent, le Brisson, dont le lit pierreux et le cours dévasté occupe la largeur d'un quart de lieue, couvert de débris et d'arbres déracinés). — Le chemin du Mannival, creusé dans le rocher, et sinueux comme une spirale, est atroce. — J'y cueillis de belles fleurs, surtout des lys martagons, si rares, et si beaux de couleur (plus de vingt!), mais nous eûmes les jambes brisées. Oh! l'affreux chemin! l'horrible gorge! cela est sauvage, diabolique! c'est là sans doute que les sorcières font leur sabbat! — Songez d'ailleurs que le ciel était noir comme un four, qu'il pleuvait à verse, que nous étions transpercés! Rien pour nous abriter! le vent, le bruit du torrent qui s'enflait, les chutes d'eau sur le chemin même! — Oh! quelle descente! — C'est ainsi que nous arrivâmes, trempés, harassés, à Saint-Imier; c'est au-dessus de Saint-Ismier que le Mannival traverse la route. — Nous allâmes à l'auberge d'Étienne Pérard; où nous fîmes chauffer du vin en quantité; cela fit du bien. — Nous avions fait, depuis le matin trois heures, au moins neuf lieues dans la montagne. — Trois de ces messieurs s'en allèrent de là à pied à Grenoble; L..., Cl... et moi nous attendîmes la voiture du fort Barraux, qui nous prit sur l'impériale où nous fûmes encore saucés, par une pluie battante, à la descente de l'Egala, près de Montbonnot! — A huit heures du soir j'étais au logis; à neuf, j'étais couché et je dormis, sans m'éveiller, jusqu'au lendemain neuf heures.

. . . .

A Laurent-Pichat.

20 juillet 1848.

Vous avez bien fait de vous battre pour l'ordre[1], mon cher Laurent; par l'ordre seulement, par la répression énergique de toutes les tentatives insensées, par la sévérité pour les faux systèmes, par les réformes consenties de tous, nous pourrons sauver notre république; non pas celle que vous et moi nous rêvions dans nos jours de folie divine; mais la république possible, la république imparfaite d'ici-bas. L'autre sans doute est destinée à nos âmes dépouillées de nos corps, et n'aura besoin ni de barricades ni de cartouches, pour s'établir sous le regard de Dieu, dans quelque planète inconnue de nos Leverriers.

J'ai bien souffert durant ces terribles journées de juin, inévitable conséquence de quatre mois d'irrésolution, durant lesquels les Chambres ni le Pouvoir n'ont osé s'expliquer franchement avec ce peuple ivre de sa victoire, avide de jouir des bénéfices chimériques qu'elle lui promettait, et qui attendait vainement la manne dans le désert. Nul n'a eu le triste, mais nécessaire courage de déchirer ses illusions et ce billet à échéance, signé le jour du danger, sous la menace et la pression du peuple, au balcon de l'Hôtel de Ville. Voilà pourquoi nous avons vu la lutte de l'imprudent débiteur et de l'inexorable créancier.

Oui, j'ai bien souffert, à cette première révélation de la guerre civile que j'espérais impossible. Chacune de ces dépêches télégraphiques, affichées au son du tambour, sur la place même où je demeure, me

1. Il s'agit des journées de Juin.

perçait l'âme; et je sentais en moi, à la lecture de ces
laconiques nouvelles, le trouble affreux qu'on ressent
quand une personne aimée est dangereusement
malade. C'était la patrie, ma mère, qui était malade,
et ces dépêches funestes étaient les bulletins de santé
de la pauvre moribonde. — Je souffrais d'une autre
inquiétude encore, plus vive, et plus proche de la
moelle : ma mère et ma sœur, parties de Paris *le
15 mai*, venaient de quitter Grenoble le 22 juin, et
devaient rentrer dans Paris, par une étrange coïncidence, *le 24 juin* dans la soirée; je restai, durant
quatre mortelles journées, sans aucune nouvelle de
ma mère ni de ma sœur, de mon père ni de mon
frère. — Les journaux m'apprenaient que la circulation était interrompue sur le chemin de fer d'Orléans.
D'un autre côté, on se battait dans la rue Culture,
à l'angle même de notre maison. Qu'était-il advenu
pour les miens de tant de dangers réunis, de tant
d'obstacles?

Je reçus enfin une lettre de Bourges, où ma mère
et ma sœur furent obligées de passer deux jours et
deux nuits; puis, incapables de supporter plus longtemps l'incertitude, elles partirent pour Orléans, et
de là pour Paris, avec la garde nationale de ces deux
villes, par un convoi extraordinaire, qui n'était pas
sûr d'arriver à destination, si les rails avaient été
coupés. On tenta vainement de les retenir dans les
villes où elles passaient, en leur représentant les
dangers que pouvaient courir deux femmes seules,
au milieu des barricades de Paris. — Elles continuè-
rent leur route; et, le lundi soir, elles rentraient au
logis, seules, au milieu des ruines et de l'agitation
commune. Mon père et mon frère étaient sains et
saufs. — Ils étaient dans la cour, où ils avaient

campé durant ces trois journées; la maison avait été
occupée par les insurgés, tous de la compagnie de
mon père. — Il avait soigné les blessés, entendu
siffler les balles près de lui, vu fusiller un pauvre
garçon du cabaret qui fait le coin de notre maison;
il avait été menacé; il avait fait deux fois, avec mon
frère, le trajet de la rue Culture aux Messageries, à
travers les feux et les barricades, pour y savoir des
nouvelles de ces dames; il était inquiet sur elles; on
parlait de malheurs au chemin de fer. Enfin, on
vivait, on se revoyait; on m'écrivit, pour me rassurer;
j'en avais besoin.

.   .   .   .

28 juillet.

Votre lettre m'arrive à l'instant. — Celle-ci a été
retardée encore par des corrections de compositions
et par des courses de montagne : je me distrais en
visitant ce pays, que j'espère bien ne plus revoir
l'an prochain. — C'est un beau pays, Laurent, où il
ferait bon de vivre en famille, et avec les amis,
aimant, aimé, loin du bruit des révolutions, et parmi
cette éternelle sérénité de la nature. Si vous saviez
combien l'homme me paraît peu de chose, au milieu
de ces montagnes qui ont vu l'enfance du monde, et
qui verront sa décrépitude! au milieu de ces forêts
dont les arbres séculaires ont vu passer les générations sous leur ombre. Cette impression banale de
notre petitesse, je ne l'ai jamais ressentie plus profondément que depuis la révolution. Connaissez-vous
quelque chose de plus étrange que ces mouvements
turbulents d'une capitale, ces combats de la pensée
et des bras, ces vains caprices de l'opinion, cet aveuglement des esprits, ces haines fanatiques, comparés

au calme monotone des campagnes, où vingt millions
d'hommes, au milieu des prés ou des bois, au bord
des rivières, dans les solitudes des montagnes, con-
tinuent de labourer la terre, habitent des masures,
se nourrissent de pain noir, ignorent ce que nous
appelons ambitieusement les principes, et vivent, à
part quelques mots de plus ou de moins, de la vie de
leurs aïeux, qui sera celle encore de leurs descen-
dants?

J'ai causé plusieurs fois avec les paysans des
montagnes. Quand je logeais chez eux, je les interrogeais, je les sondais; je ne les ai trouvés préoccupés que de la récolte, des gelées, des brouillards,
des orages, du lait de leurs vaches, de la qualité de
leurs pâturages. — Ils me disaient : « Comment vont
les affaires en bas? » Que je répondisse : « Bien », ou :
« Mal », ils n'y montraient qu'un intérêt médiocre,
formulé par un « ah ! » qui voulait dire : « Cela ne me
touche guère, cela les regarde; il s'agit d'eux et non
de moi ! » — Et si je leur avais dit alors : « Insensés !
cela vous regarde! c'est de vous qu'il s'agit ! C'est
pour vous que l'on guerroie en bas, pour vos droits,
pour votre bien, pour les éternels principes de la
raison! Selon qu'en bas les affaires vont bien ou mal,
vous devez être plus heureux ou plus malheureux !
Le contre-coup de toutes les perturbations se fait
sentir dans vos villages; le canon de Paris fait chan-
celer vos cabanes; l'incendie de là-bas enverra ses
étincelles sur vos chaumes! — Le crédit vous frappe
aussi, l'impôt pèse sur vous! — Vous régnez, depuis
que vous êtes électeurs ! »... si je leur avais dit cela,
sauf le mot d'impôt, redoutable et redouté du pauvre,
ils n'auraient rien compris, car rien n'est plus cons-
tant que leur destinée, dans l'inconstance des événe-

12

ments; les révolutions passent sans emporter une paille de leur toiture!

Surtout ils n'auraient pas compris qu'ils règnent, ne sachant pas ce que c'est que de voter. Et voilà ceux que Ledru troublait de ses emphatiques circulaires! — Ah! citadins! citadins! vous ne connaissez pas l'homme des lointaines campagnes, le paysan des Landes, des Alpes, des Vosges, des Pyrénées ou des Bretagnes! Vous n'avez jamais dormi sur le foin des granges, soupé de pain noir et d'eau de riz, près de l'âtre flamboyant; vous n'avez jamais su la pensée du bûcheron ou du pasteur! vous n'avez jamais vu de près la race prolifique des travailleurs de la terre, nos pères nourriciers!

. . . .

A ses parents [1].

Grenoble, le 24 août 1848.

Adieu, vallée de l'Isère, où j'ai vécu dix mois, sans chagrin véritable, sans inquiétude, sans douleur, chose qui ne m'arrivera peut-être plus! — Adieu, montagnes, forêts, lacs, rochers, où j'ai connu pour la première fois la grande et toute-puissante nature, qui fait oublier l'homme, quand elle ne le fait pas mépriser! — Adieu, Néron, Saint-Eynard, Dent de Crolles, Saint-Nizier, Chamechaude, que j'ai gravis péniblement, par des sentiers bordés de précipices, au milieu du vent, des neiges, de la pluie et des nuages, ou sous le soleil ardent de la Provence! — Adieu, là-bas, lacs de Laffrey, solitudes d'Allevard,

1. C'est la dernière lettre qu'il écrit de Grenoble.

glaciers de Laferrière, villages paisibles, où les bruits
du monde arrivent à peine, où l'on voudrait vivre,
pour se sentir vivre; où l'on voudrait mourir, pour
être plus près de Dieu! Adieu, gorges sauvages de la
Grande Chartreuse, chalets de Prémol, combe de
Veyton, mystérieux ruisseau de Bréda, sites merveilleux, qui surpassez sans doute cette Suisse banale où
les touristes de l'univers ont imprimé leurs pas! —
Adieu, Dauphiné! je te quitte; et malgré tous les
ennuis de l'absence, tous mes regrets du foyer
paternel, je te bénis pour les joies que tu m'as
données, pour le calme que tu as mis dans mon âme,
pour les félicités pures que je te dois, pour le souvenir charmant que tu me laisses! je te quitte,
amoureux aussi, amoureux de la nature, amoureux
du bruit des sapins, du murmure des torrents, de la
blancheur des glaciers, de la profondeur des abîmes,
amoureux de tes rochers, de tes retraites sombres, de
tes pâturages fleuris, de tes eaux limpides, de tes
horizons bleus!

C'est ainsi que je parlais en moi-même, les yeux
fixés sur ce panorama de trente lieues qui se dérou-
lait autour de moi. — Mon regard courait de montagne en montagne, de vallée en vallée, repassant
par où j'avais passé, s'arrêtant où j'avais repris
haleine, admirant où j'avais admiré. Toutes mes
courses me revenaient à la fois à la mémoire, je les
refaisais toutes dans un même instant, et parfois
il me semblait voir cheminer à mes côtés Valérie et
maman, jusqu'à une certaine hauteur, où elles
disparaissaient tout à coup pour me laisser seul.
Accoudé contre la balustrade d'un bastion, je
m'enfonçais dans ces rêveries sans fin, laissant B...
lorgner les maisons de Grenoble, qui ne sont rien

pour moi; puis je saisis un crayon et j'ébauchai
machinalement les lignes principales des Alpes et
les sinuosités de l'Isère qui se perdait dans les
brumes de la Savoie, quand la voix rauque d'un
factionnaire vint m'interrompre, en me rappelant
qu'il est défendu aux visiteurs du fort de tirer des
plans et de dessiner. La crainte d'être pris pour un
espion de l'Autriche me fit rengainer mes crayons et
mon chiffon de papier.

. . . .

TOURS

(1848-1849)

A ses parents.

Tours, 9 octobre 1848.

Je sens déjà[1] le besoin de médire un peu de la Touraine. On la flatte, elle en est fière; cet orgueil lui messied. — J'ai été hier plus heureux que Titus : je n'ai pas perdu ma journée. Dès sept heures du matin j'ai couru par la ville, puis j'en suis sorti, et marchant tour à tour vers le nord, le sud, l'est et l'ouest, j'ai fait ma visite aux quatre points cardinaux de ce pays. Qu'il y a loin, mes chers amis, de la Touraine au Dauphiné! je ne veux pas parler de la distance. Je viens de voir de belles prairies, de belles routes, de beaux cours d'eau, de beaux ponts et de beaux châteaux; mais le tout est laid, parce que le tout est plat; l'œil glisse trop facilement sur ces grandes surfaces vertes, monotones comme la ligne droite. Quand on suit ces longues avenues poudreuses, où les ingénieurs se sont surpassés, on cherche en vain le but de sa promenade ; on ne le voit point se dresser à l'horizon en contours fantastiques; on ne sait où l'on va, qu'au moment où l'on arrive. Ce sont des

---

1. Il venait d'être nommé professeur de seconde au lycée de Tours.

taillis perdus dans la plaine, des coteaux de la hauteur d'un bel homme, de grandes rives sablonneuses, chauffées par un soleil de plomb; c'est la campagne des environs de Paris, avec plus de fertilité, moins de poussière, mais habitée partout, semée aussi de mille maisons de plaisance, de blanches villas, avec leurs grilles, leurs parcs, leurs avenues, leurs pelouses, leurs petits bois. Tours, c'est Auteuil traversé par la rue de Richelieu; quant à la Touraine, c'est Neuilly ou Saint-Mandé.

Oui, la Touraine est le jardin de la France, le jardin bourgeois, le jardin anglais, le jardin soigné, taillé, ratissé, fauché. J'y vois partout ce luxe symétrique de plantations coquettes, que les bourgeois appellent le beau champêtre; j'y vois partout l'homme, dont l'importune main taille, coupe, rogne, égalise, aligne, aplanit, sous prétexte d'embellir ce qu'il touche. — Mais j'y cherche en vain, jusqu'ici, et je suis sûr de n'y pas trouver cette nature rude, sévère et vierge du Dauphiné, où l'homme disparaît écrasé; où la terre, soulevée en pics effrayants, coupée d'entailles profondes, inclinée en pentes rapides, dressée en murailles inaccessibles, domine les nuages qui s'abaissent au-dessous d'elle; admirable pays, où les montagnes sont comme ces mamelles qui rehaussent la beauté d'une femme. La Touraine est plate, plate, plate. C'est le jardin de la France; jardin dit tout; elle est parfaitement nommée. Ceux qui aiment les jardins sont satisfaits; c'est un beau jardin; les coteaux y sont taillés en terrasses, les bois y forment des quinconces, et les champs des plates-bandes; il n'y manque que des orangers le long des routes, des bancs de bois vert sous les arbres, et des poissons rouges dans la Loire; du reste, c'est un jardin. On s'y promène, on y peut faire dix lieues à petits pas, et cueillir des fleurs, sans rencontrer une montée, sans voir une broussaille, sans heurter une pierre; c'est un jardin; on aperçoit dans les champs de beaux cavaliers ayant au bras des dames élégantes, le parasol ouvert, la main gantée, le tablier de soie autour de la taille; on dirait qu'ils attendent la cloche du dîner; c'est un jardin. On voit passer, le long des haies, des laquais en livrée, des servantes en bonnet de dentelles, et de petits enfants en montagnards écossais (affreuse dérision!); il n'y manque que la balançoire et le jeu de boules; c'est un jardin. Le soir, quelques verres de couleur, quelques chandelles romaines, un quadrille sous ces platanes, des sorbets offerts aux passants compléteraient l'illusion; on louerait le maître, de si bien faire les honneurs du logis! Encore une fois, que je suis si loin de mon merveilleux Dauphiné, de ses mystérieux abîmes, de ses sentiers foulés par le pâtre, et de ses vieux glaciers pareils à du linge blanc qui sèche au soleil! Mais c'est assez de déclamations; les bourgeois trouvent que la Touraine est belle; laissons-leur cette idée; ils ont raison peut-être, car c'est un pays où tout le monde est propriétaire; oh! le beau pays!

En vérité, je plaisante, chers parents, car je ne connais pas encore la Touraine, et je ne veux pas la juger sur une promenade que j'ai faite aux environs de la ville. Mais je ne crois pas être loin de la réalité. Hier donc, 8 octobre, jour de la Sainte-Brigitte, autrement dit Sainte-Amélie, je me suis levé à six heures, je suis sorti à sept; je me suis rendu à la cathédrale, et pour mes cinquante centimes, je suis monté au sommet des tours. La cathédrale est belle, régulière, nouvellement restaurée; plus haute et plus

élancée que *Notre-Dame*, mais moins imposante.
L'escalier des tours, dans sa partie supérieure, est un
prodige effrayant d'architecture; il est à jour, et
suspendu *sur quatre piliers* très minces. La société
de personnes qui était montée avec moi jusqu'à la
plate-forme n'osa pas s'aventurer plus haut; j'y allai
seul, car il n'y a aucun danger, et c'est une chose
fort curieuse.

J'arrivai donc seul au sommet de la tour du nord;
la vue y est belle; mais le pays est plat, plat, plat.
— Je parcourus ensuite tout le pâté de petites rues
qui sont derrière Saint-Gatien, visitant les vieilles
églises, le quartier de cavalerie, etc. Je revins au
pont de pierre, par le quai bordé de peupliers. —
Voilà pour l'ouest. — Traversant alors le pont, j'allai
jusqu'à l'extrémité de la montée de Paris, où se trouve
le télégraphe. — Voilà pour le nord. — Je revins
alors sur mes pas, par toute la rue Nationale, où l'on
peut flâner en regardant les boutiques (c'est ce que
je fais trois ou quatre fois par jour!) et sortant par
l'avenue de Grammont, que vous pouvez admirer sur
votre plan, je marchai tout droit pendant une petite
demi-lieue jusqu'au Cher, qu'on traverse sur un beau
pont de pierre et qui est quasi aussi large que la
Seine, mais tout chargé de sable. Cent pas plus loin,
on passe sous la voûte du chemin de fer de Bordeaux,
où l'on travaille beaucoup.

A l'extrémité de l'avenue de Grammont est le château du même nom, sur un coteau. J'y entrai : il y a
là quelques petits bois, un étang, des terres labou-
rées; cela n'a rien de merveilleux; je n'y vis absolument personne, que des grenouilles en nombre considérable. Je cueillis sur l'herbe un bouquet à l'intention de maman; je le lui apporterai desséché, à ma

première visite. Je vagabondai pendant une heure et demie dans ce parc abandonné, tout jonché de feuilles sèches, et je me trouvai triste d'être seul; j'aurais donné beaucoup, à ce moment-là, pour apercevoir près de moi, dans l'allée déserte, une veste, ou une robe.... Je sortis par une autre porte, et me retrouvai sur la route de Grammont; j'allai m'asseoir quelques instants sous les peupliers du Cher; j'y vis paître quelques moutons, qui s'enfuirent à mon approche. J'étais de retour chez moi à une heure et demie; j'essayai d'y rester, et de lire; cela me fut impossible.

C'est alors, que rentrant à Tours, je m'égarai dans les petites rues de l'est; je gagnai le quai, j'allai au Champ de Mars, je sortis de la ville par la porte de Lariche; c'est le nom d'un petit village à une demi-lieue de Tours, l'ancien Plessis. Je me fis indiquer le château de Louis XI; il en reste peu de chose : une tour restaurée, et une aile en briques qui forme l'habitation du propriétaire actuel. — Le village, presque entièrement bâti avec les pierres de l'ancien château, était silencieux; je ne vis presque personne. J'arrivai à l'ancien fossé, dont il reste des traces, ainsi que d'un souterrain qui communiquait avec la maison de Tristan l'Hermite, à Tours, *rue des Trois Pucelles, n° 18*. Je sonnai à la porte du château; un jardinier vint m'ouvrir.

. . . .

Il prit de grosses clés, me montra la tour, les fondations, enfin une cave aux épaisses murailles où le cardinal La Balue aurait été enfermé plusieurs années; je ne sais jusqu'à quel point cette cave est authentique sous ce rapport; mais elle date bien certainement de Louis XI. On y voit encore une vaste cheminée, et des volets de vieux bois sculpté et

vermoulu. — J'inscrivis mon nom sur le cahier des
visiteurs, sans phrase ni commentaire; je ne vis du
reste, dans ce livre, rien de saillant, sauf une
réflexion en caractères hébraïques, que je ne pus
déchiffrer. — En traversant le jardin du château de
Plessis-les-Tours, qui est planté de choux, je cueillis
quelques fleurs; et je vous en envoie une; — c'est
un *souci*; cette plante pousse bien dans les châteaux
des rois. — Le jardinier qui me conduisait avait un
faux air d'Olivier le Daim; le nez pointu, une jaquette
bleue et une barbe sale; — il remuait ses grosses
clés, d'un air sinistre. C'est avec plaisir que j'entendis
la porte se refermer derrière moi. — Du reste, je ne
rencontrai ni chausses-trappes sur mon chemin, ni
pendus attachés aux arbres, ni archers aux barrières.
— Je revins à Tours par de vieilles rues gothiques[1],

1. Les lettres d'Eugène Manuel contiennent plusieurs descriptions de Tours que nous ne pouvons publier dans ce volume. Dans
ses nombreux voyages d'inspection universitaire à travers la
France, malgré ses préoccupations professionnelles, il se montre
sensible aux aspects pittoresques que présentent les aggloméra-
tions urbaines. — Voici, entre autres, une lettre adressée à
Mme Eugène Manuel trente-trois ans plus tard et qui donnera
quelque idée de sa manière :

Clermont : lundi soir, 9 mai, de 8 h. et demie à 9 h. et demie, 1881.

« Chère Jenny aimée.

« Une lettre! deux lettres! trois lettres! quel bon supplément
à mon déjeuner de ce matin!

« J'ai retrouvé Valérie, toujours épouse et mère; Arthur,
rongeant son frein de commis modèle, et soupirant après le
Puy-de-Dôme, qui ne s'en doute pas; ma Jenny enfin, avec sa
bonne causerie naturelle et tendre, et cette chaleur d'âme qui
mériterait d'avoir plus d'illusions! J'ai dévoré une lettre entre
chaque plat, Jenny après le filet nature, Valérie avec la poule
au riz, Arthur après les rognons sautés. Puis je suis allé faire un
tour à la foire.

Cette foire de mai, par ce temps sans nuage, est une chose
unique! Elle occupe à peu près toute la ville. La place de Jaude

où les maisons sont on ne peut plus bizarres : la
rue de la Ville Perdue, la rue du Singe Vert, la rue
des Belles Filles, la rue du Renard, etc. — Je vis
l'église Saint-Martin, l'église Saint-Julien le Pauvre,
et quelques autres édifices du moyen âge. — C'est
ainsi que je termine ma tournée au nord, au sud, à
l'est et à l'ouest. — Le soir, j'allai lire le beau discours de Lamartine, et j'étais couché, comme vous,
à neuf heures et demie. Ma dernière pensée fut pour
toi, chère maman.

est pour les saltimbanques, les femmes sauvages, les médiums,
les zoulous bon teint, les cafés en plein vent, les boutiques d'articles de Paris et toutes les bagatelles de la porte. La large rue
qui monte à la préfecture, la place qui suit, les rues adjacentes
sont livrées aux Auvergnats.

Tout ce que l'Auvergne emmagasine pendant un an d'objets de
rebut, tout ce que les chaudronniers et les négociants en vieilles
ferrailles ont fourré dans leurs sacs, sur tous les points de la
France, vient aboutir et se vider là. C'est un spectacle sans nom !
Partout, sur le sol en plein soleil, sur la chaussée, sur les trottoirs, sur chaque place, à chaque recoin, c'est un fouillis d'objets
comme le *Temple*, de Paris, n'en a jamais vu un si grand nombre.
Ce sont les résidus de tous les métiers, de toutes les industries,
les épaves de tous les naufragés, les lambeaux de tous les vêtements, les débris de tous les mobiliers, le dernier reliquat de tous
les luxes, le résidu final de toute la civilisation ! Voici les vieux
fers, les vieux cuivres, les vieux plombs, clous, verroux, ciseaux,
cisailles, clés, gonds, grils, broches, boutons, anneaux, agrafes,
chenets, plaques, tuyaux, cadenas, boucles, serrures, ferrures,
limes, tenailles, battants de portes, chaînes, sabres, lames ébréchées, — *tout cela rouillé, tordu, bosselé, incomplet, crasseux,*
ensoleillé cependant, et se livrant à une orgie d'encombrement
qui permet à peine de circuler.

Voilà d'autres ustensiles, d'autres objets entassés dans le plus
pittoresque désordre, selles, harnais, brides, licous, fouets,
œillères; ici les vieilles poteries, les vieilles faïences ébréchées,
les verres cassés, les pipes culottées, les bouteilles vides, les
flacons, les fioles, les pots de pommade, les moutardiers, les
salières, les fourchettes épointées, les plats d'étain entassés; plus
loin les montagnes de vieux chiffons, les haillons, les rubans
démodés, les loques déteintes, les literies pisseuses, les chaus-

A ses parents.

Mardi matin, 17 octobre 1848.

. . . .

La journée a été bonne, et j'en souhaite de pareilles toutes les semaines. J'ai eu tort de me plaindre, je le confesse; mais enfin je commence à m'apercevoir que la solitude me convient moins que je n'avais cru d'abord. Elle entretient chez moi l'apathie et

sures éculées, les chapeaux défoncés, les habits rapiécés, les vieilles soieries, les vieux lainages, les bonneteries au rabais!

Tu crois que c'est tout? J'arrive sur une petite place où ce ne sont que cuves, bidons, tonnes et tonneaux, baquets et jattes, terrines et pressoirs, barattes et mortiers de bois, seaux et pétrins, huches et panetières sans valeur! malles et coffres! armoires et bahuts, paniers, besaces!

Le neuf aussi a sa place dans cette Babel d'objets où la circulation se fait par enjambements. Voici les étalages des taillandiers, des boisseliers, des vanniers, des couteliers, des charrons, des tabletiers, des layetiers, des fontainiers, des brossiers, des tourneurs, des lampistes, des bijoutiers en plein vent; voici les drapiers, les merciers, les sabotiers, les miroitiers, les bimbelotiers, les cordiers, les quincailliers, les chapeliers, les oiseleurs!

De distance en distance, comme une note ironique, un tas de vieux bouquins étalés à terre et qui m'arrêtaient tous avec un air de mélancolie provocante! Du bout de ma canne, je les tourne et retourne; j'en ramasse quelques-uns qui semblent promettre une trouvaille : rien! Des almanachs, des paroissiens, comme celui que j'ai chanté, des livres de prix d'enfants des écoles, encore dorés sous la poussière et la graisse, des livres de droit et de médecine sans valeur, des romans illustrés tombant en pourriture; tous les vieux fonds de bibliothèques des huissiers de villages, des médecins de campagne, des curés et des instituteurs, avec leur odeur de moisissure et de mort. — Je n'ai trouvé qu'une emplette à faire : une *Grammaire pour les filles, par Bardoux, instituteur, 1796!* Cette curieuse trouvaille m'a coûté cinq sous!

Je ne te parle ni du marché aux bestiaux, ni du marché aux chevaux qui occupent deux boulevards; les animaux emmenés passent sous mes yeux : j'entends braire, mugir, hennir, bêler, aboyer, et partout circule une foule pressée, bariolée, affairée, qui semble grouiller, qui s'arrête, marchande, rit ou querelle, et

l'humeur, à moins pourtant de l'avoir complète,
comme les pères chartreux. Ou Rome, ou le désert,
disait saint Jérôme : je suis un peu de son avis. — A
vrai dire, le ciel de la Touraine mérite sa renommée;
la limpidité de son azur est merveilleuse, et les
couchers de soleil sur la Loire sont d'une beauté
surprenante. Quant à la campagne, elle est très
agréable, et promet pour le printemps. J'étais fort
enrhumé mercredi dernier, et enroué à ne pouvoir
parler; je résolus, pour me guérir, de faire le jeudi
une longue course; excellent remède, qui vaut toutes
les tisanes [1].

de ce flot humain s'élève un gigantesque et homérique charabia!
C'est simplement fantastique. Je rentre, et de ma chambre où je
t'écris, mes oreilles sont assourdies : vingt cacophonies se con-
fondent; la retraite en musique vient s'y mêler; les tambours du
théâtre en plein vent battent la charge; le zoulou frappe son tara-
bouk, et l'orgue des chevaux de bois joue pour la cinquantième
fois les *Cloches de Corneville*! — Après une pareille description, ma
chérie, tu me permettras d'aller me coucher. Tu vois que je vais
bien; si je rage un peu, c'est que je n'ai pas mis la main sur un
bibelot rare, dans toute cette friperie et cette ferraille.

          « Mille baisers de ton
                              EUGÈNE.

1. Fils de médecin, Eugène Manuel restera sceptique en
matière de médecine. Voici une lettre qu'il écrit à Mme Manuel
en 1880.

          Montpellier, le 2 février 1880, 7 h. du matin.

     « Chérie Jenny.

.   .   .   .

     « Quelle belle journée, hier dimanche! quelle foule, sous un
ciel d'un bleu d'Italie, par une chaleur de juin, sur l'Esplanade,
au Peyrou et dans les rues où le carnaval commençait! J'ai vu
en une heure plus de *masques* masqués qu'en dix ans à Paris!
C'est la lie de la population qui se livre à ces petites saturnales
avec la même ardeur qu'elle suit les processions; tous ces
dominos, noirs, roses, bleus, gris, me rappelaient les pénitents
de toutes couleurs qui circulaient au même lieu il y a quatre ans.
C'est bien là le Midi, et ce besoin invincible de spectacle, de
bruit, de mise en scène! Farandole, procession, travestissement,

Le temps était beau, quoique froid. J'allai à Saint-
Avertin; c'est un village à deux lieues de Tours, sur
les bords du Cher. La moitié du village est dans deux
petites îles réunies par des ponts rustiques; le Cher
se joue autour des maisons, il y fait mille tours et
détours; on le retrouve tous les cinquante pas, parmi
les prés bordés de saules. J'aime mieux le Cher que
la Loire : il est plus étroit, plus invisible, plus coquet;
il se cache et se fait désirer; ses campagnes sont

c'est le même principe; ajoutez-y émeute et même révolte de
lycéens! Le lien est sensible. J'ai fait, en voiture, mes visites
officielles à tous les bouts de la ville; j'ai semé des cartes chez
tous les concierges ou conversé avec recteur, doyens, professeurs,
magistrats, conseillers municipaux, etc. Le doyen de la Faculté
de Médecine, que je connaissais, a voulu aussi m'avoir à dîner
mardi; j'ai refusé : je compte coucher ce soir-là à Avignon. Rien
de plus comique que mon entretien avec cet homme d'esprit.
Juges-en :

« — *Vous toussez, M. le Doyen? — Oui, j'ai une vieille bronchite!
— Et moi aussi. J'ai des quintes de toux fatigantes. — Moi aussi,
M. l'Inspecteur général. — Et que faites-vous pour cela, mon cher
doyen? — Je prends un sirop quelconque. — Moi aussi. — Je dors
assez mal. — Moi aussi. — Alors, M. l'Inspecteur, vous connaissez
ces sifflements, ces ronflements, ces grincements et ces craquements?...
— Si je les connais! — Et votre sirop? — Il ne fait pas grand
chose. — Le mien non plus. — Et êtes-vous patient, M. le Doyen? —
Pas du tout! — Moi non plus! — Et croyez-vous guérir? — Pas du
tout, M. l'Inspecteur! — Vous ne croyez donc pas à la médecine,
M. le Doyen de la Faculté de Médecine? — Pas beaucoup. — Moi non
plus. Mais votre fameux M. C..., qui gagne 100 000 francs par an, il y
croit, je suppose? — Comme vous et moi. Il prétend qu'entre un bon
médecin et un mauvais, la seule différence c'est que le premier sait de
quoi son malade est mort, et que l'autre ne le sait pas. — J'aime à
voir, mon cher Doyen, comme on parle des médecins à Montpellier!
Je comprends que Rabelais y ait fait sa médecine! En tout cas, ce
n'est pas ici que je me ferai soigner, ni ausculter. Je n'y pensais pas,
mais vous m'en ôteriez l'envie. Voulez-vous un peu de gomme? —
Volontiers, M. l'Inspecteur général; et vous un peu de réglisse? —
J'accepte! grand bien vous fasse! — Et à vous aussi! — La gomme,
c'est le grand remède! — La réglisse, c'est le vrai traitement!* »

« Je te quitte, chérie, sur cette scène de comédie. »

. . . .

plus verdoyantes; son cours moins passager; la Loire
est une grande rue; le Cher un gracieux sentier. On
dit l'Indre plus agreste encore; mais il faut l'aller
chercher à plus de trois lieues d'ici.

Pour en revenir à Saint-Avertin, j'y suis allé par
le canal, et au retour j'ai longé la gare du chemin de
fer. — Au dessus de Saint-Avertin sont de fort vastes
propriétés, qui s'étalent sur des coteaux en pentes;
des caves sont creusées au pied des coteaux, dans la
pierre calcaire, comme autant de cavernes. Devant
l'une d'elles des vignerons cerclaient des fûts et des
tonnes de toute grandeur; je m'arrêtai à causer avec
eux, et ils me firent boire deux verres de vin de Saint-
Avertin, de deux années différentes; bon vin, vive
Dieu! Ils refusèrent *le cuivre* que je leur offrais en
échange, et nous nous séparâmes dans les meilleurs
termes. J'escaladai ensuite une haie, et je parcourus
les allées désertes d'un assez beau bois, où je mis
en fuite des corbeaux et des grives. J'y trouvai un
oiseau mort, je ne sais lequel; je le dépouillai de
trois plumes que je vous envoie; les vers avaient
déjà pris possession du reste. — L'église de Saint-
Avertin est bien située, assez ancienne, et d'une
forme à peindre; on m'a parlé d'une autre église du
voisinage, sur le porche de laquelle se trouverait
l'inscription suivante, qui me plaît infiniment :
« *Prier Dieu n'attarde pas; faire l'aumône n'appau-
vrit pas; bien d'autrui n'enrichit pas.* » — Voilà une
douzaine de mots qui valent mieux que bien des
gros tomes de morale. — J'aimerais à voir des
inscriptions de cette sorte sur les églises de Paris.

On prétendait ici dernièrement qu'Abd-el-Kader
allait débarquer au port, pour gagner Amboise; je

l'attendis vainement tout un après-midi; il n'est
point arrivé; c'est un animal qui mérite d'être vu;
c'est un grand homme. — Comme son pareil, le dey
d'Alger, il a vu tomber un roi; étrange spectacle
pour un captif, que d'assister à la chute de son
vainqueur! — coïncidence providentielle, rencontre
plus que bizarre, coup de théâtre dont l'auteur, qui
est Dieu, a été si satisfait la première fois, qu'il s'est
répété lui-même, comme on le fait pour un bon mot
qu'on a trouvé. — Je dîne toujours à l'hôtel des
Messageries; c'est une table assez pauvrement
servie, mais les mets y sont sains, le vin potable; et
je ne voudrais pas ajouter un liard aux cinquante
francs que ma guenille me coûte à nourrir. Les
convives sont : un vieillard à cheveux blancs, des
employés du chemin de fer, des buralistes et un
dentiste qui a été pendant deux mois secrétaire de
Béranger.

. . . .

J'ai lu deux ou trois fois les journaux : la révolution de Vienne n'a rien qui m'étonne, non plus que
le changement de notre ministère; j'ai toujours
prévu que la république en serait réduite à recourir
à l'expérience de nos anciens hommes d'État devenus
républicains de bonne foi. — Je ne connaissais pas
le Freslon qu'on introduit dans la ruche de l'Instruction publique; c'est un procureur général d'Angers,
novateur, dit-on. Je brûle de lire le livre de Thiers
sur la Propriété; Léon Pillet le loua en termes
hyperboliques dans un article de l'*Illustration*. C'est
s'y prendre fort à l'avance pour flatter un des futurs
présidents de notre république! — On prépare de
grandes réformes dans l'Université; le dernier
numéro du journal de l'Instruction publique, celui

de samedi 14, contient un programme pour trois
années d'études seulement dans les collèges, avec
fort peu de latin, point de grec, et une grande part
faite aux sciences et aux langues vivantes. — Il y
aura pour ces dernières des prix au concours; — le
thème grec est supprimé en seconde; et j'en suis fort
aise. — En somme, je m'attends à d'importantes
modifications dans l'organisation du travail des
collèges; c'est là le seul travail *organisable*. Arthur
lirait, je crois, avec intérêt ce nouveau programme
d'études, destiné à faire concurrence au programme
actuel, et qui le remplacera quelque jour.

Le petit cahier trouvé par mon oncle[1] m'a fait
faire nombre de réflexions. Il y avait une idée, une
intention, dans chacune des couleurs que j'employais
pour peindre un spécimen des peuples d'Europe. —
A quoi diable pensait alors ma petite âme, mon
lumignon d'intelligence? Par quelle mystérieuse
agglomération de molécules nouvelles, par quel
secret travail de la pensée, par quelle assimilation
occulte de sensations, d'idées, de volontés, par quel
développement d'instincts et de désirs, par quelles
modifications impénétrables de l'esprit et de la
matière, suis-je devenu ce que je suis, d'un enfant
un homme; du bambin qui coloriait quelque mauvaise estampe, le rêveur de vingt-cinq ans, sujet à
tous les travers de l'humanité, triste et gai, laborieux et paresseux, indifférent et enthousiaste, ambitieux et nonchalant, amoureux surtout et avide de
vivre? Explique qui voudra cet éternel mystère! —
Je ne suis pas dans le secret des coulisses.

. . . .

1. Son oncle Jules Lövy, journaliste, rédacteur en chef du
Ménestrel.

A ses parents.

Promulgation de la Constitution.

C'est aujourd'hui le jour, ou jamais, de nous expliquer un peu sur les affaires politiques. Sans la circonstance, j'aurais préféré le silence sur ces matières; car les sottises des hommes m'affligent trop pour que je m'y arrête longtemps; tout ce que je lis, entends et vois, me dégoûte; tant d'orgueil et d'ignorance, tant de petitesse et de mauvaise foi, toutes ces défiances, toutes ces terreurs, toutes ces calomnies me donnent le plus triste de tous les spectacles.

Ce qui fait le charme et la grâce du caractère français en temps ordinaire est précisément ce qui fait son infériorité dans les temps où nous sommes. Ardents au plaisir, nous manquons de patience et de dignité dans la peine. Le moindre revers nous effraie; toute déception nous abat. Ivres du mot de liberté, nous ne nous plaisons pourtant que dans le luxe et les loisirs que nous fait le despotisme. Nous savons renverser, mais nous ne savons pas édifier; ou, si nous rebâtissons quelque chose, c'est avec les matériaux épars de nos ruines. Avons-nous jamais su profiter de ce que nous faisions? Si nous en exceptons l'art de construire des barricades, n'avons-nous pas toujours montré la plus déplorable incapacité? Cette liberté, reconquise plusieurs fois au prix du meilleur sang, le premier ambitieux venu ne nous l'a-t-il pas toujours volée?

N'est-ce pas toujours la fable de Bertrand et de Raton? Napoléon, Louis XVIII, Louis-Philippe ne nous ont-ils pas dupés tour à tour, l'un malgré toute

sa gloire, les deux autres, avec leurs chartes consti-
tutionnelles? — A peine la France se possède-t-elle
elle-même, qu'elle a hâte de se donner. Paresseuse,
égoïste, insouciante, capricieuse et légère, elle n'a
jamais su être à la hauteur de ses révolutions, dont
les cruels, les ambitieux, ou les habiles ont eu jusqu'ici tout le profit. — Est-il un pays où l'opinion
publique soit plus inconstante ou plus égarée? — Que
ne disait-on pas de Lamartine, il y a huit mois?
C'était un Dieu! — Qu'est-il aujourd'hui? moins qu'un
homme! ce n'est plus qu'un poète! — A la table où je
dîne, silencieux personnage, j'entends chaque jour
discuter les chances et les droits des candidats à la
présidence. Que j'aurais à faire, s'il me fallait relever
toutes les erreurs, toutes les exagérations, tous les
paradoxes, toute la crédulité, toutes les illusions,
toutes les folles terreurs, toutes les contradictions,
tous les oublis, tous les mensonges passionnés des
pauvres orateurs dont je subis les diatribes!

Pour l'un, Cavaignac est un traître, un cuistre, un
ambitieux, un monstre, je ne sais quel caméléon,
rouge ou blanc, selon qu'il importe à sa candidature;
en revanche, Louis Bonaparte est notre sauveur,
notre messie; cet inconnu d'hier, ce Suisse, cet
Anglais, affublé grotesquement du nom de son oncle
(singulière garantie, quand il s'agit de liberté!), est
un grand orateur, parce qu'il ne parle point; un grand
administrateur, parce qu'il n'approuve ni ne désap-
prouve; un puissant politique, parce qu'il ne s'engage à rien! Pour un autre, Ledru-Rollin est tout;
ce sophiste emphatique, dont le cerveau est meublé
de phrases au lieu d'idées, cet orateur de banquets,
cet écrivain de circulaires, cet athlète sanguin de la
démagogie, cet agitateur sans méthode, ce turbulent

tribun dont la devise est, comme dans cette farce que j'ai vue : honneur et gâchis, serait seul capable de porter secours à la France, et de réprimer des passions qu'il a lui-même déchaînées!

Un troisième s'en vient glisser que l'exilé de 1830, le fils problématique ou non de la duchesse de Berry, cette royale catin, le petit-fils du bigot Charles X, le protégé de l'Église, le catholique boiteux de Goritz et de Prague, ramènera seul, avec les bénédictions du ciel, la paix et le crédit, l'oubli des injures et la tolérance des doctrines! Un quatrième, plus sage, a gardé pour Lamartine sa sympathie d'honnête homme. Un cinquième, aussi fou que les autres, appelle à grands cris Joinville, pour concilier tout, c'est-à-dire pour tout remettre en question. — N'ai-je pas aussi entendu vanter Raspail, le charlatan de la République; Blanqui, qui en voudrait être le bourreau ; et Cabet, qui en est le Cassandre? — Quelques autres, qui se croient beaucoup plus fins et plus modérés, ne mettent-ils pas tout leur espoir dans Bugeaud, l'homme de l'aristocratie foncière, ou dans Thiers, l'homme de la bourgeoisie et de la finance? — Quel tohu-bohu d'opinions, que ma table; et c'est l'image de la France entière, et les journaux, au gage des partis, propagent et fortifient ces dissentiments illogiques, qui donnent beau jeu au dupeur le moins compromis!

Et tout ce chaos se donne rendez-vous pour le 10 décembre autour de l'urne de scrutin, où se feront mystérieusement nos destinées! Il y a bien des chances pour que le Bonaparte soit nommé; mais ce choix fait pitié; et l'Europe en rirait aux éclats, si elle n'était pas si occupée elle-même. — A mes yeux, il n'y a, pour des républicains, que deux

candidats sérieux : Cavaignac et Ledru-Rollin. Les
bonnes âmes égareraient inutilement leurs voix sur
Lamartine. Or, entre Ledru-Rollin et Cavaignac, le
sage ne peut hésiter; Cavaignac est le bœuf pacifique,
qui tracera laborieusement et sûrement, quoique
avec lenteur, le sillon républicain; Ledru-Rollin est le
taureau sauvage, qui promènerait la charrue à tort et
à travers dans le champ de l'avenir, encore à défri-
cher!

. . . .

Sachons donc enfin vouloir et garder quelque
chose; et puisqu'un homme est là, qui nous promet
la république pacifique, et qui depuis quatre mois a
tenu parole, prêtons-lui notre appui, sans prétendre
encore essayer d'un autre, quand c'est nous qui
payons les frais de tous ces vains essais!

. . . .

A ses parents.

Mercredi, 22 novembre 1848.

. . . .

Tu veux, cher père, qu'à mon âge, les mots de
patrie et de liberté, de dévouement et de bonne foi
soient déjà vides de sens, et que je juge l'humanité
comme tu le fais, toi, médecin sceptique, philosophe
ami de ton repos, politique incrédule, bourgeois
mécontent et renfrogné, qui voterais pour l'absolu-
tisme d'un Louis XIV, afin de te dispenser de rai-
sonner et d'espérer quelque chose? — Non, non je
n'en prends pas si vite mon parti; le mépris que je
porte aux Français d'aujourd'hui, race indigne d'être
libre, je ne le porte pas à l'homme tout entier; ce que

vous n'êtes pas capables de faire, révolutionnaires
avortés de 1848, nous le ferons un jour. — Une
émeute et quelques barricades, quelques noires
figures d'insurgés ont suffi pour vous glacer le sang;
— nous aurons plus de persévérance, et puisque,
pour ma part, j'ai sauté le fossé républicain, dès
avant le 24 février, je ne reculerai pas, et je garderai
mes convictions aussi vives, aussi passionnées qu'au
premier jour! que chacun du reste fasse comme il
l'entend; je plains, mais du moins je respecte les
préjugés honnêtes, les erreurs désintéressées, les illusions patriotiques. — Je ne t'en veux pas, cher père,
de donner ta voix à un prétendant, quand il s'agit de
fonder la république; tu es seul juge de tes raisons;
tu crois que ce choix nouveau va tout remettre en
ordre, quand je crois qu'il va tout remettre en question; tu crois voir un sauveur où je ne vois qu'un per-
turbateur public; tu crois terminer l'ère révolutionnaire, quand je crois que ce choix la recommence!
— c'est bien; — le vote est libre. — Mais crains de
voter la guerre civile. — Embrassons-nous, là-dessus,
quoique d'opinion bien différente; et que Dieu pro-
tège la France, comme disent les pièces de cent sous!

. . . .

A Laurent-Pichat.

Tours, le 24 novembre 1848.

Point de politique, Laurent, vous avez raison; —
et pourtant je ne puis m'empêcher d'y penser; et, y
pensant, d'en parler. — Pourquoi rayer la France de
nos lettres? parlons-en quelquefois, de cette chère
malade; entrons doucement dans la chambre où elle

souffre, et chuchotons au chevet de son lit. — Que de
médecins se pressent à la porte! — Comme elle est
faible et pâle, comme elle se tourne et retourne! Et
nous n'y pouvons rien! — Récitons du moins la prière
pour les malades.

J'ai assisté dimanche à une assez triste cérémonie :
on a promulgué ici la Constitution. Sur le balcon de
l'Hôtel de Ville, en présence de Dieu, de la garde
nationale et de quinze cents badauds, un gros homme
orné de lunettes, flanqué d'un préfet, d'un archevêque,
et de quelques conseillers à face maigre, a paru lire
quelque chose que je n'entendais pas. Comme il rele-
vait sa lecture par de beaux gestes, et que les mots de
citoyens et de république arrivaient par intervalles
jusqu'à mes oreilles, je me suis laissé persuader, avec
tous les assistants, qu'il lisait effectivement la Constitution. Quand il eut achevé, levant le bras, ce qui fut
imité par tous ceux qui couvraient le balcon, cet
homme, qui était le maire, fit un : Vive la République!
— et cinq ou six voix dans la foule lui répondirent
par le même cri, ou par ceux de : Vive Cavaignac!
Vive la Constitution! — On se prit à rire; mais je ne
riais pas. — On courut de là à la cathédrale, qui est
l'église Saint-Gatien, où le *Te Deum* fut chanté avec un
ridicule accompagnement de grosse caisse et de cla-
rinettes; la crosse des fusils retentissait lourdement
sur les dalles, et les roulements du tambour annonçaient la présence de Dieu, ou son départ. — Les
soldats ricanaient, les vieilles femmes toussaient, les
fillettes jasaient; on entrait, on sortait avec bruit, on
poussait les portes, on remuait les chaises, on chan-
tonnait même avec les fanfares; c'étaient toutes les
rumeurs confuses de l'irréligion qui faisaient leur
bourdonnement dans la ruche sainte.

Et moi, appuyé dans un coin, à l'ombre d'un pilier, je regardais avec douleur ce spectacle de bruyante indifférence; et, plus fervent que plus d'un fidèle, je méditais à ma manière quelque pensée pieuse, telle qu'il en fallait à ce lieu et à cette circonstance. Songez, Laurent, que le même jour, à la même heure, une fête pareille se célébrait dans toutes les communes de France; et comment? avec quelle ferveur? avec quelle espérance? dans quelle espérance! dans quel recueillement! Ah! Français! Français! vous n'avez pas la foi politique! vous l'avez eue un jour, un seul jour, à la fédération du 14 juillet 1790; et jamais depuis! — Les lois pour vous ne sont que des mots! Moïse descendant du Sinaï vous eut trouvés railleurs! Vous ne mettez pas assez d'espoir dans cette Constitution, même imparfaite; et votre rire sceptique, votre stoïcisme goguenard à l'endroit du bien et du mal a tué dès longtemps l'illusion de tous vos législateurs! — Combien, sous les voûtes de toutes ces églises, combien de prières intérieures, de prières ardentes, passionnées, patriotiques ont appelé la protection d'en haut sur l'œuvre humaine? — Combien de *Te Deum* secrets ont-ils été entonnés? — J'ai donc raison de dire que c'était une triste cérémonie.

. . . .

A la table d'hôte où je fais mon repas en silence, je subis l'insipide cliquetis de vingt opinions différentes, qui sonnent creux en se cognant! — Il n'est pas de cause qui n'ait là son avocat! Bonaparte et Cavaignac, Ledru et Raspail, Henri V et Joinville, Bugeaud et Lamartine ont leurs partisans bavards, et doivent sauver la France, pour peu qu'elle veuille s'y prêter!

Et notez que si l'on me demandait mon avis, je ne saurais que répondre, sinon : Vive la République! car j'y crois encore.

. . . .

Qu'allons-nous voir le 10 décembre? — surtout que verrons-nous ensuite?— Les paris s'engagent, dit-on! Pauvres fous! — Du jeu que nous jouons, nous sommes l'enjeu nous-mêmes! — En vérité, la France est bien malade, avec cette Constitution lymphatique qu'on lui donne!— Et Vienne, et Berlin, qu'en dites-vous? N'avez-vous pas une parole grave pour Robert Blum, le martyr? — Avez-vous vu comme Radetzki saigne les Italiens? — Un jeune enfant, que je connais à Milan, qui m'écrit quelquefois, qui s'est battu, et qui vient de fuir en Suisse, est imposé pour 40,000 livres; il n'a pas vingt ans. — On le traite comme un vieux conspirateur : exil et confiscation! — Vraiment, la jeunesse de notre temps n'était pas faite pour voir de si grandes et de si terribles choses; nous nous étions casés dans la décadence; nous nous trouvons surpris par la régénération. — Nous nous étions faits railleurs mélancoliques de tous les abus et de toutes les imperfections sociales, et nous sommes peu capables de faire autre chose. — Nous étions la jeunesse d'une société qui tire à sa fin, et voici que nous assistons à un commencement, contre toute attente et toute prévision. — Nous sommes obligés de nous refaire, et ce n'est pas facile; car ces dix-huit ans de scepticisme nous avaient marqués profondément, et nous sommes des monnaies à refondre. L'expérience des révolutions nous manquait : ces huit mois d'histoire moderne nous sont un plus puissant enseignement que tous les livres et tous les récits du passé. Encore un an ou deux de ce spectacle-là, et nous serons formés; nous serons la jeunesse nouvelle, nous pourrons agir, si bon nous semble. — Qu'en pensez-vous ?

. . . . , ...

Ma classe m'est agréable; les trente adolescents que j'instruis sont avides de savoir, et je leur vide une partie de mon sac; mais qu'elle est vraie, la parole que Méphistophélès dit à Faust : « Le meilleur de ce que tu parviens à savoir, tu n'oses le dire à l'écolier! » Je leur enseigne l'opinion commune, qui n'est pas toujours la mienne. Ma voix affirme, quand mon esprit hésite; je tranche ce que je ne puis dénouer; je livre en bloc, et tout d'une pièce, certaines idées que j'ai lentement amassées, parcelle par parcelle, en dix ans peut être! — Ma science est tout un engrenage dont ils n'aperçoivent point le laborieux mécanisme. — Je me demande quelquefois si mes paroles leur profitent, si mes pensées n'ont pas en moi un terrain particulier qui les fait vivre, et si, quand je les transplante chez eux, ce n'est pas un arbre sans ses racines que je leur livre, une plante qui ne fructifiera point!

Les opinions que je leur impose, une à une et isolément, prennent-elles en eux la même valeur qu'elles ont en moi, où elles forment tout un corps dont les parties s'appuient les unes sur les autres et se prêtent un mutuel secours? Quand je me reporte au temps de mes études, il me semble que rien ne m'en est resté, qu'il m'a fallu tout apprendre depuis; et j'en conclus quelquefois qu'on ne sait bien que ce qu'on s'est assimilé soi-même; qu'on ne possède vraiment une idée, qu'après avoir passé par une série d'idées diverses ou même contraires; qu'on ne croit à une chose, qu'après en avoir douté; qu'on ne doute d'une chose, qu'après y avoir cru; que la science est comme un atterrissement formé par le flux et le reflux de la pensée; et qu'ainsi tout enseignement est une chimère, et que toute idée communiquée meurt dans le trajet!

Pourtant, j'aime mes fonctions, c'est pour moi mieux qu'un métier; je trouve je ne sais quel plaisir triste à étudier l'homme dans l'enfant. Tout sert pour observer; un vers d'Homère est une pierre de touche aussi bien qu'une strophe de Lamartine; toute huile est bonne à alimenter cette lampe qui tremblote au cerveau des enfants. Ma classe est un microcosme, dont je suis l'astrologue, et c'est là que j'amasse chaque jour la meilleure part de ma philosophie assez morose.

.   .   .   .

A ses parents.

Jeudi, le 30 novembre 1848.

.   .   .   .

Vous voyez bien, chers parents, que je n'ai rien à vous dire. Aussi je vous envoie, par compensation, un petit dialogue que j'ai écrit ce matin au courant de la plume.

SIMPLE DIALOGUE : OUI ET NON

. « Est-il vrai que le choix d'un président vous embarrasse? — Oui.

— Êtes-vous républicain? — Oui.

— C'est-à-dire que vous voulez faire un essai sérieux de la République? — Oui.

— Est-ce faire un essai sérieux de la République que de choisir pour la présidence un homme qui ne serait pas républicain? — Non.

— Louis-Napoléon a-t-il prouvé qu'il l'était?— Non.

— Ne doit-on pas supposer, tout au contraire, qu'il rêve l'Empire, puisqu'il a tenté deux fois d'y parvenir. — Oui.

— Ne peut-on pas conclure de ces deux folles entreprises, que celui qui les a faites a quelque mépris pour les Français, et qu'il les croit prêts à accepter ou à subir toute espèce de régime, et toute espèce de maître, avec un entraînement irréfléchi, ou une indolente résignation? — Oui.

— Un homme qui croit qu'il faut duper les peuples est-il digne d'éloges? — Non.

— A-t-il montré, depuis, toute la sincérité qu'on pouvait exiger de lui? — Non.

— Ne s'est-il pas tenu à l'ombre, évitant de s'engager auprès d'aucun parti, de se déclarer sur aucune question? — Oui.

— Ne s'est-il pas abstenu de voter, dans dix-huit occasions importantes? — Oui.

— Est-ce autre chose qu'un calcul politique?— Non.

— Mais supposons que celui qui en 1836 et en 1840 envahissait le sol français aux cris de : Vive l'Empereur! tandis qu'un de ses complices se chargeait de recruter *trois cents gueulards aux poumons vigoureux*, chargés de jeter le même cri, supposons que ce prétendant soit devenu républicain, le jour où il s'est aperçu qu'il ne pouvait rentrer en France qu'à cette condition. La présidence n'est-elle pas la première magistrature de la république? — Oui.

— N'y doit-on pas appeler un homme éprouvé, un homme capable? — Oui.

Louis Bonaparte a-t-il prouvé qu'il l'était? — Non.

— Dans les pays étrangers où il a résidé, le considérait-on comme un homme supérieur, ou même distingué? — Non.

— A-t-il écrit quelque beau livre? — Non.

— S'est-il illustré comme soldat ? — Non.

— A-t-il brillé comme orateur? — Non.

— A-t-il montré de la dignité dans l'exil? — Non.

— N'a-t-il pas choisi pour son séjour de prédilection l'Angleterre? — Oui.

— N'était-ce pas la dernière contrée qu'il eût dû choisir, s'il avait eu l'âme vraiment française? — Oui.

— N'a-t-il pas paradé dans les fêtes de l'aristocratie anglaise? — Oui.

— Ne s'est-il pas mis au service de la police anglaise? — Oui.

— Est-il, de tous ceux de sa famille, le plus digne d'estime? — Non.

— Ses deux folles tentatives ne donnent-elles pas la mesure de son intelligence? — Oui.

— Ne s'est-il pas couvert de ridicule, par cette turbulence présomptueuse, que rien ne justifiait? — Oui.

— Le ridicule est-il mortel en France? — Oui.

— Louis Napoléon, par sa conduite passée, par la médiocrité de son mérite, n'a donc aucun droit à la présidence de la république? — Non.

— Paraît-il au moins s'appuyer sur les hommes à la fois les plus intelligents et les plus honnêtes? — Non.

Ceux qui se groupent autour de lui ne sont-ils pas, pour la plupart, des flatteurs, des ambitieux ou des mécontents? — Oui.

— Est-ce bien par estime pour lui qu'ils le secondent? — Non.

— Ne spéculent-ils pas sur la popularité du nom qu'il porte? — Oui.

— N'est-ce pas pour le diriger à leur gré, ou pour ramener un nouvel ordre de choses? — Oui.

— Est-ce qu'il ne rallie pas tous les ennemis de la République? — Oui.

— Est-ce par amour pour la République qu'ils le soutiennent? — Non.

— Pour un grand nombre de partisans, il n'est donc pas un but, mais un instrument? — Oui.

— Ne dit-on pas que les paysans voteront pour lui? — Oui.

— Croyez-vous vraiment à cette unanimité de la campagne? — Non.

— N'est-ce pas une tactique fort connue, d'affirmer qu'une chose se fera, afin qu'elle se fasse? — Oui.

— Quoi qu'il en soit, n'est-ce pas son nom surtout qui éblouit les gens de la campagne? — Oui.

— Et ce nom prouve-t-il quelque chose? — Non.

— Connaissent-ils bien les antécédents de Louis Bonaparte? — Non.

— N'est-ce pas pour eux surtout qu'il est un rayonnant Inconnu. — Oui.

— Ne sont-ils pas imprudents et aveugles de porter leurs voix sur ce fantôme trompeur? — Oui.

— Ne les a-t-on pas abusés? N'a-t-on pas parlé d'une diminution considérable sur les impôts? est-il facile de promettre? — Oui.

— Cette diminution instantanée, et sur de vastes proportions, est-elle praticable dans un pays où l'administration publique a des besoins si nombreux

et des ressorts si compliqués? est-il facile de tenir?
— Non.

— Est-il au pouvoir d'un homme de faire renaître
le travail et le crédit? — Non.

— N'est-ce pas le souvenir de l'empereur qui
séduit les campagnards? — Oui.

— Ont-ils tort? — Oui.

— L'Empire n'a-t-il pas usé presque une génération d'hommes en dix ans? — Oui.

— L'Empire n'a-t-il pas épuisé la France en impôts
de toute sorte? — Oui.

— L'Empire n'a-t-il pas fermé la bouche à toutes
les voix libres? — Oui.

— L'Empire n'a-t-il pas amené l'invasion? — Oui.

— Notre gloire ne nous a-t-elle pas coûté bien
cher? — Oui.

— Sans la compensation de cette gloire, le régime
impérial eût-il été tolérable? — Non.

— Le neveu a-t-il, au moins, la puissance et le
génie d'organisation qu'avait l'oncle? — Non.

— Ils sont donc fous de regretter l'Empire, sans
l'Empereur, et pour le seul plaisir de fonder une
dynastie impériale? — Oui.

— C'est pure superstition de grognards? — Oui.

— Et dans les villes, y a-t-il beaucoup de bonne foi
et d'unité parmi les partisans de Bonaparte? — Non.

— Croyait-on, dans l'origine, que ses prétentions
fussent sérieuses? — Non.

— N'y voyait-on pas uniquement un mot d'ordre,
un cri de ralliement des factieux? — Oui.

— Les honnêtes gens n'ont-ils pas bientôt gémi de
voir avec quelle facilité et quelle inconséquence le
peuple ignorant s'éprenait d'un nom? — Oui.

— N'est-ce pas le plus misérable des journaux qui

a, l'un des premiers, prôné cette candidature? — Oui.

— N'était-ce point par haine d'un autre nom? — Oui.

— Quant au nom de Bonaparte, n'est-il pas le drapeau de toutes les rancunes? — Oui.

— De toutes les jalousies? — Oui.

— De toutes les haines? — Oui.

— De toutes les ambitions rampantes? — Oui.

— De toutes les craintes bourgeoises? — Oui.

— De toutes les espérances monarchiques? — Oui.

— De tous les instincts égoïstes? — Oui.

— De tous les souvenirs surannés? — Oui.

— Il s'appuie donc, pour être président de la République, sur ceux qui veulent renverser la République?
— Oui.

— Croyez-vous qu'un nouvel essai de gouvernement monarchique puisse être plus heureux que
les précédents? — Non.

— Pas plus un Empire qu'une Restauration? —
Non.

. . . .

— De deux choses l'une : ou Bonaparte ne veut
être que président, ou il veut être empereur? — Oui.

— S'il arrive à l'Empire, ce sont de nouvelles révolutions qui se préparent, des guerres de dynasties,
des vengeances de républicains, la lutte sanglante
de tous les partis? — Oui.

— Mais pourra-t-il se résoudre à se démettre de la
présidence au bout de quatre ans? — Non.

— Et quand même il le voudrait, ses conseillers,
plus acharnés que lui au pouvoir, le lui permet-
tront-ils? — Non.

— Et si le chef est incapable, ne verrons-nous pas
recommencer cent combats ministériels, cent duels
de portefeuilles? — Oui.

— Et sans prévoir les choses d'aussi loin, le lendemain même de l'élection de Louis Bonaparte à la
présidence, les partis si divers qui le soutiennent ne
se sépareront-ils pas? — Oui.

— Ne verra-t-on pas alors de combien d'éléments
hétérogènes était composée cette majorité factice?
— Oui.

— N'y a-t-il pas, dans ce nombre, des philippistes?
— Oui.

— Des légitimistes? — Oui.

— Des impérialistes? — Oui.

— Des alarmistes? — Oui.

— Des royalistes quand même? — Oui.

— Croira-t-on que tous ces gens-là poursuivent la
même chose? — Non.

— Est-ce l'ordre qu'ils veulent? — Non.

— N'espèrent-ils pas qu'à la suite du plus grand
désordre possible, et du milieu d'un chaos politique,
leur opinion finira par triompher? — Oui.

— Ils ne secondent donc Louis Bonaparte que
parce qu'il embrouille tout? — Oui.

— Et les quelques honnêtes gens qui voient dans
ce grand nom une garantie d'ordre et de prospérité
se font donc illusion? — Oui.

— Ils s'imaginent que Bonaparte remédie à tout,
rallie tout le monde, et qu'avec lui la révolution est
close. Est-il aveuglement comparable à celui-là? —
Non.

— Ainsi, dans le cas où Bonaparte réussirait, nous
devons nous attendre à de nouveaux troubles? — Oui.

— D'abord, ses propres efforts pour arriver à l'Empire? — Oui.

— L'agitation de ses partisans les plus fougueux,
pour l'y pousser? — Oui.

14

— Les agressions constantes des républicains ? — Oui.

— Des socialistes ? — Oui.

— Des légitimistes ? — Oui.

— Des orléanistes ? — Oui.

— Ces partis ne s'uniront-ils pas alors contre lui, pour défaire leur propre ouvrage ? — Oui.

— N'est-ce pas la guerre civile, et plus acharnée que jamais ? — Oui.

— La France, plus épuisée qu'elle n'est même aujourd'hui, en serait réduite à revenir à la République, ou à une restauration éphémère, que suivraient des révolution nouvelles ? — Oui.

— Après un long trajet à travers le désordre et le sang, nous reviendrions au point de départ ? — Oui.

— C'est-à-dire à un nouvel essai de République ? — Oui.

— Car vous ne pensez pas, encore une fois, que le principe monarchique, qui meurt par toute l'Europe, ait assez de vitalité pour renaître en France et s'y perpétuer ? — Non.

— Puisqu'il s'agit donc d'établir définitivement, et de fortifier, par toutes les garanties d'ordre, le gouvernement républicain, il est sage d'éviter tout ce qui peut nous rejeter dans les luttes du principe monarchique ? — Oui.

— Louis Bonaparte, par cela seul qu'il fut prétendant, et que son républicanisme est douteux, nous y rejette ? — Oui.

— Eût-il même la capacité et la bonne foi, son nom sert de drapeau à trop de partis, et à trop de passions, à trop de rancunes et à trop de mécontentements pour que la République y puisse trouver la force dont elle a besoin ? — Oui.

— Est-ce autre chose qu'un souvenir', ou une menace? — Non.

— Vous pensez que, pour être fidèle au principe républicain, on ne doit pas porter 3a voix sur un candidat qui rappelle des principes tout différents? — Oui.

— Vous pensez que l'ordre, le crédit, la confiance renaîtront mieux et plus sûrement, si la France s'engage bravement dans la voie républicaine, au lieu d'y revenir plus tard par de nouveaux détours? — Oui.

— Voterez-vous pour Louis Bonaparte? — Non..

A ses parents.

Dimanche soir, 10 décembre 1848, 7 heures.

Le sort en est jeté! les urnes sont pleines; que va-t-il en sortir?... La journée a été admirable : un ciel d'une pureté! un soleil tout réchauffant! une température d'une douceur! — Dieu semblait sourire joyeusement! — Quoi qu'il arrive, le suffrage universel est une belle chose. Ces campagnards qui arrivaient par longues files, tambour battant, le maire et le curé en tête, sont un spectacle digne de l'homme, digne d'un pays libre! — Tout le monde votait; les uns, dans leur entraînement de reconnaissance, dans leur patriotisme rétrospectif, dans leur ardeur irréfléchie, acclamaient Bonaparte; d'autres aussi faisaient le même choix, par rancune et par hypocrisie; d'autres plus réfléchis en même temps que plus républicains, nommaient Cavaignac; un grand nombre d'ouvriers ont choisi Ledru-Rollin; — Allons! c'est bien! les choix sont libres! — Soumettons-nous d'avance au résultat du suffrage universel, de peur de le condamner! — Surveillons bien ce Bonaparte, s'il est nommé président; à la moindre tentative d'usurpation, qu'on le jette à bas; il ne faut pas que la république nous soit encore escamotée par quelques ambitieux! — Espérons du reste que tout se passera avec calme, à l'honneur de la France; et que les anarchistes en seront pour leurs frais! — Ces paysans sont de vrais moutons de Panurge! On leur mettait le bulletin en mains; ils se laissaient faire! — Hier soir, on a brûlé une botte de paille, en grande cérémonie, comme si c'eût été ce pauvre Cavaignac; les légitimistes étaient là; on devinait leur présence dans les groupes! — N'était-ce pas pitié que d'entendre des marmots de cinq ans crier : « A bas Cavaignac! il a ch... dans son sac! » ou bien : « il est tombé dans la m....! » Voilà ce que c'est que le peuple! — le peuple libre! à Athènes, à Rome, en France, en Amérique, il est toujours, il fut toujours le même! — léger, inconséquent! épris sans raison; acharné sans motif; jouet de tous les partis; ébloui par tous les grands noms; engoué; tiraillé; libre pourtant! Car c'est encore la liberté, que de se donner à vingt maîtres, ou d'obéir à vingt caprices, ou de commettre vingt inconséquences! — On est libre d'être sage, et libre aussi d'être fou! — La liberté, c'est bien souvent le droit de se choisir son maître!

. . . .

Lundi soir, 11 décembre.

On sait le résultat du scrutin à Tours; sur *10 000* votants, Napoléon a eu *8 000* voix, Cavaignac

dix sept cents (*1 700*) et Ledru-Rollin *300*. Allons!
allons! le suffrage universel fait de belles choses! —
Étrange entraînement! — Folie! Inconséquence! —
Que va-t-il arriver? — Si du moins, fort d'une imposante majorité, le neveu de l'autre entrait résolument
dans la voie républicaine! — Ce serait son salut. —
D'ailleurs, n'est pas usurpateur qui veut! — Puis-
sions-nous ne pas voir Henri V! — Je ressens une
certaine joie d'avoir voté avec la minorité; on a toujours constaté que les minorités avaient eu raison.

La dernière proclamation de Cavaignac est un
vrai testament politique, un *De profundis*. — Pauvre
général! Le voilà qui va rejoindre Lamartine dans le
martyrologe de l'ingratitude et de l'oubli! — De
tous ces ambitieux, il était le plus honnête; — Ledru-
Rollin est un porteur de toasts, pas autre chose! —
Raspail est le marchand d'orviétan de la république;
Louis Bonaparte n'est rien qu'un nom; ce n'est pas
lui qui va gouverner, c'est la coterie de Thiers; —
c'est l'optimisme politique; c'est le *statu quo*! — Le
National renversé fait place à ce vieil infirme qu'on
appelle le *Constitutionnel*! — Après ce triomphe,
les légitimistes ne doutent plus qu'une troisième
épreuve du suffrage universel, bien chauffée, bien
préparée, ne leur amène le boiteux de Goritz!

Bonaparte, mon ami, la tâche est lourde pour toi;
je te plains plus que je ne te hais; tu n'as pas
la caboche de ton oncle, et les partis qui t'ont porté
là vont tous te demander le prix de leurs services!
Pauvre Bonaparte! Je n'échangerais pas mes nuits de
sommeil contre les tiennes! — Ah! comme l'Europe
va rire!... et l'Amérique! — La France est folle, je
vous le dis. — Mais enfin elle use de sa liberté; je
n'ai rien à y voir; advienne que pourra; et vive le

suffrage universel, même quand il se trompe ! — il faut bien qu'il fasse des sottises, avant d'être sage; — tout ce que je demande, c'est que nous ne les payions pas trop cher !

. . . .

A ses parents.

Tours, mercredi 20 décembre 1848.

Nous avons eu ici trois semaines de mai, en décembre; un vrai printemps, à faire illusion aux papillons, s'ils n'étaient pas tous en terre. — Les roses tout étonnées se regardaient fleurir sur leur tige; et les bourgeons se demandaient entre eux s'ils devaient éclore tout de bon, et donner des feuilles aux arbres dépouillés! Le bon Dieu, tout préoccupé des élections, avait oublié un instant de surveiller les saisons; le Printemps folâtre en profita pour devancer ce lourd vieillard Hiver, qui marche pas à pas. — Mais, depuis hier soir, tout est rentré dans l'ordre, tout suit son train naturel; et j'ai rallumé mon feu, éteint depuis quinze jours.

Je suis forcé de l'avouer, cher père : Napoléon a la majorité ! — La sottise est faite; la France, comme tous les fous de bonne maison, l'a faite grandement, libéralement, cette sottise éclatante; elle l'a tirée à cinq ou six millions d'exemplaires! — Tu chantes victoire; pour moi, je trouve l'horizon fort rembruni, le ministère projeté me déplaît; les Molé, Thiers, Bugeaud se mettent à l'écart, pour rejeter sur d'autres tout le fardeau de la situation; les légitimistes cherchent quelque nouvelle tactique pour ramener leur éternel Bourbon; les socialistes four-

bissent leurs armes, et fondent des balles. — Le
second acte de la révolution commence; attention!
Un débutant y va jouer le premier rôle; gare aux
sifflets et à la cabale! — Je suis un spectateur impar-
tial; toi, cher père, je te vois au parterre parmi les
claqueurs! — Ah! si ce Bonaparte pouvait satisfaire
les hommes aussi facilement qu'il contentera les
enfants : avec quelques jours de congé! — Les
3 838 voix que Lamartine à eues à Paris sont une
honte pour la nature humaine, et pour la France.
— Voilà donc tout ce que produit la reconnaissance
politique! — Quant à Cavaignac, je le plains : il doit
sévèrement juger le peuple français; et il a raison;
— je me félicite d'avoir voté comme j'ai fait, contre
l'inconnu, contre la nouveauté, contre le prestige
des souvenirs, contre le hochet impérial. — L'avenir
dira qui s'est trompé de nous deux.

. . . .

Je suis encore allé me promener aux bords de
l'Indre, jeudi dernier. J'ai fait neuf lieues à pied ce
jour-là, pour n'avoir pas trouvé, le soir, de maraî-
cher qui pût me ramener en voiture. — J'ai visité en
détail le grand viaduc; j'ai aperçu la maison de
M. Delaville-Leroux, à la Roche. — A la nuit, je me
suis mis en route pour revenir; j'ai rencontré à
quelques pas de l'Indre une espèce de roulier, en
blouse, et suivi d'un chien, qui allait à Tours et me
proposa d'être mon compagnon de voyage; — il faisait nuit; nous étions à quatre lieues de Tours, loin
de toute habitation; le plus sûr était d'accepter. Il
me mena par des chemins de traverse, dans les bois,
le long des prés, dans des sentiers à lui connus; nous
suivîmes même quelque temps le talus du chemin
de fer de Bordeaux, qui passe dans cette direction,

et où l'on travaille beaucoup. — Je n'étais pas très
rassuré, seul avec cet inconnu et son chien; —
cependant je causais avec lui, avec beaucoup de
confiance, et il me parut que ce n'était pas un homme
dangereux.

Le temps était très noir; j'aperçus tout à coup une
hutte et de la lumière, dans un fourré d'arbres. Il s'en
approcha, ouvrit la porte, comme on fait quand on
connaît les lieux, et me fit signe d'entrer. — Je le
suivis. — C'était un cabaret de campagne, parfaitement isolé; une vieille femme nous versa deux verres
d'eau-de-vie, et je les payai. — Mon compagnon me
laissa faire. — La vieille paysanne nous raconta qu'elle
était fort misérable, et qu'elle était restée deux jours
sans avoir de pain chez elle. — Je voulus payer l'eau-
de-vie le double du prix qu'elle me demandait; elle
refusa. — Nous nous remîmes en route, causant politique. — Il commençait à pleuvoir; il était huit heures
du soir; — le chien jappait en courant devant nous;
je ne voyais pas à dix pas de moi; j'enfonçais dans la
boue; car la chaleur du jour avait dégelé les terres
molles où nous marchions, sans suivre de chemin
tracé. — Je ne savais pas où j'étais; mais mon
homme avançait comme quelqu'un qui sait où il va.
— Nous fîmes ainsi deux lieues, jusqu'à un village
nommé Joué, sur la route de Chinon. — Tout le
village dormait; mais un cabaret était ouvert. Mon
individu y entra encore, avec la même familiarité.

Là, le spectacle était moins rassurant : sur une
longue table, autour d'une chandelle enfumée, étaient
couchés, accoudés, des hommes d'assez mauvaise
mine, les uns dormant, les autres jouant aux cartes.
— On nous servit encore deux petits verres, et c'est
mon homme qui paya; il en faisait un point

d'honneur! — Il se mit à causer avec tous ces gail-
lards, qui me regardaient d'un air hébété, comme
une bête curieuse; car j'étais en bourgeois, et assez
proprement vêtu. — Il en vint plusieurs autres, tous
en blouse, qui s'établirent de même autour de la
table, et se mirent à boire, en parlant assez bas. Je
fus obligé d'avertir mon compagnon qu'il se faisait
tard. Nous partîmes enfin, et quand je fus hors de ce
bouge, je respirai; nous avions encore le Cher à
traverser et une lieue et demie à faire pour arriver
à Tours. — De peur, je n'en avais aucune; mais
pourtant, j'examinais de temps en temps à la dérobée
mon individu, son gros bâton et son chien.

Nous étions dans un chemin creux, qui conduit à
un endroit qu'on appelle le Pont Volant, à quelque
distance d'une avenue de peupliers qui mène elle-
même aux bords du Cher; le lieu eût été merveilleusement choisi pour une embuscade; mais c'est à
peine si j'y songeai, occupé que j'étais d'écouter les
interminables histoires de mon guide. — Il me
racontait qu'il avait été marchand de bois; que la
grande inondation de la Loire l'avait ruiné, en lui
emportant pour quinze mille francs de bois à brûler,
et que la préfecture lui avait un jour accordé trente-
huit francs d'indemnité, qu'il refusa avec indignation; — qu'il vivait assez tristement, avec quatre
enfants, du produit de deux chevaux et d'une
charrette; — qu'il transportait du sable, des pierres,
pour les travaux du chemin de fer, etc.

Nous approchions de Tours. En traversant le faubourg désert de Saint-Sauveur, qui est en dehors de
la ville, mon compagnon fut reconnu et accosté par
un individu qui se tenait devant une maison, et que
l'obscurité m'empêchait de bien distinguer. — Ils

causèrent quelques minutes de choses et d'autres,
après quoi nous continuâmes tous deux notre
chemin ; et comme je lui demandais quel était cet
homme, il me répondit : c'est le bourreau, — et il
ajouta : « *Vous voyez qu'il n'est pas fier* ; c'est un brave
homme, bien charitable, et qui fait beaucoup
d'aumônes. » — Je le mis alors sur ce chapitre-là, et il
me parla longuement du bourreau, de ses deux
filles, de cette *charmante* famille, etc., etc. — Enfin
nous arrivons au Mail ; et c'est là seulement que nous
nous séparâmes. — J'étais sain et sauf, et si peu
fatigué, que je pus encore aller lire mes journaux.

. . . .

A *Laurent-Pichat.*

Tours, 2 février 1849.

. . . .

Lisez-vous les *Confidences* ? — avez-vous lu Raphaël ?
— Je trouve cela merveilleusement écrit ; —
Graziella est délicieuse ; — et Julie, qu'elle est différente de la raisonneuse de Rousseau, qui met le vice
en action et la vertu en paroles ! — Savez-vous que
j'ai une grande joie ? Ce « lac » des *Méditations*, ce lac
aux flots harmonieux, ce lac, qui s'est accru de toutes
les larmes qu'il a fait verser aux femmes, ce lac dont
nul ne savait le nom, ce lac dont j'étais amoureux, je
le connais, je l'ai vu, c'est le lac du Bourget ; Raphaël
a tout éclairci ! — L'an passé [1], nous fîmes, à cinq,
un voyage à Chambéry, à Aix, à Hautecombe ; je
m'étonnai que ce pays admirable, plus mystérieux,
plus mélancolique que la Suisse même, n'eût pas

1. Voir lettre du 30 avril 1848. Page 154.

encore inspiré les poètes; nous louâmes une grande
barque et trois mariniers qui nous firent traverser
dans sa largeur, jusqu'à l'abbaye de Hautecombe, ce
lac uni comme un miroir, caché au milieu des
montagnes, tout résonnant d'échos lointains, à peine
sillonné par quelques batelets de pêcheurs. — C'était
le matin; une brume légère s'élevait du lac; l'un des
mariniers chantait un air d'une harmonie triste et
monotone; les deux autres frappaient les flots en
cadence; nous étions assis nonchalamment sur les
bancs de bois de notre embarcation; je me penchais
en dehors, et ma main qui plongeait dans l'eau arrêtait
au passage les joncs qui nageaient sur cette surface
argentée par le soleil levant; — je regardais, dans
une sorte d'extase, toutes ces montagnes aux formes
bizarres, tous ces hameaux posés sur la rive, comme
des hôtes qui attendent un ami; — je me perdais
dans cette contemplation qui dura deux heures, et je
trouvais, à cette vue, quelque chose de si puissam-
ment poétique, que je plaignais les poètes de n'avoir
pas chanté, de n'avoir pas connu peut-être cet Élysée
des montagnes. — Et c'est le lac de Lamartine! — je
suis content.

. . . .

A ses parents.

Tours, 31 mars 1849.

Je n'ai plus le droit de me plaindre : je voulais des
aventures; j'en ai eu, et de toutes les espèces. Cette
semaine a été prodigieuse, et c'est une merveille
qu'après tant d'émotions je sois à peine incommodé,
lorsque d'autres auraient eu peine à résister à d'aussi

singuliers événements. C'est ainsi que le ciel se plaît
à surprendre ceux qui se lamentent sur l'insignifiance
de la vie, et la monotonie des occupations! Du reste,
vous allez en juger par vous-mêmes; lisez sans effroi
ce qui va suivre, puisque, je vous le répète, je suis
sain et sauf, et, à part une égratignure, rien sur ma
personne n'indique la trace de tant d'aventures
nouvelles pour moi.

Lundi dernier, je me rendis chez M. B... — J'avais
mis, pour la première fois, mon gilet blanc; j'étais
galamment habillé, pour faire honneur à ces aristos.
— Il y avait grande compagnie, une quarantaine de
personnes, des comtes, des ducs, des généraux, le
vieux chancelier Pasquier, le procureur général, des
magistrats. — Il y avait aussi quelques dames, en
grande toilette. — J'étais tout étourdi d'une si brillante compagnie, et je ne savais sur quel pied danser.
— Mme B... fut très aimable pour moi, et me présenta
à quelques personnes qui m'invitèrent même à venir
les voir. — Le chancelier Pasquier est fort simple de
manières. — Je lui ai adressé quelques paroles; — il
est vieux, et un peu sourd; je lui ai parlé de son
neveu M. d'Audiffred, que j'ai connu à Dijon.

. . . .

A dix heures et demie, je partis discrètement. —
Il faisait sombre; j'étais à peine arrivé sur le mail
Heurteloup, qui mène à la Porte de Fer, que trois
hommes se précipitèrent sur moi, et me bâillonnèrent;
l'un me prit ma montre, qui ne m'a été rendue que ce
matin, par le commissaire de police; les deux autres
me dépouillèrent de mon paletot; et, comme, à ce
moment ils entendirent des bruits de pas, ils m'en-
traînèrent du côté de l'embarcadère, je ne sais
pourquoi, et, arrivés à une affreuse masure, ils y

entrèrent, et, malgré ma résistance, je fus enfermé au
premier dans une chambre, sans lumière. — Comme
onze heures sonnaient, je les entendis sortir de la
maison; ils parlaient avec une femme. — Dès qu'ils
se furent éloignés; je frappai à la porte du corridor;
pas de réponse; je frappe encore, rien; — alors j'ouvris la fenêtre, et comme le premier étage n'était pas
haut, me cramponnant aux barreaux, je me laissai
tomber en bas; j'en fus quitte pour une écorchure au
bras, et je me sauvai chez moi en toute hâte. — Le
lendemain je fis ma déposition chez le commissaire
de police. — Je vous apporterai le journal du mercredi, qui raconte tout cela. Les trois individus ont
été arrêtés et interrogés; — on leur a demandé quelle
était leur position sociale; ils ont répondu : « Républicains de la veille! »

Vous croyez peut-être que cette aventure a seule
rempli ma semaine; détrompez-vous. — Mercredi
soir, vers sept heures, par un temps neigeux, j'étais
auprès de mon feu à travailler, quand j'entendis du
tumulte sur l'avenue; un coup de fusil partit;
bientôt, j'entends monter précipitamment dans mon
escalier. On frappe à ma porte; j'ouvre : un homme
s'élance dans ma chambre, en repoussant la porte. —
« Qui êtes-vous », dis-je? — « Sauvez-moi! cachez-moi!
— on me poursuit! » — « Vous a-t-on vu entrer ici? »
— « Je ne crois pas. » — J'entendis des gendarmes
galoper sur l'avenue. — L'inconnu me dit : « Cachez-
moi! » — « Mais qui êtes-vous? » — (il avait un long
visage pâle, une barbe tirant sur le roux et quelque
chose d'égaré dans le regard). — « Je suis Huber, me
dit-il. » — « Le condamné politique? » — « Oui, moi-
même. »

Des pas résonnèrent sur l'escalier; Huber se blottit

dans mon placard. — Un gendarme entra. — Je m'étais
assis à ma table, travaillant avec sang-froid. —
« Pardon, monsieur! vous n'avez entendu personne
monter dans cette maison? » — « Non, monsieur, lui
dis-je. » — Il jeta un coup d'œil sur la chambre, n'y vit
rien, et sortit.

Enfin, chers parents, qu'il vous suffise de savoir
qu'Huber est caché chez moi depuis ce temps;
Mme Charles et M. S... sont dans le secret. On le
couche dans un cabinet de M. S... — Le jour, il
est chez moi, où certes personne ne songera à le
chercher. — Je lui ai donné des plumes, du papier; il
prépare une justification de sa conduite. — C'est ici
qu'il a écrit sa dernière lettre que les journaux ont
publiée. — Il a quelque argent, et paie ses repas à
Mme Charles; c'est un excellent homme, un peu original, mais qui cause très bien. — Il doit nous quitter
quand le procès sera jugé, c'est-à-dire demain ou
lundi, pour aller à Nantes et, de là, s'embarquer pour
Londres. — Il m'a donné deux lettres, l'une pour
Ledru-Rollin, l'autre pour Proudhon, afin que je fasse
leur connaissance, — à Pâques. — Ce qu'il y a de
drôle, c'est qu'avant-hier le commissaire est venu
me voir pour l'affaire du vol et qu'il a vu Huber,
griffonnant à ma table. Je lui ai dit que c'est un
maître d'études de collège.

. . . .

———

A ses parents.

Tours, lundi 30 avril 1849.

Nous sommes passés de l'hiver à l'été sans transition. A peine la dernière neige venait-elle de fondre,

qu'un soleil tropical est survenu, et grille les bourgeons éclos. — J'ai fait à ces premières chaleurs le
sacrifice de ma chevelure: elle est tombée hier sous
le ciseau, à l'heure où l'astre du jour, au milieu de sa
course, éclairait une revue de la garnison au Champ
de Mars! — Dieux! que je me suis trouvé laid, après
ce fatal sacrifice! — Des deux côtés du front une
touffe de petits cheveux, qui veulent à toute force
friser en dehors, formait comme une aile d'oiseau qui
prend son vol; il semblait que j'eusse aux tempes ce
que Mercure porte aux talons. — Je suis maître de
mes cheveux, quand ils sont longs; je les domine
alors, je leur impose la forme qui me plaît, je les
tourne et les ploie à ma fantaisie: — mais dès qu'ils
sont courts, ils frisent dans tous les sens, il font mille
grimaces et mille contorsions sur ma tête; ils se conduisent en écoliers indisciplinés, et font damner le
peigne, la brosse et la pommade! — Quoi qu'il en soit,
j'ai dû faire cette offrande à l'autel du printemps, ou
plutôt de l'été! — Tout le parquet du temple, c'est-à-
dire du salon de coiffure, était jonché de ces mèches
à jamais regrettables! Il faudra bien trois ou
quatre mois pour ramener à son premier état ma
tête ravagée! (j'allais dire dépeuplée!) Pauvre tête!
pauvres cheveux! Moisson de mèches fauchées par
l'impitoyable perruquier! — que de mèches! que de
mèches! — Don Juan eût pu en donner à ses
mille et trois amantes! — et moi je n'en ai pas même
ramassé une!

C'est jeudi dernier, chers parents, que l'Alboni a
donné son concert au théâtre. — On jouait
le Caprice et *le Roman d'une Heure*; vous connaissez la première de ces deux pièces; l'autre est
plus jolie encore; c'est délicat, c'est fin, c'est naïf,

c'est touchant, c'est original, c'est spirituel, c'est plaisant, c'est léger, c'est profond. — Alboni a chanté ensuite trois airs, qu'on lui a fait répéter tous ; — un air de Berriot, un air de la Cenerentola, enfin son fameux brindisi.

La salle entière était louée ; j'avais moi-même loué bravement une stalle pour mes cinq francs, et je ne m'en repens pas. — Grâce à mon coupon, on m'a laissé monter sur le théâtre, où j'ai pu voir et entendre l'Alboni à deux pas de moi, quand la toile était baissée, et à dix pas, quand elle était levée. — La voix de cette grosse jeune fille a quelque chose de prodigieux. Il faut entendre ces vocalisations puissantes et faciles ; ce timbre pur qui passe des notes hautes aux notes basses sans effort et sans fatigue ; ces cadences interminables, aussi fermes, aussi nettes à la fin que lorsqu'elles commencent ; ces intonations ravissantes ; ces roulades pleines de nuances délicates ; ces sons graves et mâles, qui sortent de la poitrine, comme d'un vaste tuyau d'orgue. Et quelle aisance, et quel art, et quel style ! — on ne sait à quels instants cette femme respire ! Ses larges poumons lui fournissent de l'air sans interruption, sans lassitude ; c'est la vigueur d'un soufflet de forge et la grâce d'un rossignol ! — Une chose lui manque pourtant, à laquelle on ne songe pas, tant qu'on écoute ses délicieux roucoulements : c'est le cœur, c'est la passion, c'est l'âme enfin !

Oui, cette femme manque d'âme. — Elle ravit, mais elle n'émeut pas ; elle arrache des trépignements d'admiration, mais pas une larme, pas un frémissement électrique ; c'est un ange gazouilleur, ce n'est pas un être humain, qui se plaint, qui souffre, et dont la voix saigne ! — Le choix même des morceaux qu'elle préfère indique assez qu'elle ne se sent pas portée au pathétique; — l'expression des sentiments douloureux lui est inconnue; elle saura rendre l'orgueil et les joies du triomphe; elle échouera s'il faut montrer le découragement, l'angoisse ou le désespoir. — Sous ce rapport, Grisi lui est supérieure, Mme Viardot peut-être aussi; la Malibran surtout l'aurait emporté sur elle. Mais quant à l'organe, celui de Mlle Alboni est, je crois, incomparable.

Je n'ai pas besoin de vous dire qu'on l'a comblée de bravos, accablée sous les bouquets de camélias! etc. — Toute la noblesse de Tours et des environs était au théâtre, en toilette de bal; — la rue était encombrée de carrosses; on se serait cru à la sortie du Théâtre Italien.

. . . .

_____

A Laurent-Pichat.

Tours, le 5 mai 1849.

Vous l'avez dit, mon ami; c'est paresse, si je ne vous écris pas; quels motifs aurais-je d'être fâché contre vous qui ne dédaignez pas mon exigeante et monotone amitié? C'est paresse. Je fonds à ces premières chaleurs de mai; je fais peau neuve; non pas pour devenir papillon cependant; larve je suis, larve je resterai. J'avais hâte de voir poudroyer le soleil et verdoyer les prés. Par le temps de pluies et de bourrasques que nous avions depuis deux mois, la renommée de la Touraine n'était plus qu'une amère et inexplicable dérision. — Cette vallée de la Loire était une vallée de larmes! le vent d'ouest me persécutait:

il me fallait deux fois par mois courir après mon chapeau : rien n'est fait pour humilier davantage ! — Heureusement, voici l'été ; le four chauffe ; *pecori jam gratior umbra est!* — Il est vrai que la saison n'est guère avancée de ces côtés. Nous n'en sommes encore qu'aux bourgeons, ou peu s'en faut ; mais le ciel est d'azur, les matinées sont charmantes. J'entends, le soir, de ma fenêtre, le formidable coassement des grenouilles du marais voisin ; *ranæque palustres avertunt somnos!* — Les pâquerettes se saluent dans l'herbe, comme des amies de pension qui se retrouvent ; — les coulcuvres, dont vous avez vu chez moi deux échantillons, s'endorment plus nombreuses sur le sable des chemins ; les coléoptères sortent de leur nid, et les grisettes de leur mansarde ; c'est une double chasse qui s'ouvre ; les amateurs se mettent en campagne ; l'un s'arme d'un nœud de cravate, d'un pantalon de nankin, d'une moustache insidieusement retroussée, et d'un jonc flexible ; l'autre endosse la veste du campagnard, prend le chapeau gris, le liège, la filoche, les épingles. — Comme Ronsard, il veut « jusques au coude avoir l'herbe ! » — Ils sont partis ; *trahit sua quemque voluptas!* nouveau souvenir d'école ; troisième citation ! — Est-ce bien la troisième que vous subissez ? — En vérité, oui ! — ces vieilleries de la mémoire me reviennent par exception ; — *manet alta mente repostum ;* — ce qui fait quatre.

Je vous disais donc qu'on se met en chasse, qui sous les marronniers du Mail (toute ville de province a une promenade publique de ce nom), qui, dans les buissons et les marécages de la Loire et du Cher. Pour moi, voilà longtemps que j'ai reconnu que, papillon pour papillon, je réussirais mieux à prendre les bêtes que les filles. — Les victimes que je fais, je les pique sur liège, — et j'étudie leurs beautés au microscope.

Ce que vous me dites des vers de notre ami Eugène[1] est parfaitement vrai, à part une dose d'indulgence qu'il n'était pas nécessaire d'ajouter à cette purgation amicale. — Sans croire, comme vous, qu'il ait beaucoup de bon sens (car j'ai les preuves du contraire), il est sûr que la nature de son esprit le dispose peu à cette escrime des poètes contre l'idéal. — Il voit les choses un peu trop comme elles sont, à l'état solide; vous autres poètes, bizarres chimistes, vous ne présentez guère les idées et les mots qu'à l'état gazeux.

Notre ami Eugène, assez délicat observateur des petites choses (c'est aussi mon avis), les isole et les dessine au trait; — son imagination a la qualité des lunettes achromatiques. — L'habitude d'enseigner y est pour beaucoup, mon cher Laurent; — les beautés qu'on enseigne, il faut qu'on les précise. — Ce pédantisme de l'expérience, dont vous parlez, est une des nécessités du métier qu'il fait. Quand il commente les poètes, avec ses écoliers, il est obligé de mettre le doigt sur des beautés visibles et sensibles, de faire valoir le développement d'une idée, la place d'un mot, le choix d'une expression, l'harmonie d'une rime, la sonorité d'un vers, la rotondité d'une période! — il doit indiquer les effets et les causes, sous peine de ne laisser dans les esprits que de vagues impressions, fugitives, inexpliquées! — Voilà pourquoi le maître qui instruit des enfants se préoccupe surtout des beautés qui ont leur *raison d'être* logique,

1. Eugène Manuel lui avait envoyé des vers.

qui parlent au bon sens, tandis qu'il passe plus rapi-
dement à travers le vaporeux domaine des impalpa-
bles fantaisies, des sentiments ailés, des harmonies
insaisissables.

Si notre ami Eugène disait à ces têtes légères :
« Sentez! nul commentaire n'est possible! voilà des
beautés poétiques qu'il faut sentir! » il ne serait pas
compris; ou bien, pour une sensation vraie qu'il
produirait ainsi, il en susciterait un grand nombre
d'autres qui seraient à l'encontre du goût et de la
beauté véritable. — Bientôt ses écoliers admireraient
mille sottises, mille monstruosités, sous prétexte
qu'une sensation vive se produit en eux, et qu'ils ne
veulent plus juger que par-là! — Le mauvais goût
du jeune âge (rappelez-vous vos quinze ans) s'épa-
nouirait au grand jour par toutes les issues. — Il
faut avoir longtemps jugé avec son goût, pour s'en
remettre ensuite, à coup sûr, au jugement de la sensation abandonnée à elle-même. Cette aptitude si
rare, même dans les esprits les plus mûrs et les plus
exercés, vous la voudriez trouver dans ces folles
intelligences, dont l'esprit n'est encore qu'un miroir
réflecteur? — Apprenez que l'enseignement ne porte
guère de fruit si l'on n'enseigne pas *par raison*. Un
professeur est un homme qui a réponse à tous les
pourquoi! — Si les écoliers jugent par sensation, ils
ne tarderont pas à prendre pour mesure de cette
sensation leur plaisir; et l'on verrait alors qu'avec
cette belle méthode ils trouvent que les romans de
Süe sont mieux écrits que les oraisons de Bossuet, et
les drames d'Hugo préférables à *Phèdre* et à *Cinna*!

Vous devez comprendre maintenant pourquoi la
littérature du XVIIe siècle est particulièrement com-
mentée et recommandée dans les classes; c'est qu'elle

est essentiellement pleine de beautés logiques, c'est-à-dire *explicables*; c'est qu'elle présente le plus merveilleux mécanisme de langage qui se puisse voir ; c'est que les auteurs de ce temps, où dominait l'esprit d'ordre et de méthode, et ce que l'on pourrait appeler le pédantisme du génie, faisaient tout avec une intention marquée, qu'il est facile de reconnaître encore après deux cents ans.

En pourriez-vous dire autant de nos contemporains? N'est-il pas vrai que c'est par sensation surtout qu'il faut les juger? qu'il faut être décidé à les trouver excellents d'avance, sans même être entré dans l'examen minutieux du langage qu'ils manient? N'est-il pas vrai qu'ils gagnent à être vus d'ensemble, et qu'ils perdent à être étudiés à la loupe? n'est-il pas vrai (ce qui est pour moi une preuve décisive) qu'ils gagnent à la lecture orale, et qu'ils perdent à cette attentive lecture de cabinet, où l'œil, sévère auxiliaire de l'esprit, suit sur la page les combinaisons de l'idée et les contorsions des mots? — Combien quelques-unes des pires pièces de poésie de M. Hugo, quand elles sont lues de vive voix, produisent-elles d'effet, qui ne paraissent plus ensuite qu'un prétentieux enchevêtrement d'idées et d'images étranges?

. . . .

Quand vous avez parlé de Béranger à propos de l'ami Eugène (*parvis componere magna*), je crois que vous avez été dans le vrai; il a pour ce poète une admiration profonde, et le préfère à la plupart de nos poètes coloristes. — Un autre rapprochement, auquel il se dérobe aussi en toute humilité, mais qui a quelque justesse, est celui que vous faites de lui et du Suisse Topffer; celui-là aussi a été maître d'école et professeur. — On le sent à la netteté incisive de son langage quelque peu travaillé. Il se contente aussi d'un petit nombre de traits où il appuie; point de vague, point d'à peu près. — On retrouve chez lui les habitudes du dessinateur; s'il eût fait des vers, j'ose espérer qu'il les eût faits aussi mauvais que l'ami Eugène, en conservant les distances.

Il n'a fait que de la prose; — et c'est à la prose aussi que doivent s'en tenir, je crois, toutes les intelligences de cette famille-là, tous ces puritains du style, tous ces sobres et scrupuleux artistes, sans élasticité, et qui ne savent pas rebondir. — La prose, et surtout le roman ou la nouvelle, se prêtent plus volontiers à une certaine médiocrité délicate, et rare encore, de l'esprit; et qui peut produire, avec du travail et une observation patiente, des œuvres assez estimables, dont la correction, le naturel, et une certaine sensibilité un peu railleuse font le mérite et le charme principal. — Nous n'aurons pas de peine à décider notre ami à s'en tenir à la prose, qui est son lot; — bonne ou mauvaise, il la maniera toujours avec plus d'abandon. Quand vous lui demandez encore des vers, vous vous gaussez de lui. — Tout ce qu'il vous a montré est ancien; ces essais lui sont chers pour ce qu'ils lui rappellent; mais il n'a jamais songé a recommencer d'infructueuses tentatives. — Avant de se mettre à observer les autres, soyez assuré qu'il a commencé par s'étudier lui-même, et qu'il se connaît assez pour avoir réduit sa vanité poétique aux dernières proportions. Il sait qu'il n'a point d'ailes, et il ne songe point à se frotter le dos pour qu'il lui en pousse.

Il ne peut accepter l'échange que vous lui proposez; il n'a que faire de votre cheval; et quant à vous envoyer le sien, qu'en feriez-vous? ce n'est qu'une modeste bourrique, qu'il monte à poil, qu'il excite du talon; innocente et lourde monture, qu'il enfourche sans trop de crainte, pour courir de village en village, et de colline en colline! — Vous voulez lui inoculer votre extravagance? Vous y perdriez votre peine. Le bon La Fontaine l'a dit, voilà longtemps : « Ne forçons point notre talent, nous ne ferions rien avec grâce! » — Tenons-nous en à cette morale; et plutôt que de vous prêter vos défauts, pensant vous passer vos qualités, suivez chacun votre voie, ayez chacun votre saint.

J'en ai fini avec ce badinage, mon cher Laurent.

. . . .

Vous me conseillez de travailler : je travaille; mais lentement; — j'ai mon magasin, comme la fourmi; je fais ma provision de tableaux, de portraits. — Ce sont des bribes de conversations, des traits de caractères, des coins de nature ébauchés à la promenade, des visages de femmes esquissés à l'église, des intérieurs de fermes et d'auberges, quelques larmes recueillies sur des joues brûlantes, quelques sourires fixés par un trait de plume. — Tout cela me servira, je ne sais quand ni comment; peut-être n'en sortira-t-il rien? mais je crois qu'il y a là quelque vie et quelque naturel; je ne me mettrai à l'œuvre qu'assez tard; je ne sais quelle voix du dedans me dit d'attendre, et de continuer à vivre, avant que d'écrire.

. . . .

A ses parents.

Tours, jeudi, Ascension, 17 mai 1849.

. . . .

Nous avons ici des alternatives de pluie et de beau temps, qui empêchent toute promenade de longue haleine; la terre est détrempée; les orages sont fréquents; nous en eûmes, hier soir, un qui fut épouvantable. — La campagne se fait ravissante, et il est bientôt temps que papa vienne; — les arbres et les prés sont de ce beau vert qu'on devrait appeler vert de mai. — Je conduirai ce vénérable père à Saint-Avertin, à Rochecorbon et dans les bois de Grammont; mais il faut qu'il soit bon marcheur.

Les élections se sont passées ici très pacifiquement; — mais les hommes intelligents (et non *réacs*) étaient indignés des manœuvres de Léon Faucher. — Depuis huit jours, nous recevions tous les jours des dépêches télégraphiques, affichées dans les rues, et qui annonçaient les votes de la Chambre favorables au ministère, ou démentaient avec toute la mauvaise foi possible les nouvelles d'Italie. Chacune de ces dépêches se terminait par quelque provocation, dont la lourde population de Tours semblait ne pas s'apercevoir. La chute de Léon Faucher est juste; sa manœuvre électorale est la plus indigne qu'on puisse imaginer; et la Chambre, comme un animal qui réunit ses forces contre son ennemi, avant d'expirer, la Chambre a mordu jusqu'au vif ce ministère trop sûr de lui-même. Lisez les derniers articles de la *Presse*. Girardin, ce merveilleux dialecticien, à qui il ne manque que d'être honnête homme, développe avec une logique invincible les fautes du ministère et du parti modéré, qui laisse s'accumuler devant lui tous les éléments d'une révolution nouvelle!

Pour ma part, je ne comprends pas la politique de résistance, appliquée dans toute son étendue. Des canaux valent mieux que des digues, et c'est la manie de tous les gouvernements de vouloir *endiguer* le flot révolutionnaire. Ces digues, ces barrages, le flot les renverse toujours, et voilà comme la France se trouve périodiquement inondée, submergée! Pour Dieu, creusez donc un bon et large canal républicain, et le niveau du *Fleuve Révolution* s'abaissera aussitôt, et l'on naviguera dans un courant pacifique! — Oh! les ingénieurs malhabiles, que ces hommes qui nous gouvernent! — « Il faut élever la digue, disent-ils, l'élever encore! jusqu'à ce que le flot n'y puisse plus atteindre! » mais la digue a toujours quelque endroit faible par où elle crève; et bientôt le fleuve est une mer déchaînée; tout est emporté, et les débris de toutes choses, lois, mœurs, institutions, flottent comme des toits brisés sur cette vaste étendue d'eau qui gronde et bouillonne! — Un canal eût tout sauvé!

Le malheur est, en France, qu'on n'y voit que des partis extrêmes! — Les uns votent pour la digue; les autres pour le fleuve! — un petit nombre seulement votent pour le canal!

Je laisse là ma figure de rhétorique, pour vous dire plus simplement que la situation est difficile; l'imprudence de Léon Faucher a fourni des armes aux rouges contre la nouvelle Chambre législative, dont l'autorité morale est entamée déjà, et dont l'élection se trouve entachée de manœuvres inconstitutionnelles. — Le parti socialiste prend des forces,

parce qu'on a tout fait pour le détacher d'une république modérée. — Les votes de l'armée indiquent
une tendance aux idées nouvelles, et la discipline
ne peut manquer d'en être ébranlée.

. . . .

A ses parents.

Tours, mercredi 23 mai 1849.

. . . .

Lamartine n'est pas nommé; c'est là pour moi
l'un des résultats les plus frappants de ces nouvelles
élections, et l'un des plus fâcheux indices de la situation où nous sommes. — Je sais bien que ce grand
orgueilleux, qui s'enivrait de sa popularité, est puni
par où il a péché; mais c'est un dur châtiment! —
Quand j'ai vu que son nom ne se trouvait pas sur
les listes que les journaux ont publiées, et qu'aucun
département, pas même celui de Saône-et-Loire,
n'avait mis son honneur à choisir Lamartine pour
représentant, j'ai senti comme une blessure au
cœur!

Celui que dix départements et deux millions de
voix envoyaient à la Chambre au mois d'avril 1848,
celui qu'on proclamait alors le sauveur de la France,
celui qui personnifiait la liberté, l'ordre, la probité
politique, le patriotisme le plus pur et le plus dévoué,
toutes les nobles idées de la révolution, et tous les
grands principes de la société, celui qu'on regardait
comme le premier des citoyens, n'est pas même appelé
à siéger dans la Chambre législative, et à défendre
cette république qui fut en partie son ouvrage, —
faute de quelques milliers de voix! — Six ou sept

cents inconnus lui sont préférés; la France l'a traité
comme un mort : elle l'a passé sous silence. La ville
même qui se glorifiera plus tard de l'avoir vu naître
lui a mesuré si parcimonieusement les suffrages,
qu'elle semble le désavouer et le renier comme un
fils coupable et digne de mépris! — Il se peut que
Dieu ait voulu frapper par là une vanité idolâtre
d'elle-même; mais, en vérité, de la part de la France,
c'est plus que de l'ingratitude, c'est de l'infamie! —
Qu'elles doivent être tristes, les pensées du poète, en
présence d'un résultat pareil! dure expérience pour
ceux qui se nourrissent de gloire! — Lamartine sait
maintenant, mieux encore que Cavaignac, ce que
vaut la popularité, et combien peu elle dure dans ce
pays! Douze mois lui ont suffi pour passer par
l'extrême enthousiasme d'un peuple, et par son
extrême indifférence. C'est un fâcheux symptôme de
l'esprit public, que cet oubli des services rendus, que
ce mépris pour les qualités du citoyen; — et ceux
même qui n'avaient dans les capacités politiques de
M. de Lamartine qu'une médiocre confiance, et qui
se défiaient de l'ardeur vagabonde de ses résolutions,
ne devaient-ils pas se souvenir du moins du grand
orateur, du ministre intègre, de l'homme du drapeau
tricolore et du manifeste à l'Europe?

Ce qui est surtout d'une inquiétante signification
dans cet échec, c'est que les voix des électeurs ne se
sont guère portées, par toute la France, que vers les
partis extrêmes. La province n'envoie à la Chambre
que des royalistes et des montagnards. La plupart de
ceux qui, depuis un an, s'étaient jetés entre les deux
partis pour tenter une vaine soudure, les modérés,
les sages, abandonnés, reniés de part et d'autre, ont
perdu courage dans les efforts d'une conciliation

impossible. — On devait s'y attendre! Comment les
hommes entêtés du passé, et les hommes ardents de
l'avenir s'accorderaient-ils?

Aussi tandis qu'à Paris un Lagrange, un Boichot,
un Ledru-Rollin recueillent plus de cent vingt-cinq
mille voix, et qu'un Molé, un ·Thiers, un Bugeaud
(nommés ou non, peu importe) en réunissent de leur
côté plus de cent mille, le parti modéré est à peine
représenté. On préfère au poète honnête homme un
socialiste fanfaron ou un diplomate pourri!

.   .   .   .

A ses parents.

Tours, dimanche 3 juin 1849, 6 heures du matin.

.   .   .   .

Je vous dirai, chers parents, que je suis allé deux
fois de suite entendre Rachel, hier et avant-hier. Moi
qui n'avais encore été ici que deux fois au théâtre,
j'ai voulu me dédommager; — et j'ai bien fait. —
Voir Rachel dans une petite salle, le soir, l'entendre
de près, dans deux de ses plus beaux rôles, c'est une
occasion qu'on n'a point à Paris, et qui est rare en
province. — Je suis ravi, passionné, hors de moi, en
présence de tant de génie. — Elle a joué avant hier
Phèdre; et hier, *Polyeucte* et le *Moineau de Lesbie*.
Elle a amené avec elle une bonne troupe, dont fait
partie Ballande, qui a été fort beau dans Polyeucte.
Jamais, aux Français, je n'avais eu autant de plaisir à
l'entendre qu'ici. — Sa voix, son geste, son regard,
rien n'était perdu ; cet organe pur, sonore et strident
pénétrait dans l'âme et la troublait profondément. —
Que l'Alboni est une pauvre créature, en comparaison

de Rachel! — et que les beaux vers sont encore plus
beaux que la belle musique! quelles pièces, que
Phèdre et *Polyeucte*! — On y découvre sans cesse
mille beautés qui échappaient. — Ces pièces ont
encore leur immortelle jeunesse. — On pleurait dans
la salle, et moi-même j'avais des larmes dans les yeux
Oui, *Polyeucte* m'a fait pleurer comme un mélodrame!
— Quant au *Moineau de Lesbie*, comment vous dire
tout ce que Rachel y a de grâce, d'esprit, de finesse,
de mélancolie, de beauté? — Elle est toute souriante
et pimpante dans son costume de courtisane. — Les
diamants ruisselaient sur elle, — et quand, devant le
miroir, elle posa sur son front grec le diadème de
perles que Catulle destinait à sa fiancée, elle se
couronna avec une coquetterie si triomphante, que
toute la salle éclata en applaudissements interminables. — Et les bouquets de pleuvoir, et de pleuvoir
encore!

Voilà deux soirées qui m'ont un peu distrait de ma
solitude.

. . . .

A ses parents.

Tours, 2 juillet 1849.

Journal (non suspendu par l'état de siège).
Il est huit heures du soir ; je viens de faire un tour
de promenade sur l'avenue de Grammont, jusqu'à un
ruisseau qu'on traverse sur un vieux pont appelé le
Pont de l'Archevêque. Puis, tournant à gauche, j'ai
suivi un sentier dans les prés, jusqu'à l'enceinte du
chemin de fer ; je suis rentré par les nouvelles rues du

faubourg Saint-Étienne. — Le soleil se couchait; — les nuages formaient à l'horizon une perspective de montagnes qui rappelait le Dauphiné à s'y méprendre.

Je suis resté longtemps à les considérer, avec un plaisir triste; c'étaient bien les Alpes, avec leurs cimes blanches, leurs coteaux boisés, leurs immenses pâturages, je reconnaissais Belledonne, Saint-Nizier, la Morte et les rochers de Prémol, — je gravissais en idée ces pentes immobiles, je m'égarais dans ces vallées neigeuses, je rêvais à la montagne des Échelles, à la Dent de Crolles, au pic de Sarcenas. Puis, quand le ciel s'est éclairci, quand cette fantasmagorie de montagnes à disparu dans la brume, j'ai ressenti une impression pareille à celle que j'avais éprouvée déjà sur la route de Lyon, au delà de Giers, quand les dernières cimes du Dauphiné disparaissent aux regards, avec toute leur magique poésie, leur grandeur mélancolique, et qu'on se retrouve sur ce sol plat et dans ces plaines uniformes du Lyonnais!

La singulière chose, que l'âme et l'imagination de l'homme! que de fois je me suis porté cette année vers le Dauphiné, comme vers une contrée bénie et regrettable! que ces souvenirs me charmaient! Et pourtant, que de fois, l'an passé, j'ai maudit la lointaine province où je me trouvais! que de fois j'ai levé tristement mes regards, vers ces montagnes qui m'emprisonnaient, cherchant à percer ce mur inaccessible, et me reportant avec bonheur aux pays de plaines, aux campagnes de la Seine ou de la Loire!

Je regrette le Dauphiné; et s'il fallait y retourner, je serais le plus malheureux des hommes! — L'année dernière la Bourgogne m'inspirait des pensées semblables. — Est-ce donc une loi de notre nature de ne se plaire que dans le passé, d'embellir ce qu'on a

perdu, et d'y trouver des attraits particuliers, des
charmes toujours nouveaux? Serait-il vrai que j'en
arriverai peut-être à regretter même la Touraine; et
mon imagination surexcitant mes souvenirs, peindra-
t-elle de couleurs plus vives et plus poétiques cette
vie insipide et factice qui est ma vie dans ce pays? —
Que prouve cette inconstance du jugement, et cette
illusion des souvenirs, sinon que les lieux importent
peu au bonheur de l'homme, et que, s'il n'a pas en
lui et autour de lui ce calme et cette joie qui naissent
des affections satisfaites, il traîne son ennui de province en province, sans jouir du moment présent, et
plaçant un bonheur imaginaire dans ce qu'il n'a plus,
ou dans ce qu'il n'a pas encore!

. . . .

Vous savez que M. de Falloux a enfin présenté une
loi d'enseignement on ne peut plus favorable au
clergé. L'évêque, le curé s'immisceront partout à
l'instruction; trois évêques feront partie du conseil
suprême; les écoles ecclésiastiques feront partout
concurrence aux collèges, etc., etc. — Voilà donc ce
qu'a produit le beau régime que papa vante et veut
conserver! — la domination du parti prêtre! — Et
c'est Thiers, c'est Odilon Barot, c'est Bonaparte qui
prêtent les mains à cette hypocrite restauration du
passé! — Ce qui est sûr, c'est que, si la loi passe (et
elle passera), l'Université est à peu près perdue. Les
collèges perdront les deux tiers de leurs élèves. Tout
est bouleversé, désorganisé. Les catholiques ont déjà
la joie dans l'âme! — les jésuites se frottent les
mains! — Que deviendra tout cela? — je l'ignore. En
arrivera-t-on à demander des billets de confession aux
professeurs? — Sans doute, il y a de graves réformes
à faire dans l'enseignement; je suis le premier à le

reconnaître; mais est-ce aux prêtres qu'il faut confier le soin de surveiller et d'éclairer la jeunesse? Qu'en feraient-ils, de cette génération qu'on leur livrerait? des bigots, ou des sceptiques; belle perspective, en vérité!

. . . .

———

A Laurent-Pichat.

Tours, 20 juillet 1849.

En tout autre temps vous eussiez eu raison, j'ai été souvent mort; mais je n'ai jamais été plus ni mieux vivant que depuis huit jours : ma mère est avec moi. — Je la promène du matin au soir. Livres, cahiers, tout est fermé, tout se revêt de poussière; mon encre est coagulée, mon papier a jauni; je ne fais rien; et cette fois, sans remords. — Quant à penser à vous et à parler de vous, je n'y ai pas manqué.

Votre lettre, qui nous a fait doucement sourire, aurait pu, à la rigueur, nous faire pleurer; car *la maladie* fait des ravages à Tours, et sur cent personnes attaquées, il en est mort quatre-vingts en trois jours[1]. — Mais, Dieu merci, je suis vivant! — Vous me verrez en personne dans trois semaines, dans un mois au plus tard. — Vous verrez du moins le corps, je l'espère. — Pour l'esprit, ce pauvre esprit, je ne vous promets pas de vous le rendre intact. — Il a bien baissé depuis tantôt trois ans; vous aurez à le soigner de la goutte et de la paralysie, cher médecin! Apprêtez les remèdes.

. . . .

1. Le choléra avait éclaté à Tours.

Je vais solliciter, ces vacances, pour ne plus
quitter Paris ; — triste métier que d'habiter les anti-
chambres de M. de Falloux, ou celles d'un chef de
division, et de traiter avec un garçon de bureau pour
être inscrit sur la liste des audiences ! — J'irai vous
voir souvent, pour effacer de mon esprit ces heures
viles et honteuses, et me retrouver homme, en pressant
la main d'un homme qui n'a jamais rien eu à solliciter !

Je vous demanderai des conseils pour l'édition des
lyriques français que j'achève, et que le libraire
Dezobry a déjà annoncé comme étant sous presse.
— La plupart des notes sont prêtes, mais je garde
pour les vacances l'introduction sur la poésie lyrique.
Je n'ai encore qu'une vague et confuse idée de ce
qui remplira cette préface. — Vous m'y aiderez, vous
tâcherez de me dire ce qu'est la poésie lyrique ; car
j'ai tant lu et médité sur ces matières, que tout s'est
brouillé à mes yeux, et que j'ai grand besoin de
consulter un vrai poète, qui me dise son secret, —
en deux mots. — Les nom de David, de Pindare,
d'Horace, de Malherbe, de Rousseau, de Béranger
sont en mouvement dans ma tête ; Hugo y joue sa
partie ; — Ronsard s'en mêle ; — la strophe et l'anti-
strophe, la stance et le couplet me font des rêves
burlesques ; c'est *un beau désordre* ! — Ah ! que la
critique est chose difficile ! complexe ! obscure ! —
rien de plus contestable qu'une affirmation, en littérature ? — De quelle école faut-il être ? Songez
que je travaille pour les lycées, et même pour les
séminaires, et que l'édition ne doit être mise à l'index
ni par les croyants de l'Université, ni par ceux de
l'Église ! — Et moi qui ai tant d'inclination à tomber
dans toutes les hérésies ! — Comment pourrai-je m'en
tirer ? Écrivez-moi encore avant les vacances ; je vous

16

répondrai peut-être, si mon discours des prix est
achevé. Autre besogne fâcheuse et délicate cette
année ! — Vous savez pourquoi.

A ses parents.

Tours, le 27 juillet 1849.

. . . .

J'ai lu mon discours au proviseur; il l'a trouvé très
bon, et très sage. — Pour ma part, il m'est impossible de le faire plus prudent; je rougirais de mentir
à ma pensée; c'est déjà faire un assez grand sacrifice
que de ne la pas laisser voir, et de garder un respect
de circonstance pour tout ce que je hais ou méprise.

D'après ce que je connais des hommes, un discours
hardi et passionné serait le plus sûr moyen de me
faire revenir à Paris, comme on l'a vu pour la plupart des philosophes ou des littérateurs qu'on trouvait trop dangereux pour la province. — Mais enfin,
c'est un essai que je ne veux pas tenter; je me tiens
dans de justes bornes; mon discours pourra être
interprété de différentes façons, et les gens d'esprit
verront bien que les coups que je porte aux socialistes retombent sur les jésuites et que mon bâton
fait coup double; mais le *vulgaire* n'y verra que du
feu; et les personnes mal intentionnées ne sauront
par où me prendre.

Les doctrines du cher père sont un peu trop commodes, et je ne les admets pas, ni lui non plus, j'en
suis sûr. — Je conçois qu'on ne dise pas ce qu'on
pense (et c'est ce que je fais); quant à dire ce qu'on
ne pense pas, je laisse ce rôle au parti des prêtres
et des légitimistes, au parti que nous haïssons tous,

et qui a fait le malheur de la France et qui s'apprête à le faire encore ! — je suis républicain; mon discours le sera; je suis universitaire : mon discours défendra l'Université; — je hais les privilèges de la fortune et de la naissance; je le ferai entendre; — je compte sur l'émancipation progressive des classes pauvres : je ne le cacherai pas. Il m'est indifférent qu'on me prenne pour ce que je suis, pour un homme convaincu de la nécessité *de toutes* les réformes; mais je ne veux pas qu'on me prenne pour ce que je ne suis pas, pour un réactionnaire, pour un blanc, pour un flatteur des riches et un adorateur des prêtres. — Le jour où les principes libéraux triompheront (car ils triompheront un jour!), je ne veux pas qu'un discours lâche et menteur me pèse sur la conscience, ni que personne puisse me reprocher d'avoir fait le jésuite, quand les jésuites avaient la victoire.

Du reste, ne soyez pas inquiets; je suis prudent, et la pensée, même la plus audacieuse, peut se déguiser avec assez d'art pour que les yeux myopes des auditeurs aient peine à la reconnaître. Dans un temps où la pensée n'est pas libre, les habiles peuvent encore tout dire. — Mais ce n'est pas le cas pour mon discours; le peu que je dis ne fait qu'effleurer la politique, et n'a rien d'agressif.

* * * * * * * * * * * * * * * * *

A ses parents.

Tours, le 3 août 1849.

Louis Bonaparte a eu assez beau temps, le 29, à Angers; fort mauvais temps, le 30, à Nantes; le temps a été passable à Saumur, pour le carrousel du 31;

enfin le 1ᵉʳ du mois d'août a été parfaitement beau dans notre bien-aimée ville de Tours. Dès le matin, on avait tout pavoisé, le Mail, les places, les portes, surtout la rue Nationale ; partout des mâts, des drapeaux, des bannières, des trophées, des emblèmes. Les hôtels regorgaient de voyageurs ; les paysans arrivaient de tous les environs, dans leurs charrettes, dans leurs carrioles, ou à pied, par troupes nombreuses ; les gardes nationaux de dix lieues à la ronde, dans des costumes inimaginables, se groupaient, tout suants et poudreux, sur le Mail, ou sur la place de la Mairie.

A onze heures, le canon a annoncé le convoi du Président. Je me suis rendu sur le Mail où la foule était grande, et j'ai vu passer le cortège, qui se rendait à pied à la préfecture. Je vous dirai plus tard l'effet que m'a produit le Président, car je l'ai vu presque toute la journée, de très près chaque fois, et le soir, je ne l'ai pas quitté des yeux, à trois pas de lui. A onze heures, je suis rentré m'habiller. Nous étions convoqués pour midi, chez le proviseur, afin de nous rendre à la réception solennelle ; — mais nous arrivâmes trop tard pour être reçus, car ce pauvre Bonaparte avait tant de choses à faire!

A midi et demi eut lieu la revue ; j'y allai avec MM. S... et G...; nous vîmes deux fois Bonaparte ; puis, quand le défilé eut lieu sur la place de la Mairie, M. S... et moi, fendant la presse, nous nous allâmes établir au premier rang de la haie de soldats qui faisait face au Président, et nous pûmes le contempler près d'une heure au grand soleil. Il se tenait sur un petit cheval blanc ; tous deux fort ennuyés, le cheval et lui. La chaleur était accablante. — Il saluait de temps en temps. — Presque point de cris, ni à la

revue, ni au défilé. Quelques voix firent entendre :
Vive la République. On n'entendit presque pas le cri
de : Vive Napoléon, vive le Président. — Les campagnards, en petit nombre, avaient gardé, par tradition, leur : Vive l'Empereur, qui fit rire.

L'accueil, en somme, fut très froid; beaucoup de
curiosité, nul enthousiasme. — Devant un café, un
groupe cria : « Vive la République sociale! » — La
revue à peine achevée, huit chaises de postes, atte-
lées de quatre chevaux chacune, arrivèrent sur le
quai; je courus à la portière de la première où Bonaparte monta; il me toucha en passant; la foule se
pressait familièrement autour de lui. Dans cette première chaise de poste (découverte comme les autres)
se trouvait le président et, avec lui, M. Rulhière, le
préfet, et le maire; — dans les autres, des généraux, des autorités, civiles et militaires; des littérateurs, etc.; M. de Falloux n'y était pas. — Les chaises
de poste partirent au grand galop pour Mettray, suivies et précédées d'un escadron de gendarmes et
de chasseurs. — Rien n'était beau comme le passage
de ces voitures, sur le pont de la Loire, au milieu de
ces flots d'hommes et de poussière! — Du reste,
nuls cris.

Je rentrai accablé de fatigue; puis, un peu reposé,
me voilà de nouveau dans les rues, seul. — Quand le
président revint de Mettray, je me trouvais à la
fenêtre, au cabinet de lecture; je le vis donc encore.
— Je le revis quand il s'en revint dîner de la préfecture à la mairie. — Que d'allées et de venues! — On
ne voyait que lui, en vérité! — A neuf heures seulement, je m'habillai : tout de noir, gilet blanc, frisé,
avec des gants jaunes, un mouchoir brodé, selon
l'ordre de Valérie; — et mes vieux souliers un peu

vernis; — je voilai assez bien la partie misérable de mon costume. Avant d'entrer au bal, nous allâmes voir les illuminations et le feu d'artifice qui fut assez convenable. Les illuminations consistaient en girandoles et en lustres suspendus tout le long de la rue Royale comme aux Champs Élysées en 1841. L'effet était charmant.

Mais ce qu'il m'est impossible de vous décrire, c'est l'aspect des escaliers, des huit salons et des vastes jardins de la préfecture! — Imaginez les palais des mille et une nuits, le jardin d'hiver, que sais-je? — Un vaste escalier descendait du premier étage sur la pelouse; la façade, les bosquets, tous les arbres, éclairés par des lanternes de couleur et des lustres; — la lune resplendissait sur le tout. — Dans les salons, des fleurs, des tentures, des draperies merveilleuses! — L'un des salons, spécialement destiné au président, était encore plus orné que les autres, et une espèce d'estrade s'élevait au fond, pour le neveu du grand homme. — Mais à quoi bon vous détailler tout?

Je ne cessai pas d'examiner et d'écouter Louis-Napoléon, et M. de Falloux, qui arriva au bal; ils dansèrent tous deux, deux contredanses. — M. de Falloux me parut bien; sa tête est un peu longue; son œil est limpide; il a quelque chose de M. Jauffret. — Je ne lui parlai point, car c'eût été fort inutile; on se poussait, on se foulait tellement! — Quant à Bonaparte, c'est un homme qui fait peine; — petit, mal fait, avec des yeux ternes et indéfinissables, un teint jaune, une peau ridée; quelque chose de bon et de doux, du reste; point de physionomie, peu d'intelligence; l'un des moins bien du bal; d'ailleurs si humble, si embarrassé de sa personne, si étonné, qu'on ne peut s'empêcher de le prendre en pitié et d'avoir pour lui une affectueuse compassion. — Son visage est un type allemand; son accent, très lourd, très pâteux, très allemand. Il disait : « *Ch'aurais bien voulu aller fiziter Genonzeaux,* » à Mme de Villeneuve, la propriétaire de ce château.

Mme de Sivry, la préfète, l'a promené dans les salons, dans les jardins; — il s'est laissé mener comme un enfant, levant ses yeux fatigués vers les dames. — Il s'est allé coucher vers une heure, — ainsi que M. de Falloux. — Les autres personnages illustres sont restés : M. Rulhière, M. de Persigny, M. l'amiral du Petit-Thouars, les généraux Bedeau, Tartas, Rapatel, M. Edgard Ney, des officiers en quantité, Jules Janin et d'autres journalistes, M. Mazères, etc. — Et un monde! et des toilettes! et des diamants! — et des buffets! *3 000 glaces!* (*je n'ai pas même mangé une seule de ces glaces*) et un souper! — J'allais; je venais, je regardais. — Beaucoup de jolies femmes. J'eus l'insigne honneur de promener Mme B..., qui était à la recherche de sa sœur, et qui me pria d'être son cavalier; elle me dit qu'elle trouvait le président affreux, et qu'il avait des yeux de *poisson cuit*; — c'est tout à fait cela; — je ne dansai qu'une seule contredanse... — Je partis à trois heures du matin; le bal alors commençait réellement, c'est-à-dire qu'on pouvait se retourner un peu; — d'ailleurs le président s'était depuis longtemps retiré, et je l'avais admirablement étudié.

Je vous avoue qu'il est triste de voir un homme aussi ordinaire à la tête de la France; il n'a rien d'imposant; à cheval cependant il est beaucoup mieux. — Son caractère paraît triste; il sourit peu. — Il a beaucoup causé avec les dames, nullement avec les messieurs. — Un discours qu'il a prononcé au dîner de la mairie est fort curieux, et plein d'honnête et franche médiocrité; vous le lirez dans les journaux. — On a assuré ce matin une chose fort curieuse, c'est qu'il avait avec lui *sa maîtresse*, et qu'elle était au bal sous le nom de la princesse Bacchiochi. Nous vîmes en effet une admirable personne, pâle et grande, qui ne dansa pas, qui paraissait ne point être connue, et qu'un personnage qu'on appelait le prince Bacchiochi conduisait par le bras. — On la reconnut pour une ancienne actrice; et le prince Bacchiochi, cousin de Bonaparte, s'était complaisamment chargé de l'amener à Angers, à Saumur et à Tours. — Je vous donne cela, comme on me l'a dit, sans rien garantir; mais la ville en parle beaucoup. — C'était du reste la plus belle personne du bal, et le président ne lui parla même pas, et n'eut pas l'air de la regarder.

Bonaparte partit le lendemain matin, à neuf heures. — Pauvre victime! on l'attend encore dans d'autres villes! — Qu'était-il venu chercher? Une manifestation impérialiste? — Il n'y a rien eu de pareil. Le parti qui le pousse (car lui est trop faible et trop honnête) en est pour ses frais. — Le cri qu'on a le plus poussé encore est : Vive la République!

. . . .

On m'a rendu mon discours de prix, qui avait été envoyé au recteur; il m'a été rendu avec cette note : « Vu et approuvé, pour être prononcé à la distribution des prix du lycée de Tours, ce discours plein de sens, de bon goût, d'élévation, et même de profondeur. » — Je ne me croyais pas si profond! — On n'y a rien effacé, excepté un mot sur la république, que j'appelai : *notre cher et dernier espoir*; on y a mis

cette petite note : « Ce discours ne devant avoir rien
de politique, je retrancherais les cinq mots soulignés,
qui, *de nature à obtenir les suffrages du plus grand
nombre*, pourraient en pure perte déplaire *à quelques-uns.* »

Je suis content en somme, que mon discours ait
plu, car je persiste à le croire *tout politique*; mais la
politique y est dissimulée assez habilement sous une
question d'enseignement; et j'ai trouvé moyen de dire
tout ce que je pense ; — à demi mot, il est vrai!

.   .   .   .

A *Laurent-Pichat.*

Tours, 10 août 1849.

C'est aujourd'hui la Saint-Laurent; je vous la
souhaite bonne et heureuse. Ces jours-là, l'amitié doit
avoir ses indulgences plénières; soyez indulgent
pour moi, ne m'accusez pas. Je suis toujours le même
pour vous, et toutes les fois que je reçois vos lettres,
trop rares et trop courtes, je suis heureux. Ne dites
pas qu'elles me sont un fardeau, ne vous calomniez
pas vous-même! — Si vous saviez ce que j'ai de
préoccupations depuis huit jours! — Vous ne vous
doutez de rien : — vous me supposez assoupi dans
ma béatitude provinciale? — Vous ne savez pas que
j'ai passé par mille perplexités, par des hésitations
pénibles, par des ennuis de toute espèce. — Sûrement vous allez me pardonner.

Vous saurez donc que le directeur de l'École Normale, M. Dubois, m'a écrit une longue lettre, pour
me proposer, au nom du ministre, de partir pour
l'école d'Athènes, et de parcourir pendant deux ans,

avec toutes sortes de privilèges, l'Italie, la Grèce, l'Égypte, l'Asie Mineure et Constantinople. — Pendant six mois de chaque année, j'aurais enseigné publiquement les littératures anciennes et modernes aux étudiants d'Athènes; et pendant les six autres mois, j'aurais visité les ruines, les bibliothèques, les sites fameux de l'Orient. On me payait mes voyages; on me logeait à Athènes, on me donnait en outre 3 600 francs de traitement, — plus la décoration *de l'ordre du Sauveur* à peu près assurée au retour. — M. Dubois m'engageait assez vivement à profiter de cette occasion presque unique de faire le plus beau des voyages.

J'ai hésité huit jours; j'ai consulté mes parents, mes goûts, mes désirs, mes tendances; je me suis demandé quels étaient mes projets pour l'avenir, la direction de mes études, la forme particulière de mon ambition; — j'ai étudié en moi l'espèce de bonheur qui m'attirait le plus, et qui répondrait le mieux à ma nature; j'ai examiné aussi l'état de ma santé, qui n'a jamais été bien solide; j'ai songé surtout au chagrin qu'auraient mes parents de me voir partir, à ma grand-mère qui est vieille, à mon frère qui a besoin de mes conseils, à ma sœur que je désire marier à quelque brave et honnête employé, à tous ceux que j'aime, et que j'aurais regret à quitter; — et j'ai refusé.

Ma réponse à M. Dubois est partie hier, et je me sens libre et soulagé, comme si j'avais échappé à quelque danger redoutable. — Je suis libre, je reste en France, avec mes parents, mes amis, et mes livres! — Moi, j'irais donner deux ans de ma vie à des jouissances que je ne partagerais avec personne? J'irais quitter tout un monde de douces affections et de calmes loisirs pour la splendeur monotone du

ciel grec? pour des ruines? pour les souvenirs d'un
passé dès longtemps éteint; pour des rivages que je
rêve peut-être plus beaux que je ne les trouverais?

. . . .

Deux années sans revenir en France! — N'est-ce
pas une affreuse perspective? Est-on sûr de trouver
au retour ceux qu'on a laissés en partant? — N'est-ce
rien, d'ailleurs, que de voir marcher les événements
de ce temps, d'assister aux luttes de la liberté, aux
efforts intéressés des factions, à l'enfantement de
l'avenir? — je quitterais *la vie* pour *la mort*? — le
présent pour le passé? — la Chambre des Représentants pour le Parthénon? — Et quels avantages y
trouverais-je au retour? — J'aurai vécu, deux ans, de
sensations, uniquement; serai-je sûr au moins d'être
placé à Paris? — Ne m'aura-t-on pas oublié? Un
autre ministre se croira-t-il obligé de tenir les pro-
messes de celui-ci?

Enfin, n'aurai-je pas perdu toute une série d'idées,
tout un travail d'esprit, qui se fait chaque jour en
France, et dont il est important de prendre sa part?
— Peut-on être impunément *absent de son temps*,
pendant deux années? N'est-ce pas une lacune que
rien ne peut remplir? — Une époque a ses transi-
tions, comme un discours; il faut les saisir, sous
peine de ne pas entendre la suite de l'œuvre; tout se
lie dans les faits; — et l'on ne comprend tout, que
lorsqu'on voit tout. — Le beau plaisir, si la nouvelle
de quelque révolution importante m'arrivait au bord
du Granique ou sur les ruines de Ninive! — Qu'ai-je
à faire de ces pays-là? Satisfaire ma curiosité? au
prix de mon repos, de mon bonheur véritable! —
Connaissez-vous un site au monde qui vaille le ruisseau de la rue Saint-Antoine?

Rien ne m'empêchera, d'ailleurs, d'aller quelque jour, à mes frais, passer trois ou quatre mois en Italie et même en Grèce; mais deux ans! — C'est à en mourir d'ennui! — Non, je ne partirai pas, et vous m'aprouverez; — je n'ai pas l'humeur aventureuse. Si jamais cette inspiration rare qui produit les beaux livres ou les récits touchants doit m'agiter, ce ne sera pas sur les coteaux de l'Acropole ou parmi les cèdres du Liban, mais dans quelque humble chambrette, près d'une bonne et gentille femme [1], entre deux ou trois marmots souriants, à

---

1. Voici, sur le bonheur conjugal, les réflexions qu'Eugène Manuel adressera plus tard à ses parents au cours d'un voyage à Strasbourg où une entrevue matrimoniale lui avait été ménagée, entrevue d'ailleurs à laquelle il ne put se résoudre à donner suite :

Strasbourg, 21 sept. 1856.
Dimanche.

« Mes chers parents,

« Je suis à Strasbourg, installé dans une chambre très convenable à *l'hôtel de Metz*, et je commence le récit de mon voyage. Je suis parti, vous le savez, dans les dispositions les plus sérieuses et les plus calmes. J'aurais peut-être souhaité que ce ne fût qu'une partie de plaisir; mais j'étais décidé à faire de mon voyage une épreuve, un essai; à le pousser peut-être jusqu'à ses dernières conséquences, à n'apporter aucune légèreté dans l'affaire la plus grave de cette vie, à saisir enfin une occasion de plus de m'étudier moi-même et d'observer les autres.

Je ne suis pas superstitieux de ma nature, mais dans les moments solennels, aux heures où il semble que l'avenir et la destinée tout entière peuvent être mis en question, je cherche à rattacher à quelque chose ma faible raison, et, par une puérilité bizarre que je ne me charge pas d'expliquer, j'ai recours à des pratiques, auxquelles, dans le fond, je ne donne aucune importance, mais dont le résultat occupe un moment mon imagination, et fournit même quelquefois un aliment à mes réflexions les plus sérieuses. En voilà bien long pour vous dire qu'un instant avant de quitter la maison, j'ai ouvert au hasard ma vieille petite bible latine; et, voyez la coïncidence vraiment étrange, le verset sur lequel je tombai du premier coup, au haut de la page, à droite, fut celui-ci; c'est du latin, mais je vous le traduirai : « *Si inveneris*

deux pas de ma mère, parmi les loisirs de la famille,
et dans l'air qu'on respire au foyer domestique :
toute autre jouissance n'est qu'une fièvre passagère,
où quelques génies exceptionnels peuvent se plaire
comme dans leur élément propre, mais qui serait
pour moi une maladie véritable; j'y perdrais ce par
quoi je vaux peut-être, sans le remplacer par rien
que de stériles souvenirs.

Adieu! approuvez-moi et consolez-moi; car enfin
je sacrifie quelque chose.

eam, ne tu negligas quasi alienam », ce qui signifie : « si tu la
rencontres, ne la néglige pas comme une étrangère ».

« Ne riez pas de moi; ne croyez pas non plus que j'admette en
principe une intervention divine dans de si petites choses, ni que
j'aille chercher mes inspirations dans les hasards de la Bible, au
lieu de les demander à ma raison ou à mon cœur; seulement,
cette fois, le hasard m'avait étrangement servi, et c'est pourquoi
je vous raconte ce menu détail; j'en ai été très vivement frappé;
et le verset semblait m'indiquer, avec une netteté si parfaite, ma
ligne de conduite, que je suis parti sous cette impression.

. . . .

« J'avais emporté le beau roman d'Ulbach, *Suzanne Duchemin*,
que j'ai relu en entier, et qui s'accordait encore avec les dispositions où je me trouvais : cette lutte de l'amour idéal et de l'amour
vulgaire, cette opposition entre les tendances toutes spiritualistes
de l'un des héros et les goûts matériels de l'autre; d'un côté, la
beauté et la jeunesse sans élévation, sans poésie; de l'autre, l'imagination poétique dans un corps moins jeune, dans une enveloppe usée ou délabrée; cette alternative qui pousse le jeune
amoureux ou vers les désirs terrestres, ou vers les aspirations
divines, enfin cette espèce de miracle qui, à la fin, concilie tout :
c'était bien là ce qu'il fallait pour m'agiter, et pour occuper mes
pensées. J'en étais là, moi aussi; car enfin, que dois-je aussi
chercher dans le mariage? Où et comment trouver une âme qui
me convienne, et dans quel corps faut-il la chercher? Dois-je
voir matériellement les choses? dois-je surtout chercher une
compagne ordinaire, une femme de ménage, une intelligence un
peu grossière, une forme quelconque, une mère pour mes
enfants à venir? Ou me faut-il, pour être heureux, un être plus
étrange, avec plus de défauts et plus de qualités, avec une organisation plus délicate et plus compliquée, avec un caractère

A Laurent-Pichat.

Paris, 15 septembre 1849.

. . . .

Hier soir[1] j'ai causé durant deux heures avec
M. Dubois[2], qui m'a fait de fort curieuses révélations
sur nos hommes politiques qu'il connaît depuis
trente ans. — Sa causerie m'a été une jouissance
véritable. C'est un homme singulier et éminent,
quand il daigne dépouiller le masque de l'adminis-

moins saisissable, avec des goûts plus élevés que ceux des autres
femmes, avec plus de savoir et plus de lecture, et qui promette
aussi plus de passion, et une passion plus idéale? Et puis, moi
qui n'aime que ceux qui m'aiment, moi qui ai besoin d'être
devancé en amour, comment pourrai-je me décider jamais à
m'unir à une inconnue, à un problème, à une énigme? — Aimer,
pour moi, c'est se dévouer; comment me sentirai-je disposé à me
dévouer pour une femme qui me prend par convenance et que
je prends par intérêt, à qui le premier venu peut donner autant
de preuve d'affection que moi-même, et pour qui tout homme
peut être un mari, puisque tout mari est un homme? Plus je
m'efforce à me connaître moi-même, plus j'ai de peine à définir
ce qui me conviendrait. Avec mon caractère, puis-je être heureux
par des moyens simples? Faut-il que le romanesque soit un des
éléments de ma vie? Les femmes valent-elles toujours de vrais
sacrifices, et les plus ordinaires ne sont-elles pas encore les meilleures et les plus commodes? Plus d'une fois, mon cœur n'a pas
été d'accord avec ma raison; qu'en fallait-il conclure? — N'y
aurait-il pas danger, au contraire, à trouver, dans une femme,
mes façons de voir; et, dans ce cas-là, l'homme n'est-il pas
bientôt dépassé, et trouvé encore trop matériel? Et si l'on veut
donner une grande valeur aux troubles qu'on ressent, comment
et à quoi distinguer les impulsions ou les fantaisies du cœur, des
devoirs véritables? Voilà les réflexions, plus ou moins creuses,
que je faisais, avec bien d'autres encore, pendant que nous rou-
lions vers Nancy, et à mesure que je lisais mon roman, tout en
examinant le paysage.... ».

1. Il est à Paris, pendant les vacances.
2. Voir plus haut p. 52, n. 1.

trateur et du maître; il a de la mélancolie et de la
sérénité à la fois; quelque chose d'âpre dans la
parole, et de tendre dans la pensée; une façon de
saisir et d'émouvoir par un mot, par une image; une
profusion d'aperçus de toute nature, dont on ferait
un des livres les plus profonds et les plus intéressants de ces temps-ci; mais aussi une paresse et une
nonchalance qui l'éloignent de l'action et lui font
tomber la plume des mains, dès qu'il veut commencer son œuvre!

Il passera, sans rien laisser de lui-même, que ses
disciples, qui sont en grand nombre, et qu'il a marqués d'un sceau ineffaçable. Comme Fauriel, comme
Royer-Collard, il a fait école d'idées, il a prodigué sa
belle marchandise aux générations qui passaient,
sans tenir aucun livre de comptes; et sa libéralité
d'esprit ne l'a pas appauvri cependant. Il est resté
jeune, grâce au commerce et à l'amitié des jeunes.
Pour n'avoir pas été ministre, pour ne s'être point
trop mêlé aux roueries de la politique active, il a
gardé ses ardeurs d'autrefois, ses convictions vives,
ses fougues de tribun; et pour peu qu'il soit dans
une heure d'épanchement et d'abandon, et qu'il ait
auprès de lui une âme qui le comprenne, alors,
comme jadis, il ouvre encore les écluses et laisse
couler à flots cette parole pressée, pleine de reflets,
limpide ou enveloppée d'écume, sonore et quelque
peu caillouteuse quelquefois, par le cliquetis imprévu
des mots et des pensées. — Bref, on ne peut se lasser
d'écouter cet homme presque inconnu, qui est l'ami
de Thiers et de Guizot, de Lamartine et de Béranger,
qui est celui de Chateaubriand, à qui Jouffroy expo-
sait ses doutes, à qui Gioberti demandait dernièrement conseil, dans les salons de M. de Falloux; et

qui depuis vingt ans, et plus, au *Globe*, dans les prisons de Paris ou de Berlin, au Conseil Royal, à l'École Normale, a toujours prédit les événements à coup sûr, et a vu ses amis, ses disciples, ses élèves monter au pouvoir, ou toucher à la renommée, sans jamais rechercher lui-même l'un ni l'autre!

J'ai donc causé hier soir deux heures avec lui, dans un vaste salon, fort obscur; il n'y avait qu'un flambeau à l'un des bouts de cette pièce, et nous étions assis sur un divan, à l'autre extrémité, nous voyant à peine, et nous arrêtant quelquefois dans le silence et la méditation, lui pour se souvenir, moi pour prévoir. Je l'ai quitté à dix heures; j'étais content de lui, et il l'était de lui-même.....

A ses parents.

Tours, samedi matin, 3 novembre 1849.

. . . .
La semaine a été bonne pour moi; — dimanche dernier, nous sommes allés, vers onze heures, à Vouvray, MM. F..., O..., C..., le grand A..., et votre serviteur. — Le temps était beau, et n'a pas cessé de l'être depuis; — M. et Mme G... nous attendaient; on faisait la vendange. — Une douzaine de vendangeurs, hommes, femmes, enfants, étaient attablés dans la vieille cuisine, quand nous arrivâmes, et faisaient leur repas; — puis les femmes retournèrent aux vignes, et les hommes au pressoir, où nous les suivîmes. — Nous nous mîmes bravement à la roue; on venait de faire une nouvelle taille à la motte; — tout s'ébranla, et la *brenache* coula tout à flot dans la tonne; — j'en bus à même, mais modérément, car

les effets en sont à craindre, tant pour le cerveau que pour les entrailles.

Nous interrogeâmes ensuite un des vendangeurs sur les noms des différentes pièces du pressoir; je n'aurais jamais cru que cela fût si compliqué. — Jugez-en par le dialogue suivant : — « Comment s'appelle tout l'échafaudage? — le pressoir. — Et ceci? — la roue et la vis, où le câble s'enroule. — Et ces poutres qui soutiennent la roue? — les jumelles. — Et le tas de raisin? — c'est la motte. — Et ces trois pièces de bois que vous placez sur la motte? — des aiguilles. — Et ces huit poutres que vous placez en travers des aiguilles? — ce sont les madriers. — Et ces trois planches en travers des madriers? — les longes. — Et sur les longes, ces trois poutres plus courtes? — les petits cochonneaux. — Et sur les petits cochonneaux, cette grosse pièce de bois? — Parbleu! c'est la truie! — Et ces deux pièces, aux côtés de la truie? — les contre-truies. — Et sur la truie, cette énorme charpente? — c'est la semelle. — Et ces tampons de fer, sur la semelle? — le crapaud et la crapaudine. — Et dans la crapaudine, ce trou rond? — c'est là que s'engage la vis du pressoir, et qu'elle appuie. — Et cette pelle, comment l'appelle-t-on? — c'est la chambrière. — Et ce balai? — c'est la vétille.

« Et vous autres? — (dis-je à l'homme que j'interrogeais, grand gaillard velu et d'un aspect assez farouche, l'œil ardent, l'air fier, le sourcil épais) — et vous, comment vous appelez-vous? — Nous sommes des *paldîres*. — Et nous? — (dis-je avec quelque hésitation) — et nous, comment nous appelez-vous? (les autres vendangeurs s'arrêtèrent pour écouter); — Vous? vous êtes *des trop heureux*. » Et il disait

17

cette terrible parole d'un air si sombre et si résigné
à la fois que nous tressaillîmes tous, ces messieurs,
ces dames et moi-même ; et la conversation en
resta là.

. . . .

Jeudi matin, je reçus un billet tout parfumé de
Mme B... Elle m'invitait à dîner pour le jour même,
sans cérémonie. — Je portai aussitôt ma carte chez
son concierge ; et je m'y rendis, le soir, vers
six heures, en toilette sombre, avec le gilet neuf de
maman, qui me va fort bien. — Je fus reçu par
M. de L..., *qui faisait de la tapisserie*, et par la jeune
sœur de Mme B..., femme du receveur général de
Bourges, qui passe l'hiver ici sans son mari. Nous
eûmes bientôt fait connaissance ; et, comme toujours,
je fus séduit par cette familiarité de bon ton, par
cette grâce élégante et fine, par cette causerie pleine
de charme et d'abandon, qui font de ces dames du
beau monde un assemblage incomparable de qualités
exquises, que rehaussaient encore, chez Mme B...,
de très beaux yeux, un visage tout à fait avenant, des
cheveux noirs magnifiques, mille poses féminines,
toujours variées et toujours agaçantes, une petite
moue poétique qui lui allait le mieux du monde, et
une façon de parler, de rire, de se lever, de marcher,
de s'asseoir, de se retourner, d'écouter, de regarder,
d'approuver, qui est le privilège et le secret de ces
belles coquettes !

Mon Dieu ! que le luxe sied bien à la beauté ! et
qu'une femme, quand elle est jeune et jolie, paraît
plus jeune et plus jolie encore, quand on l'aborde
dans un opulent salon, parmi la soie, le velours et
l'or ; quand ses moindres mouvements font bruire
le satin de sa robe ; quand sa main blanche gantée

d'une mitaine noire feuillette un livre précieux;
quand, pour appeler un laquais, elle saisit nonchalamment le lourd cordon de la sonnette; — ou
quand elle vous offre avec grâce deux gouttes de thé
dans une petite tasse de la Chine! Je m'étais déjà
senti subjugué de la sorte, à Dijon, quand je rendais
visite à la charmante Mme D..., si frêle dans sa
grande chauffeuse; à Grenoble, lorsque je passais la
journée chez Mme G..., spirituelle comme Mme du
Deffand, et menacée de devenir aveugle comme
elle; mais jamais je n'avais ressenti, au même degré
qu'avant-hier, ce charme irrésistible de la richesse
au service de la beauté. Qu'aurait dit le vendangeur
de Vouvray, le pauvre palâtre, à la vue de ce luxe, à
cette image de félicité, qui enivre? — « Vous êtes des
trop heureux! » — Je rendis ces dames pensives, en
leur racontant cette parole. Ce fut là ma vengeance.

. . . .

A Laurent-Pichat.

Tours, le 14 novembre 1849.

Mon Laurent, monsieur Lesieur, le chef de division au ministère, m'a écrit un mot pour me proposer
une chaire de cinquième à Saint-Louis, en attendant
mieux. J'ai accepté. Je pars demain pour Paris, d'où
j'espère bien ne plus sortir. Je quitte donc, de la
façon la plus inattendue, cette chère ville de Tours,
où mon année eût été douce; mais je la quitte sans
regrets; je n'y laisse rien, ou presque rien de moi-
même. Quelques mains pressées, quelques regards un
peu tristement échangés, quelques baisers sur de

fraîches joues d'enfants, — et tout sera dit. — Tout départ est pénible cependant, même le plus souhaité; jamais je ne l'avais autant senti. Quel changement plus heureux que celui-ci, quelle bénédiction du ciel, de rentrer enfin au logis!

Voilà plus de trois ans que je parcours la province! La joie de ma mère et de ma famille sera grande; — et la mienne, vous qui me connaissez, vous la pouvez imaginer. — Malgré cela, je ressens quelque chose en moi, à quoi je ne sais quel nom donner. — Je n'ai pas de regrets, encore une fois; — je ne puis appeler ainsi cette peine passagère de quitter des personnes qui ne me sont rien; — mais enfin c'est une peine; il y a, entre elles et moi, mille petits fils invisibles qui nous lient, et dont la réunion est une attache plus forte que je ne l'aurais cru. Il est deux maisons, qui me laisseront des souvenirs. Il s'y trouvait d'aimables et charmantes femmes, des hommes dont on eût pu faire des amis.

La Touraine elle-même me paraît plus belle, depuis hier; elle emprunte à l'idée du départ un charme mélancolique, parfaitement servi par le plus beau temps du monde. Rien de comparable à l'été de la Saint-Martin, tel que nous l'avons ici depuis quinze jours. Je travaille, la fenêtre ouverte, et le soleil y entre à flots, au 14 novembre; les prairies sont encore vertes, les arbres n'ont pas perdu leurs feuilles; la Touraine est belle en automne, et les couchers du soleil sur la Loire ou le Cher y sont ravissants.

Voilà donc, Laurent, les dispositions où je suis; — heureux, jusqu'à ne pas croire à mon bonheur; triste, en même temps, jusqu'à ne pouvoir m'expliquer ma tristesse. Il n'est pas jusqu'à la douleur de ces pauvres enfants, mes écoliers, qui ne me soit sensible. Ils sont

foudroyés de mon départ; c'est le mot. — Parmi mes
collègues, on me regrette, on m'envie aussi. Par un
hasard étrange, les personnes avec qui je faisais mes
repas à table d'hôte sont depuis trois jours en voyage,
en tournée (ce sont des ingénieurs des ponts et
chaussées); ils ne me trouveront plus à leur retour,
et leur surprise sera pénible. — Une jeune mère avait
mis son fils en seconde par la seule considération que
je revenais à Tours; voilà des personnes toutes
troublées; qu'y puis-je faire? — Une fois à Paris, je
tâcherai qu'un voile épais s'abaisse sur tout ce passé
provincial, que je ne donnerais pas pour un monde,
mais que j'ai besoin d'oublier.

Adieu! je vous ait écrit l'autre jour une lettre un
peu dure; mais quoi? il faut secouer l'arbre, pour
que les bons fruits en tombent.

A bientôt et pour toujours.

LONDRES-PARIS

1851-1852

—

A son père.

Septembre 1851.

Londres [1] *dépasse tout ce qu'on en attend.* — C'est la merveille des merveilles. Jamais l'homme n'a concentré plus de puissance sur un même point. J'ai regret de le dire, mais Paris est mesquin ; les Français mesurent l'air et l'espace, comme s'ils en avaient peu ; ils économisent la place et la matière ; aucune unité, aucune force. — Ici, tout se tient, tout est grand, tout est calculé pour l'ensemble ; on sent qu'un même esprit d'ordre a bâti ces rues immenses, ces vastes squares, ces milliers d'églises, d'écoles, de monuments de toute espèce ; — on sent qu'un même souffle anime toute cette population, et que, du premier au dernier, tous travaillent pour l'*ensemble.* — Les individualités disparaissent, la personne n'est rien, le peuple est tout. De là quelque chose d'effrayant, comme une machine à vapeur qui broie tout ce qu'elle rencontre, et ne s'arrête devant rien. — La misère ici, tout affreuse qu'elle est, n'est qu'un détail. — Ce n'est pas

—

1. Eugène Manuel était allé avec sa mère en Angleterre au mois de septembre 1851. Un oncle d'Eugène Manuel habitait Woolwich.

une, deux, dix maisons qu'on bâtit à la fois, c'est cent ou deux cents, toutes pareilles, admirablement alignées, pleines des plus commodes appartements, respirant l'aisance dès l'abord. — Ce matin, lundi, j'ai parcouru Londres pendant quatre heures; je n'ai vu que de vastes rues, à perte de vue; du monde partout; une babel fabuleuse! — Imaginez quelques centaines peut-être de rues Rambuteau plus larges et plus animées qu'à cinq heures du soir!

Mais il y a quelque chose de plus étonnant que les rues de Londres, c'est la *Tamise*. — Ici rien à rappeler de Paris, rien à comparer. — Le petit port de Dieppe[1] fait pitié à côté! — On ne parle pas assez de la Tamise, parce qu'on est incapable de décrire ce qu'on voit : c'est un fouillis de vaisseaux, de bateaux à vapeur, de barques, qui vont, viennent, stationnent, embarquent ou débarquent des hommes ou des choses, sur un fleuve qui, à Londres, a quatre fois la largeur de la Seine, et qui a plus encore, à Greenwich et à Woolwich, — des flottilles entières de vaisseaux à trois mâts occupent les rives du fleuve, les docks, les chantiers; — quatre ou cinq bateaux à vapeur se croisent sous l'arche d'un pont. — On est ébloui, extasié. — Rien que la route de Woolwich à Londres par la Tamise vaut le voyage. — Cette activité de deux millions d'hommes est belle à voir; elle explique le repos religieux du dimanche, repos profond, absolu, contraste curieux avec le travail de la semaine. — L'activité française n'est pas la véritable; le repos français n'est pas le vrai repos.

Consolez-vous, mes amis, de ne pas voir l'Exposition. Certes, c'est une admirable chose, mais c'est

1. C'est de Dieppe qu'il était parti.

encore la moins curieuse de Londres, celle du moins
que l'imagination peut le plus facilement se représenter. — Nous l'avons visitée deux fois, à fond, surtout
samedi dernier, jour de l'aristocratie. — Tout est
grand, digne, irréprochable. *Rien ici ne donne prise
au ridicule*, tant il y a de force et de volonté dans tout
ce que le peuple anglais produit.

Que de préjugés je dissiperai ! — En voici quelques
exemples : 1° le temps est le même qu'à Paris, pur,
sans brume ni vapeur ; les chemises restent parfaitement blanches ; l'air n'est nullement obscurci de
fumée ; la saison d'été et d'automne vaut les plus
beaux jours de France ; la chaleur est très grande. —
2° On marche sur les trottoirs, comme on l'entend ;
sur la chaussée, si les voitures le permettent ; on
est aussi libre dans son allure qu'à Paris ; tout ce
qu'on a raconté sur la marche est absurde, et n'existe
pas. — 3° Les Anglais ont l'air beaucoup moins
Anglais qu'à Paris, soit qu'ils aient chez eux plus
d'abandon et de simplicité, soit que nous ne voyions
à Paris que 'es échantillons ridicules. — On ne se
croirait pas à Londres, en ne regardant que les
visages ; rien d'*étranger*, rien même de saillant. —
Les femmes sont d'une beauté merveilleuse presque
toutes ; brunes, très brunes ; nullement blondes (une
blonde sur cent femmes) ; brunes et des yeux pleins
d'esprit et de langueur ; le teint blanc, la taille parfaite ; — point de ce dandinement des hanches qu'on
imagine être le propre des Anglaises. — Elles s'ha-
billent comme à Paris, marchent comme à Paris. —
Les hommes de même, sauf les moustaches.

Oui, les Anglaises sont jolies, je l'écrirai à L...! —
On reconnaît, j'ai reconnu à l'Exposition, samedi, et
dans les rues, les héroïnes de Walter Scott et de

Cooper, les pâles brunes pleines de distinction et de sentiment, montrant pour sourire des dents admirables, et s'enveloppant dans des cachemires ou des camails élégants. — J'ai vu aussi cavalcader sur les pelouses de Woolwich de beaux officiers, jeunes et fiers, la moustache retroussée, l'œil vif et profond, et très dignes d'aimer ces belles ladies, comme très capables aussi de leur inspirer des affections romanesques.

Je crois le peuple anglais, dans les hautes classes, et même dans la classe moyenne, beaucoup *moins positif, dans la jeunesse*, qu'on ne le dit d'ordinaire; le positif arrive à trente ou quarante ans; mais il me semble qu'il y a bien du sentiment, et bien de la passion, dans ces visages de vingt ans, dans ces âmes nourries de Byron et de Shakespeare. — En France, on prodigue l'affection, à droite, à gauche, en veux-tu, en voilà! — Ces affections faciles, multiples, changeantes, sont-elles bien la marque d'une forte organisation pour aimer? je ne le crois pas. Il y a ici beaucoup moins d'abandon, mais bien plus d'obstination et de constance; l'affection conjugale surtout y est solide, parce que le présent est tout pour les Anglais, et que les enfants, c'est l'avenir. — En France, où la chimère et l'utopie dominent, où l'on vit d'espoir, on aime mieux ses enfants que sa femme. — C'est pour eux que l'on travaille, d'eux qu'on se préoccupe toujours. Ici l'Anglais travaille pour sa femme et lui, pour se procurer et lui procurer l'intérieur le plus agréable, deux servantes, toute une petite maison. — Quant aux enfants, il en a; mais il ne dote pas ses filles, *qu'on épousera sans dot*, et il laisse à ses fils le soin de travailler à leur tour. — Il semble qu'il n'ait d'enfants que pour propager l'espèce. — Et Dieu sait ce qu'il y a d'enfants à Londres!

Je commence à bien connaître cette grande ville : les belles rues, les quartiers pauvres, la Bourse, la Banque, le Palais de justice, les églises, les squares, les ponts, les parcs, etc. J'ai vu déjà bien des choses; maman est ravie. — Nous gardons pour la fin le Tunnel, la Tour et Westminster. — Nous irons peut-être une fois au théâtre, à Adelphi; — Covent-Garden est fermé, le Théâtre de la Reine est fermé. — Je n'ai pas le temps de vous dire la plus minime partie de ce que je voulais. — Excusez-moi. Hier dimanche nous avons passé une bonne journée *anglaise* avec mon oncle. — Mercredi nous irons dîner encore à Woolwich. Mon oncle a reçu des perdrix de M. Paxton, le constructeur du Palais de Cristal, la plus belle idée qu'un architecte ait jamais eue, comme simplicité et comme grandeur.

———

A *Laurent-Pichat*.

Samedi, 6 décembre 1851 [1].

Je serais allé vous voir aujourd'hui sans ma classe. Les classes n'ont pas un instant vaqué au lycée; c'est dire que ce quartier-ci a été calme. Dites-moi comment vous allez; on a toujours besoin d'être rassuré sur ceux qu'on aime; le malheur a ses caprices. Mon frère est resté vingt-quatre heures absent. Après avoir tenté non sans danger, jeudi soir, de rentrer au logis, il a dû se retirer chez des amis. — Je ne suis pas inquiet de vous; mais enfin écrivez-moi; et dites-moi aussi, mon ami, si madame votre mère, si toute votre famille est en bonne santé. — Que vous dirai-je des événements? j'ai la rougeur au front.

Tout à vous de cœur.

1. Écrit au lendemain du coup d'État du 2 décembre.

A Laurent-Pichat.

24 février 1852.

« Quel est le poète qui résumera aujourd'hui, dans un vers mâle et sympathique, les souffrances de ces dernières années, le trouble des esprits, l'amertume des cœurs, le découragement de toutes les convictions et de toutes les espérances? La place est au concours; et peut-être Dieu n'a-t-il infligé le silence aux politiques que pour donner la parole aux poètes. A l'œuvre donc! les versificateurs sont en nombre; mais où est le poète prédestiné du moment? L'heure est propice et le monde attend. »

Je ne pourrais mieux dire, mon cher ami, ni avec plus d'autorité. Ces paroles ont paru hier dans les *Débats*; elles sont de Cuvillier-Fleury, qui ne nous a point habitués à cette chaleur des désirs et du style. Le besoin dont il parle est impérieux. Je reprends mon vieux rôle, et je vous dis de *produire*. Ne vous laissez pas bercer et endormir par les douceurs d'une vie de famille plus étroite. Elle vous fait déjà négliger vos amis; qu'elle ne vous fasse point négliger du moins l'amie de cœur, l'amie des anciens et tristes jours, la Muse.

Avez-vous lu les misérables vers de Barthélemy? ils exhalent une odeur de corruption; on y voit grouiller les pièces d'or.

Et vous pourriez vous taire et vous assoupir en un temps comme le nôtre? La politique en prose est presque balayée; je doute qu'à aucune époque on ait été plus disposé à écouter la voix claire et nette, la voix calme et hautaine de la poésie! Quelle faute, mon ami, si vous laissiez passer le moment! Faites quelque chose, une pièce politique, un préambule nouveau à Jacques Bonhomme, ou autre chose ; allez voir ou Jourdan, ou la *Revue des Deux Mondes*, ou la *Presse* ; agissez, remuez-vous un peu ; il le faut.

J'ai lu avec plaisir le mot de Sainte-Beuve sur vous et sur lui. Rappeler Byron, c'est quelque chose. Mais pour Dieu, produisez !

TABLE DES MATIÈRES

Préface d'Alfred Croiset.   v
Introduction.   xxi

PARIS (1842-1846)

A Laurent-Pichat. 11 février 1842. — Sur *Phèdre* jouée par *Rachel*   1
— 10 avril 1843. — Sur M. *Régnier*, nommé précepteur du comte de Paris.   4
— 26 et 27 avril 1843. — Sur la *Lucrèce* de *Ponsard*. . . .   5
— 30 octobre 1843. — Le régime de l'*École normale* . . .   7
A son frère Arthur. Mars 1844. — *Sur la vocation*.   9
A Laurent-Pichat. 7 avril 1844. — *Pradon* et *Ponsard*. Contre les jugements de *Boileau*. *Sainte-Beuve* et les petits poètes. Sur les *poètes contemporains*. Pourquoi il renonce à l'étude de l'*histoire* pour celle de la *philosophie*.   13
A son frère Arthur. Juin 1844. — Sur la *Poésie*.   18
A Laurent-Pichat. 20 août 1844. — Les examens à l'École normale. M. *Letrone*; M. *Alexandre*. *La couleur locale et le musée de Cluny*.   28
— 9 décembre 1844. — Sur *Jacqueline Pascal*, par *Victor Cousin*. Contre *Victor Cousin*, qui marche sur les terres de *Sainte-Beuve*. Éloge des écrivains de la période de 1820 à 1830.   31
— 17 décembre 1844. — Sur les deux *Nisard*. Sur Sainte-Beuve. La guerre du relatif et de l'absolu.   40
— 19 août 1845. — Sur *Chennevières*, village cher à *d'Holbach*, à *Diderot* et à *Grimm*   47
— Novembre 1845. — Pourquoi il renonce à la *philosophie*. L'*Université* et l'*Église*. *La Réaction*.   49
   En note : Lettre à *Octave Gréard* sur M. *Dubois*, directeur de l'École normale (28 décembre 1893). . . .   52
A Laurent-Pichat. 4 janvier 1846. — Une visite à *Chateaubriand*   63

DIJON (1846-1847)

A son père. 20 octobre 1846. — Récit de son voyage en diligence de *Paris à Dijon* avec sa mère. 67

A son père et à ses frère et sœur. 9 novembre 1846. — Ses
débuts comme professeur. Le *Vieux Dijon*. Le régime ali-
mentaire. Le *prix de la vie* à Dijon. 72

— Novembre 1846. — Quelques personnages de Dijon. Le
comte *d'Audiffred*. M. *Lebas*, frère du Conventionnel. *Le Parc*
de Dijon. 76

A son frère Arthur. 23 novembre 1846. — Tristesse de l'éloi-
gnement. *Le Bourguignon et la vigne*. Le clos des Dijonnais. 78

A son ami Grenier. 30 décembre 1846. — Adieux à son ami
qui part pour la Grèce. *Rigaut, Burnouf, Roux, Benoît,
Lévesque, M. Daveluy*. 80

A ses parents. 3 janvier 1847. — Le *jour de l'an à Dijon*.
Aspect de la ville. *Les visites du jour de l'an*. *L'Évêque. Le
Préfet, le Premier Président, le Maire*. 81

— 19 janvier 1847. — Le prix des vivres. Sa royauté en
classe. *Le bal des pauvres*. Les conflits. La salle de bal.
Les principales figures. 86

A sa tante Pauline. — Le tête-à-tête avec lui-même. Réflexions
sur la poste aux lettres. 96

A ses parents. 19 février 1847. — Portraits de ses collègues.
Portrait de l'auteur (le professeur de seconde) 100

— 16 mars 1847. — Histoire de *deux enfants du peuple*, élèves
au Collège de Dijon. *Le futur déclassé*. 110

GRENOBLE (1847-1848)

A Laurent-Pichat. 10 novembre 1847. — Son arrivée à *Grenoble*. Comment *Eugène Manuel* conçoit le rôle de *professeur de Rhétorique*. Joies de l'enseignement. L'esprit des
élèves dans le Dauphiné. Projets d'avenir. 116

A ses parents. 14 novembre 1847. — *La vie d'un professeur à
Grenoble*. Excursion à *Vizille*. *L'aubergiste* de Vizille et
l'*Empereur* en 1815. 120

— 10 février 1848. — La lassitude qu'on éprouve à l'égard
du *vieux roi*. *Guizot. Thiers. Lamartine. Rémusat. Pour les
pauvres. Contre les riches. L'anxiété à Grenoble*. Les Autrichiens *seront chassés d'Italie avant 20 ans*. Il espère qu'on se
battra pour la liberté il oublie les désastres d'une révolution pour n'en voir que la grandeur. 125

En note. Lettre à *Jules Simon* à propos d'un discours

sur *J.-J. Rousseau* prononcé au Panthéon (14 février
1889).. 126

— Lettre à *ses parents* sur l'idée qu'il se fait de son
rôle comme *chef de cabinet de Jules Simon* (15 septembre 1871).. 129

A ses parents. 26 février 1848. — Ses inquiétudes au sujet de
la *Révolution*. Ignorance où l'on se trouve à *Grenoble* à
l'égard des *événements de Paris*. *Les collégiens*. Le citoyen
Manuel... 130

— 27 février 1848. — *Les enrôlements de la Garde nationale*.
Les fausses nouvelles. La république *à Lyon*. Réflexions
sur les révolutions. Le calme de la population. Le pays
de *Barnave* et des *Girondins*. *Le Drapeau rouge*......... 135

— 28 février 1848. — Il est rassuré sur le sort de ses parents.
Les nouvelles de Paris à *Grenoble*. Conversation avec une
dame qui a vu 89................................ 139

A Laurent-Pichat. 28 mars 1848. — Les *clubs* à Grenoble.
Sur les élections. *Lacordaire* et *Ponsard* à Grenoble. Sur la
Savoie.. 140

A ses parents. 15 avril 1848. — Les *troupes* à Grenoble. Ren-
versement des opinions. *L'échauffourée de Savoie*. *Les commissaires du gouvernement dans le Dauphiné*........... 144

— 18 avril 1848. — La plantation *de l'arbre de la Liberté*.
Description de la cérémonie. Un club en plein air (*Le club
des Travailleurs*)................................ 149

— 30 avril 1848. — De *Grenoble* à *Chambéry* en diligence.
Les paysans allant voter. Le chemin le long de *l'Isère*.
La frontière. *Les douaniers sardes*. Chambéry. Description.
Le lac du *Bourget* et l'abbaye de *Hautecombe*. Une nuit
à la *Grande Chartreuse*........................... 152

— 10 juillet 1848. — Les *Inspecteurs généraux* à Grenoble. *Ses
25 ans*. Retour sur sa vie passée. Fête en l'honneur des *victimes de Juin*................................... 160

— 16 juillet 1848. — Excursion à la *Dent de Crolles*. Une
nuit dans une grange. *La mer de lait*. Dîner cuit en plein
air. Dans les nuages. *Le trou du Glaz*............... 164

A Laurent-Pichat. 20 juillet 1848. — *Laurent-Pichat* s'est battu
pour l'ordre. Il faut sauver la République. Ses angoisses
pendant les *journées de juin*...................... 174

— 28 juillet. — La politique à Grenoble. Conversations avec
les paysans du Dauphiné. Leur indifférence politique.
Ledru-Rollin et les habitants des villes.............. 176

A ses parents. 24 août 1848. — *Adieux à Grenoble*. Eugène
Manuel et le factionnaire.......................... 178

TOURS (1848-1849)

A ses parents. 9 octobre 1848. — *La Touraine.* Platitude du
pays. La Touraine est un *jardin.* Les rues de *Tours.* Une
visite à *Plessis-lès-Tours.* 181
    En note. Lettre à *Madame Eugène Manuel* sur la foire de
    Clermont-Ferrand, 9 mai 1881 186
— 17 octobre 1848. — Le ciel de la *Touraine.* Les bords du
Cher. St-Avertin. Abd-el-Kader. *Les Réformes universitaires.* 188
    En note. Lettre à Madame *Eugène Manuel,* 2 février 1880
    (Dialogue avec le *Doyen de la Faculté de médecine de*
    Montpellier) 189
— 12 novembre 1848. — Promulgation de la *Constitution.*
Inconstance des Français. *Lamartine, Cavaignac, Louis-Bona-*
parte, Ledru-Rollin, Henri V, Raspail, Blanqui, Bugeaud,
Thiers. Les élections du 10 décembre. 194
— 22 novembre 1848. — L'indifférence politique de son père.
Protestation contre ceux qui se laissent entraîner vers un
prétendant 197
A Laurent-Pichat. 24 novembre 1848. — La promulgation
de la Constitution à Tours. *Description de la cérémonie.*
Réflexions. *Bonaparte. Cavaignac.* L'Europe. *La jeunesse de*
1848. Les élèves. Le rôle du professeur. 198
A ses parents. 30 novembre 1848. — Dialogue par oui et non
sur *Louis-Napoléon* 203
— 10 décembre 1848. — L'élection de *Bonaparte.* Amères
réflexions sur l'inconséquence du peuple à l'égard de
Cavaignac. 211
— 11 décembre 1848. — *L'ingratitude des Français* à l'égard
de *Lamartine* et de *Cavaignac.* 212
— 20 décembre 1848. — Le printemps en décembre. Réflexions
sur l'*élection de Napoléon.* Une promenade dans la nuit avec
un inconnu. Le bourreau. 214
A Laurent-Pichat. 2 février 1849. — Sur les *Confidences* de
Lamartine. Sur *Raphaël,* sur le *Lac* du Bourget qu'il a connu
et dont il cherchait le poète. 218
A ses parents. 31 mars 1849. — Un grand dîner. *Une aven-*
ture. Une attaque nocturne. Il donne asile à *un réfugié poli-*
tique. 219
— 30 avril 1849. — L'été. Une coupe de cheveux. Un *Caprice*
au théâtre de Tours. L'*Alboni* : appréciation de son talent. 222
A Laurent-Pichat. 5 mai 1849. — La campagne de *Touraine.*
Les *grisettes* et les *coléoptères.* Les *Marronniers du Mail* et
la *Province.* Sur *lui-même.* L'enseignement des *beautés poé-*
tiques. Pourquoi préfère-t-on dans les classes le *XVII° siè-*
cle? Ce qu'il médite. 225

A ses parents. 17 mai 1849. — La chute de *Léon Faucher*. *Girardin*. On doit *canaliser* la République. Le parti socialiste en Europe. 232

— 23 mai 1849. — Échec de *Lamartine* aux élections. Son indignation 234

— 3 juin 1849. — *Rachel* à Tours dans *Polyeucte* et le *Moineau de Lesbie*. 236

— 2 juillet 1849. — Le *Dauphiné*, la *Bourgogne* et la *Touraine. Philosophie du regret. La loi Falloux* en projet. . . . 237

A Laurent-Pichat. 20 juillet 1849. — Le *choléra* à Tours. Une édition des *Lyriques français* 240

A ses parents. 27 juillet 1849. — Son discours de *Distribution de prix. Profession de foi républicaine*. Protestation contre la *Réaction*. 242

— 3 août 1849. — *Louis-Bonaparte* à *Tours*. Il a vu longuement Bonaparte. Le public. Le bal donné en son honneur. *M. de Falloux. Portrait de Louis-Bonaparte*. La princesse *Bacchiochi*. Appréciation du recteur sur son discours. . . 243

A Laurent-Pichat. 10 août 1849. — *L'École d'Athènes*. Pourquoi il a refusé d'y aller. Sa réponse à *M. Dubois*. 249

En note. Lettre à ses parents (21 septembre 1856) de *Strasbourg* sur les idées qu'il a du *bonheur conjugal*. 252

— 15 septembre 1849. — *A Paris en vacances*. Une longue conversation avec *M. Dubois*. Sa vie. Ses illustres amitiés. 254

A ses parents. 3 novembre 1849. — La vendange à *Vouvray*. Dialogue avec un *vendangeur*. Un dîner dans *la haute société. Les trop heureux* 256

A Laurent-Pichat. 14 novembre 1849. — Il est nommé à Paris (*St-Louis*). Adieux à la Touraine. Bonheur et tristesse. 259

LONDRES-PARIS (1851-1852)

A son père. Septembre 1851. — Londres en 1851. Impressions sur les Anglais. 262

A Laurent-Pichat. 8 décembre 1851. — Le lendemain du Coup d'État 266

— 24 février 1852. — Sur une page de Cuvillier-Fleury. . 267

COULOMMIERS

Imprimerie PAUL BRODARD.

Défauts constatés sur le document original

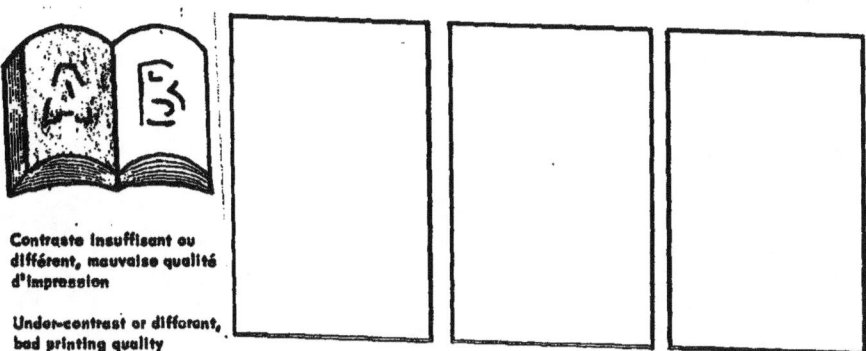

Contraste insuffisant ou différent, mauvaise qualité d'impression

Under-contrast or different, bad printing quality